10
18

12, AVENUE D'ITALIE. PARIS XIIIe

Sur l'auteur

Magdalen Nabb est née en 1947 à Church, un village du Lancashire. Après des études d'art, elle enseigne la céramique. En 1975, elle visite Florence et, sous le charme de la ville, décide de s'y installer. C'est en 1981 qu'elle écrit son premier roman policier, *Le Gentleman florentin*, salué par Georges Simenon d'un retentissant Bravissimo ! En 1982, *Le Gentleman florentin* est élu Meilleur premier roman policier par la British Crimes Writer's Association. Depuis, Magdalen Nabb a publié douze titres de la série Guarnaccia.

MAGDALEN NABB

MEURTRES AU PALAIS

Traduit de l'anglais
par Jean-Noël CHATAIN

INÉDIT

10
18

« Grands Détectives »

dirigé par Jean-Claude Zylberstein

Du même auteur
aux Éditions 10/18

LE GENTLEMAN FLORENTIN, n° 3305
MORT D'UN ORFÈVRE, n° 3306
MORT AU PRINTEMPS, n° 3392
CADAVRE D'AUTOMNE, n° 3458
L'ARTISAN DU CRIME, n° 3515
LE MYSTÈRE CLEMENTINA, n° 3563
UN TÉMOIN HONORABLE, n° 3626
▶ MEURTRES AU PALAIS, n° 3793

Titre original :
The Marshal Makes his Report
(Publié pour la première fois en 1991
par Harper Collins Publishers, Londres)

ISBN 2-264-03887-X

CHAPITRE PREMIER

L'adjudant conservait dans ses moindres détails un souvenir vivace de cette nuit-là. Et pourtant, quelque chose dans ces événements, évoquant un film à grand spectacle ou la scène clé d'une pièce de théâtre, lui donna, même alors, une impression d'irréalité. Peut-être la distance l'influença-t-elle car, lorsqu'il parvint enfin au sommet de la tour, à bout de souffle, il fut frappé par sa hauteur et par la taille minuscule des acteurs du drame se déroulant dans la cour en contrebas.

La nuit florentine était chaude et la pleine lune se découpait sur un ciel velouté. On distinguait à peine la lumière de l'énorme lanterne en fer à l'entrée de la cour : l'ampoule était si faible que par une nuit moins claire, il aurait eu du mal à discerner la colonnade et le puits au centre. Le corps gisait tout près, face contre terre, et Guarnaccia aperçut la sombre silhouette de la femme agenouillée et penchée au-dessus. Le silence régnait. D'autres formes, surgies des profondeurs ténébreuses du péristyle, s'avançaient, hésitantes, vers la scène centrale, mais avant qu'aucune d'entre elles ne l'atteigne, elles s'arrêtèrent pour figurer plus ou moins un cercle. On alluma une torche électrique qu'on éteignit presque aussitôt. Personne ne dérangea la femme à genoux, aussi immobile que le cadavre. Il aurait pu s'agir d'une mère veillant sur le sommeil d'un enfant, de crainte que le moindre mouvement ne le trouble. De sa position, Guarnaccia ne perçut aucune voix. Le tableau demeura figé ainsi pendant ce qui sembla durer une éternité, jusqu'à ce que les ambulanciers tentent de gagner le centre, avec un rectangle blanc entre eux. Le cercle des têtes s'agrandit avant de se disloquer.

Les grosses mains de l'adjudant agrippèrent la pierre chaude du parapet et il se pencha davantage. Tout contracté, il attendait que la femme s'effondre. Elle allait sans doute craquer, à présent et, en un sens, cela le soulagerait lui aussi. Il vit qu'on posait par terre le rectangle blanc, et l'une des silhouettes noires se pencha au-dessus de la femme. Il la vit détourner la tête puis la lever vers lui, comme pour l'accuser, alors qu'elle n'aurait pas pu le voir. Il sentit tout le chagrin retenu s'échapper du corps de la femme en une plainte, mais il ne l'entendit jamais car, au même moment, le premier feu d'artifice éclata : une fontaine rouge étincela dans le ciel nocturne et explosa en une pluie retombant au ralenti et sifflant doucement en direction des toits. L'espace de quelques secondes, les faîtages et les tours de Florence scintillèrent, et une flamboyante coulée rose s'insinua parmi eux, sous les cris et les applaudissements ravis de la foule rassemblée sur les quais. Puis l'obscurité revint et un nuage de fumée rosée obscurcit la lune. Ébloui et distrait, l'adjudant n'entendait plus que sa propre respiration pantelante et ne sentait plus que la douce tiédeur de la pierre sous ses mains.

Le souvenir de sa lourde masse descendant le long de ces centaines de marches était encore plus flou. Il se rappelait seulement que l'escalier était si étroit que son épaule droite heurtait souvent la paroi rugueuse, de même que les marches usées se révélaient traîtresses dans la pénombre. Il progressait lentement, peu soucieux de rattraper la petite silhouette qui, plus bas, avançait par à-coups, à pas feutrés et traînants. En tout cas, voilà ce qu'il se disait alors. Maintenant que c'était fini, il pouvait admettre, au moins en son for intérieur, qu'il n'était guère pressé d'affronter la scène dans la cour. Pratiquement personne ne l'avait remarqué. Le procureur de la République avait croisé son regard pendant une seconde mais, comme la marquise occupait toute son attention, il attendit qu'elle se soit calmée et qu'on l'ait emmenée, puis traversa la cour sombre et paisible pour déboucher dans la rue bruyante. Il marqua alors une pause, le temps que s'ouvre une brèche dans la circulation, et poussa un profond soupir de soulagement lorsque les vives lumières de chez Gino et un parfum de pâte à pizza chaude le ramenèrent à la vie et au bienheureux cours normal des choses.

Il était donc à présent assis dans son bureau du poste de carabiniers du palais Pitti, deux doigts grassouillets posés sur le clavier de la machine à écrire, et procédait à un examen de conscience. Ce qui l'ennuyait, c'était que sa conscience n'avait justement émis aucune objection, lorsqu'il avait au bout du compte décidé de ce qu'il allait mentionner dans son rapport final. C'était venu plus tard, quand le procureur de la République lui avait demandé de faire ce qui, de toute façon, était dans ses intentions. Un homme tel que lui… enfin, sans vouloir insister sur le sujet, si l'on était d'accord avec un homme comme lui, on devait être aussi mauvais que lui. L'adjudant n'aimait pas le procureur. Un sous-officier comme Guarnaccia pouvait en toute logique espérer passer son existence entière sans jamais avoir vraiment de relation avec le procureur en chef. Même les substituts, qui traitaient les affaires où il pourrait être impliqué, s'adressaient en principe directement aux supérieurs de l'adjudant.

Il dactylographia : « La nuit du 24 juin » et s'arrêta. Pour s'entendre avec un individu pareil, franchement…

L'idée que deux hommes très différents puissent parvenir à la même conclusion pour des raisons très dissemblables dépassait les capacités de raisonnement de Guarnaccia. Il n'excellait pas dans ce domaine. Ni dans la rédaction de rapports, même s'agissant de simples homicides, suicides et accidents, et celui-ci était loin d'être simple. Que lui avait donc dit sa femme, un jour qu'ils s'étaient chamaillés sur un sujet quelconque et qu'il avait répondu que ce n'était pas juste ? « Ce n'est peut-être pas juste, avait-elle répliqué, mais ce qui est juste n'est pas toujours ce qui est bien. » Il était alors trop furieux pour songer à lui demander ce que cela pouvait bien signifier, mais il regrettait de ne l'avoir pas fait, car cela décrivait ce qu'il ressentait à présent.

« Le soir du 24 juin… »

— Pfft !

Il arracha la feuille de la machine à écrire et la roula en boule dans sa grosse main. Ses grands yeux un peu globuleux fixèrent le plan de son quartier, punaisé sur le mur d'en face et baignant dans un rayon de soleil. Il avait chaud. Il avait faim aussi. Une phrase lui vint à l'esprit : *« Qui fréquente les seigneurs est le dernier à table et le premier à la potence. »* Ce jeune Anglais l'avait prononcée ou lue. C'était assez vrai aussi. Il sentait de nouveau les beaux yeux de la marquise Ulderighi tournés vers lui, la première fois, qui lui avaient donné l'impression d'être une créature pas tout à fait humaine, souillant l'air qu'elle respirait. À ce souvenir, il tressaillit et se leva, se reprochant une telle faiblesse, puis il se mit à faire les cent pas dans la pièce. En l'arpentant de la sorte, il se cognait régulièrement dans le caoutchouc que sa femme avait acheté et placé juste devant la fenêtre, à l'endroit même où il aimait se tenir debout et regarder au-dehors. Tout en grommelant un peu – car le pot était lourd et il accusait lui-même une notable surcharge pondérale –, l'adjudant poussa la plante sur le côté et ouvrit la croisée. L'air chaud des jardins Boboli s'engouffra, laissant entrer avec lui une vive odeur de sauce tomate, d'ail et de basilic, ainsi que le cliquetis des couverts et l'indicatif du journal télévisé de la mi-journée. Les gars étaient en train de déjeuner dans la cuisine de la caserne et il n'avait pas fait attention à l'heure ! Dans un soupir de soulagement, il referma la fenêtre et quitta son bureau. Un bon repas chez lui, un peu de repos, une petite conversation avec Teresa et les gamins, puis il recommencerait tout depuis le début.

Cela avait débuté, du moins pour l'adjudant, le deuxième dimanche de juin, avec le premier match du championnat de football. On pouvait certes affirmer que ce maudit tournoi était à l'origine de toute l'affaire, au même titre que le regard étincelant et glacial de la marquise Ulderighi. Oh, Guarnaccia n'avait rien contre le foot, le vrai s'entend, pour lequel il éprouvait un intérêt vaguement bienveillant, et devant lequel il alternait somnolence et état de veille dans son fauteuil, les mercredis soir, à la télévision. Mais cette version florentine[1], c'était une tout autre histoire. Il n'oublierait jamais la première fois où il avait assisté à un match : cela devait remonter à plus de quinze ans. La procession dans la ville lui avait plu : hallebardiers,

1. Ancêtre du football américain, le *Calcio storico* remonte à l'Antiquité ; il se jouait dans les rues et sur les places, lors des réjouissances publiques et des mariages princiers. Il oppose aujourd'hui deux équipes de vingt-sept hommes, vêtus en costume médiéval. *(N.d.T.)*

membres de confréries et consorts dans leurs costumes médiévaux sous le soleil éclatant, joueurs de tambour et lanceurs d'oriflamme, chevaux rétifs gênés par les rues étroites et la foule. Pittoresque, songea-t-il, un joli spectacle pour les touristes occupés à lécher leurs glaces en train de fondre, paisiblement assis sur les gradins installés autour de la place recouverte de sable. Comme eux, l'adjudant était intrigué par la récompense : une vache blanche aux cornes dorées, qui avait l'air un peu abasourdi lorsqu'on l'amena dans l'arène, sous les roulements de tambours et les drapeaux en soie qui volaient.

Mais après le départ de l'escouade aux costumes chatoyants qui laissa le terrain aux joueurs, Guarnaccia se mit à nourrir quelques timides doutes. Eux aussi arboraient une tenue de fête, mais les manches à crevés, les hauts-de-chausses et les longues chaussettes colorées n'adoucirent en rien l'impression laissée par leurs cous de taureau et leurs mines patibulaires. Comme il était de service, en cette première occasion, l'adjudant se trouvait juste au bord du terrain, et la tension, le langage menaçant et certains gestes ne lui échappèrent pas. Les touristes, installés suffisamment loin pour ne courir aucun danger, aux places chères, derrière l'aristocratie de la ville et le maire, léchaient toujours leurs crèmes glacées en bavardant. Mais sur les autres tribunes occupées par les supporters locaux, l'agitation grandissait par vagues. Guarnaccia regarda, mal à l'aise, autour de lui, tandis que le haut-parleur diffusait une annonce en plusieurs langues. Personne d'autre ne parut s'en inquiéter. Après tout, les supporters ne lançaient rien de plus dangereux que des œillets teintés, en faisant voler des silhouettes sombres, qui s'enchevêtraient dans le ciel bleu de l'été, et en disposant un motif des couleurs des équipes sur le terrain sablonneux.

Auprès de l'adjudant, se tenait le maître des jeux, revêtu d'une cape et coiffé d'un chapeau de velours noir, sa main droite agrippant une épée, pour le plus grand amusement de Guarnaccia, comme s'il était prêt à combattre. Ce fut sa dernière pensée avant que retentisse le coup de canon qui se répercuta aux quatre coins de la place. Il eut à peine le temps de voir la balle voler dans une direction, quand le gros des joueurs se coula en une masse pugnace qui se déplaça en sens inverse, et une bataille farouche éclata. Le public local se leva en poussant des hurlements. L'adjudant, bouche bée, regarda autour de lui. Ne devait-il pas intervenir ? Bon sang ! Quelqu'un devait agir. N'avait-il pas vu un arbitre ? Il y en avait bien un. Au bout d'un moment, celui-ci surgit du magma de jambes en train de lutter, se leva et se mit à tirer sur la chemise de l'un des combattants les plus belliqueux. Au début, son geste resta ignoré puis, quand l'énorme joueur remarqua cette agaçante attaque par-derrière, il se retourna, souleva l'arbitre et le projeta par-dessus la palissade entourant le terrain. La clameur s'amplifia. Guarnaccia perçut un bruissement métallique à ses côtés. Le maître des jeux s'avança à grandes enjambées, presque au pas de course, cape noire claquant au vent et épée en l'air. Elle n'était pas décorative. Dans les secondes qui suivirent, l'ordre fut rétabli. Lorsqu'on sépara les hommes entremêlés et qu'on discuta le point, il apparut qu'un joueur bien précis avait été particulièrement visé : l'individu le plus grand et le plus féroce de son équipe. L'idée avait consisté à l'éliminer le plus rapidement possible. À présent, il se tenait debout, en nage, les joues en feu, et hurlant sa fureur. Les restes de son tee-shirt pendillaient en lambeaux sur son haut-de-chausses déchiré. Son nez et un côté de son visage saignaient. Quelqu'un lui avait arraché l'oreille en la mordant, mais il pestait surtout d'avoir été expulsé à cause de ses blessures. Il dédaigna le brancard qu'on apporta et se débrouilla pour lancer un bon crochet du droit à l'un des adversaires, avant d'être traîné hors du terrain. On se mit en quête de l'oreille, mais l'adjudant ne sut jamais si la recherche aboutit, car le canon retentit et la partie reprit ; Guarnaccia souleva ses lunettes et épongea sa figure en sueur. Le reste du match, il se borna à marmonner de temps à autre : « Bon sang… », tout en gardant un œil sur la silhouette rassurante de l'homme à l'épée auprès de lui.

Après tant d'années, bien sûr, il s'était habitué à ce folklore et avait appris à distinguer les quatre équipes envoyées par les quatre quartiers de la ville, dont seules deux se révélaient dangereuses sur le terrain. L'une d'entre elles était par malheur l'équipe blanche de son propre quartier. Par malheur, car ses propres gamins, lorsque sa femme et eux-mêmes finirent par quitter la Sicile pour le rejoindre à Florence, devinrent aussitôt des supporters des Blancs, avec leurs camarades de classe, en espérant que, avec sa situation, Guarnaccia pourrait se procurer des billets pour le match. Lorsqu'il tenta mollement de se défendre en disant que les seuls billets qu'il pouvait obtenir étaient pour le match de qualification entre les Verts et les Rouges, ses deux fils l'accueillirent avec des « Oh, papa ! » dégoûtés. Cédant à la pression, il avait fini par brandir des billets pour la partie opposant les Blancs et les Verts, qui allait se révéler des plus débonnaires. Tout pour éviter l'inévitable bataille finale entre les Blancs et les Bleus, un terrifiant spectacle sous les projecteurs, la nuit de la Saint-Jean, fête du patron de la ville. La nuit du 24 juin.

En ce deuxième dimanche de juin, tandis qu'il promenait sa massive silhouette en uniforme noir parmi la foule grouillant sur l'étroit trottoir de la Via Ulderighi, la seule chose qui l'inquiétait vraiment, c'était que les garçons seraient au match avec leurs camarades, ça et le flamboyant soleil d'après-midi qui faisait pleurer ses yeux sensibles, malgré ses verres sombres. De temps en temps, il était obligé de sortir son mouchoir et de s'arrêter, ballotté de tous côtés, pour tenter de les sécher en tapotant, sans vraiment ôter ses lunettes. Il entendait les roulements des tambours qui faisaient vibrer les hautes solives des bâtisses. La procession était en chemin. Il avait dû libérer quelques gars de son poste de garde pour surveiller le match, mais n'avait aucune raison de s'y rendre lui-même, hormis pour garder un œil sur ses gosses. Malgré tout, quand le cheval gris ouvrant le cortège arriva à sa hauteur, il dut bien admettre que, même s'il réprouvait la violence du tournoi, la reconstitution historique lui plaisait beaucoup. Dans les rues étroites, les tambours, les trompettes, les étendards de soie éclatants qui tournoyaient en l'air, sur fond de ciel bleu, rendaient à Florence ses lettres de noblesse, et les gens penchés aux hautes fenêtres pour regarder, entre les banderoles, créaient une atmosphère de gaieté contagieuse.

Son enthousiasme fut de courte durée. Il s'était arrêté un instant, distrait par l'agitation du cheval gris, trop excité à présent pour se calmer. Il hennissait, tentait de relever vivement la tête, tandis que la sueur écumait sur son encolure et ses épaules. Le seigneur en cape qui le montait conservait un air grave et sûr de lui mais, aux yeux de l'adjudant, sa raideur sévère impressionnait certes la foule mais pas l'animal, qui essayait de partir au trot et s'en allait sur le côté lorsqu'on l'en empêchait. Les gens se rabattaient contre Guarnaccia. Il sentit quelqu'un le tirer violemment par la manche.

— Par ici ! Adjudant !

Il se tourna. Un homme de stature imposante se tenait debout juste derrière lui, occupé à photographier les facéties de la monture grise.

— Par ici. Vite !

— Mais qui diable me… ?

Une femme lui tapota l'épaule et pointa l'index en direction de deux gigantesques portes cloutées, entourées par un échafaudage, dont une était à peine entrebâillée.

— Il est entré par là.

Un drôle de petit visage surgit dans l'embrasure et une main impatiente lui fit signe, avant de disparaître.

Perplexe, l'adjudant s'approcha du portail monumental et scruta la pénombre dans l'ouverture. Il ne voyait rien. Il retira ses lunettes de soleil, poussa le battant et entra. À peine avait-il pénétré à l'intérieur que la porte se referma avec fracas, tandis qu'une petite silhouette jaillissait dans son dos.

— Par ici.

On lui ouvrit les hautes grilles en fer forgé. Ils se trouvaient dans une vaste cour à colonnade, au centre de laquelle trônait un puits en pierre. Après la chaleur et la luminosité de la rue, il y faisait frais et sombre, de même que le vacarme de la procession était quasi étouffé. À sa place, l'adjudant perçut une vague musique provenant de quelque part dans les étages. Il suivit le petit bonhomme agité qui courait devant lui, puis revenait pour lui dire de se presser, un peu comme le font parfois les chiens. À présent, il attendait près d'une porte, sous les colonnes de droite. Guarnaccia le rejoignit et demanda :

— Alors ?

L'individu était un nain et atteignait tout juste la ceinture de l'adjudant mais, à en croire son visage, il avait largement dépassé la quarantaine. Il fouillait maintenant la poche de sa blouse noire, en quête d'une clé.

— J'ai verrouillé la porte. Ma foi, on ne sait jamais. Même s'il ne risque plus du tout de s'en aller !

Guarnaccia attendit en silence. Il s'attendait déjà à un événement très grave, mais ne pouvait rapprocher cette sensation de l'attitude du nain. Aussi se contenta-t-il de patienter.

Le nain déverrouilla la porte et entra, l'adjudant lui emboîtant le pas. C'était une armurerie, plutôt exiguë et dépourvue de fenêtre. Une lumière était allumée. Hormis le râtelier à fusils et une armoire, la pièce comptait seulement une table et un fauteuil en cuir. Rien d'autre... à l'exception de l'homme mort, étendu à terre.

— Qui est-ce ?

Les grands yeux de l'adjudant scrutèrent la pièce et le cadavre dans leurs moindres détails.

— Le vieux. Le patron, ou du moins ça lui plaisait de le croire. Ça lui fait une belle jambe, maintenant. C'est plutôt ce qu'on appelle un prince consort. Vous voyez ce que je veux dire ?

— Non.

Guarnaccia se pencha pour observer plus attentivement le défunt. On l'avait abattu à bout portant, près de la gorge. À moins qu'il ne se soit lui-même tiré dessus. Il gisait sur le dos, un fusil en travers de la poitrine. Il portait un peignoir en soie sur une tenue de soirée et son visage présentait une tache sombre sur le côté.

— Qui est-ce ? répéta l'adjudant.

Et comme le nain ouvrait la bouche pour répondre, il ajouta :

— Son nom.

— Corsi. Buongianni. Vous avez dû entendre parler de son célèbre apéritif. « Ça vous regonfle quand vous êtes à plat »… Vous avez probablement vu la pub à la télé. Remarquez, il lui faudrait plus d'un verre, maintenant…

— Et comment vous appelez-vous ? répliqua l'adjudant, le regard noir.

— Moi ? On m'appelle habituellement Grillo.

Guarnaccia n'avait aucun mal à le croire. C'était le nom commun du criquet, exactement ce qu'évoquait cette petite créature remuante, tant son physique que le timbre de sa voix.

— Eh bien, reprit Grillo en se frottant les mains d'un air ravi, il va falloir le lui dire à elle, alors vous êtes tout à fait l'homme de la situation. J'étais justement en train de me demander comment faire, quand je vous ai vu par la fenêtre. Pas ici…

Il avait aussitôt perçu le regard de Guarnaccia sur les murs aveugles.

— Mais à côté, précisa-t-il. Pas question pour *moi* de monter là-haut. C'est pas mon boulot, hein ? Je n'opère pas « là-haut ». Le gardien devrait s'en charger, mais sa femme et lui sont déjà « là-haut », accoutrés comme un majordome et une bonne pour le raout. Je me demande ce qu'elle va en dire.

— Asseyez-vous.

L'adjudant se faisait menaçant. Grillo obtempéra. Il n'y avait que l'unique fauteuil et Guarnaccia l'observa de toute sa hauteur avec ses gros yeux globuleux. Grillo croisa les bras et le dévisagea à son tour d'un air radieux.

— À votre service, tant que vous n'attendez pas de moi que…

— Bouclez-la.

Mais après l'avoir enjoint au silence, l'adjudant ne savait plus très bien par où débuter. Buongianni Corsi… Cette histoire d'apéritif lui disait quelque chose, bien qu'il n'y ait jamais touché lui-même. Le bruit sourd d'une fanfare de trompettes parvint du dehors. Cela semblait provenir d'un autre monde. Guarnaccia commença à se sentir oppressé dans la petite pièce. Une sensation qui ne le quitterait pas de sitôt. Dans un soupir, il lorgna le nain, puis le mort, avant de revenir vers le premier.

— À quelle heure l'avez-vous trouvé ?

— Je n'ai pas de montre !

— À quelle heure à peu près ?

— Ça devait être il y a une demi-heure. Je suis entré…

— Pourquoi ?

— Pourquoi ? Pour nettoyer les armes, bien sûr. C'est mon boulot, ça l'a toujours été.

— Et vous les avez…

— Nettoyées ? Aucun intérêt, pas vrai ? Il n'en aura plus besoin. Je n'ai pas sorti ces trucs, si c'est ce que vous pensez.

Il n'était pas dupe. L'adjudant avait pris soin d'ignorer les chiffons et la graisse à fusil sur la table.

— Il les nettoyait lui-même, non ? Il devait le faire, je veux dire. Il s'est tiré dessus, je suppose, c'est pas ce que vous diriez ?

L'adjudant n'exprima aucune opinion.

— Vous avez déclaré que c'était votre travail.

Pour toute réponse, son interlocuteur le gratifia d'un gloussement interminable.

— Qu'y a-t-il de si drôle ?

— Rien. Il passait beaucoup de temps ici, à jouer avec ses armes. Bien des soirées. À jouer avec son petit pistolet.

Le nain contempla le cadavre avec un large sourire lubrique.

— Il préférait ça à sa femme et à ses amis. Enfin, qu'est-ce que vous croyez, hein ? Ha ha !

Guarnaccia lui lança un regard sombre. Il commençait à se sentir le faire-valoir d'un numéro comique. Il décida de tenter une stratégie de silence menaçant. Elle fut payante. Au début, le nain observa lui aussi un silence rebelle, mais il trahit bientôt une impression de malaise.

— Eh bien, en tout cas… il va falloir le lui dire. Je suppose… je suppose que vous voulez savoir à qui vous adresser et où…

L'adjudant se dandina un peu puis reprit son immobilité. Sans fenêtre, la pièce était dépouillée, spartiate même. Il fallait se sentir bien mal pour vouloir y passer de longues soirées solitaires.

— C'est la marquise que vous devez voir. La marquise Ulderighi. Son épouse. Vous la trouverez au premier. Il y a un concert en ce moment, comme toujours le dimanche après-midi.

Guarnaccia tourna les talons pour franchir la porte.

— Je la referme à clé, non ? Il vaut mieux, vous ne pensez pas ?

Grillo lui emboîta le pas en jacassant. L'adjudant attendit qu'il finisse de verrouiller, puis lui prit la clé des mains pour la glisser dans la poche de poitrine de son uniforme. Il leva les yeux en direction de la musique.

— Où est l'ascenseur ?

— Vous allez devoir utiliser l'escalier. Seule la famille a les clés.

— Où puis-je téléphoner ?

— Un téléphone… il y a la loge du gardien, mais vous ne pouvez pas l'utiliser, hein ? Fermée à clé. Ils sont « là-haut » comme je disais, en tenue de soirée…

— Entendu.

D'un pas lourd, l'adjudant commença à gravir les marches du large escalier. Après tout, il ne serait peut-être pas très diplomatique d'envahir la demeure de cette marquise Machin-Chose de carabiniers et d'ambulanciers avant même qu'elle n'apprenne le décès de son mari ; encore qu'il eût préféré se dispenser de cette tâche et laisser un officier ou un magistrat lui annoncer… lui annoncer quoi ? S'il devait le faire lui-même, il avait intérêt à soigner sa formulation. Un accident… C'était sans doute le cas, de toute façon, si le type nettoyait son arme… Cela arrivait sans cesse. Pour un certain nombre de raisons fermement ancrées dans sa tête, Guarnaccia ne croyait pas à ce qu'il pensait. Ce qu'il pensait – à tort, comme il le découvrit plus tard –, c'était qu'une affaire impliquant des gens puissants et haut placés comme celle-ci lui serait aussitôt retirée.

— Pfft !

Il fit une pause pour s'éponger le front. Au bout de la première volée de marches du grand escalier, un écusson en bois sculpté, peint aux armoiries de la famille, était suspendu au mur. Quand il tomba dessus, l'adjudant s'arrêta net. Au moins deux fois haut comme lui, l'objet revêtait un aspect menaçant dû à son écartement du mur dans sa partie supérieure. La douce musique, étouffée, continuait quelque part à l'étage. Il poursuivit son ascension, un peu essoufflé, puis s'arrêta au premier. De hautes portes à deux battants se dressaient à droite et à gauche. La musique provenait de la droite. Un concert, avait dit Grillo. Il regarda la sonnette sur le mur, imaginant l'interruption que provoquerait le carillon. Au-dessus, était fixée une plaque de cuivre gravée en taille douce : *Bianca Maria Corsi Ulderighi della Loggia.* Ce devait être elle… mais pourquoi seulement son nom à elle ? Et le mari ? Il n'était pas encore mort quand on avait installé cette plaque. Un prince consort, avait déclaré Grillo… Quelle drôle de créature !

Guarnaccia ne sonna pas. Lorsqu'il s'agissait de personnes avec autant de patronymes sur leur sonnette, mieux valait agir en douceur, sinon on se retrouvait un beau matin muté dans un coin perdu, à l'autre bout de la péninsule. Il leva son gros poing et toqua à la porte. La musique continua. C'était un air triste mais agréable, la mélodie étant jouée par une flûte, selon lui. Il frappa discrètement à trois autres reprises puis actionna la poignée. La porte s'ouvrit. Après tout, c'était un concert sans doute ouvert au public, aussi pénétra-t-il à pas feutrés. Il se retrouva dans un vaste couloir aux dalles de terre cuite si anciennes et obscurcies par l'encaustique qu'elles semblaient presque noires. Il n'y avait aucune fenêtre, mais la lumière provenait de petits abat-jour en soie posés sur des tables en demi-lune placées de chaque côté d'autres portes à double battant, à droite et à gauche. La flûte poursuivit sa douce complainte et, serrant les poings sous l'effort, l'adjudant tenta de fouler le sol ciré sans faire trop de bruit avec ses grosses chaussures noires. Arrivé à la porte de gauche, il ôta sa casquette et appuya sur la poignée en cuivre.

Comme la musique s'amplifiait, il jeta un coup d'œil sur le salon jaune et blanc, haut de plafond, avec le même sol aux sombres dalles polies et un énorme lustre central. Il y avait là entre soixante et quatre-vingts personnes en tenue soignée, assises sur de minuscules chaises dorées. Il referma la porte sans faire de bruit, cherchant la meilleure attitude à adopter. Attendre une interruption et se faufiler, sous les applaudissements ? C'était ridicule. Le mari de la marquise était étendu mort au rez-de-chaussée. Pourquoi diable ne s'était-elle pas rendu compte de son absence, s'ils avaient tous ces invités ? Le mieux, après tout, serait d'aller téléphoner dans un bar pour demander de l'aide, maintenant que le raffut de la procession était à l'évidence fini. Le seul point qui le faisait hésiter, c'était l'idée que cette pipelette de Grillo guettait sans doute là en bas, pour voir comment il s'en sortirait. À présent, il comprenait fort bien pourquoi le nain avait refusé de monter lui-même pour faire irruption dans cette société ; l'adjudant imaginait déjà son sourire triomphant devant son manque de courage et d'aplomb.

La barbe ! se dit-il et il pensa de nouveau attendre que la musique s'interrompe. Il entendit alors s'ouvrir la porte derrière lui. Il virevolta pour découvrir une femme rondelette d'âge moyen, vêtue d'un uniforme de soubrette. Elle gardait encore les battants ouverts et le dévisageait avec appréhension. Lâchant un petit cri d'effroi, elle tourna les talons et disparut. Il l'entendit appeler quelqu'un avec insistance.

— Mauro ! Mauro !

— Qu'est-ce qui t'arrive, maintenant, la vieille ?

— *Mauro !*

Guarnaccia lui avait emboîté le pas. La pièce à sa droite se révélait quasi semblable à l'autre, quoiqu'un peu moins spacieuse, et elle abritait deux très longues tables nappées de damas blanc, sur lesquelles on avait disposé des verres et des bouteilles du fameux apéritif. À l'autre bout de la salle, une petite porte était restée ouverte et un homme en surgit. Il présentait un visage simiesque et flétri, portait un pantalon noir, un court veston de coton à rayures et des gants blancs. Sa femme – car il s'agissait sûrement du gardien – réapparut derrière lui, jetant un regard angoissé par-dessus son épaule. Sa mine blême était maintenant maculée de rougeurs. Ils se sentaient apparemment mal à l'aise dans leurs sortes de déguisements, et la vue de l'adjudant ne fit qu'accroître leur désarroi. Le concierge ne lorgnait pas tant Guarnaccia lui-même que son uniforme et il lâcha un juron dans sa barbe.

— Merde…

— Qu'est-ce que je te disais ? pleurnichait sa femme. Je me suis tuée à le répéter, et personne n'y a fait attention. Eh bien, je suis ravie, tu sais ! Vraiment ravie. Car si tu veux mon avis, même *elle* y réfléchira à deux fois avant de l'aider encore. Même s'ils le coffrent, au moins on n'en entendra plus parler ! Tu veux pas m'écouter, mais tu apprendras que…

— Tais-toi donc, idiote !

Comme il ne comprenait rien, l'adjudant resta à sa place sans un mot. La femme recula dans l'entrée de service en traînant les pieds et continua à sangloter et à lancer ses imprécations hors de sa vue.

— Alors ? dit le gardien qui fourra les mains dans ses poches, affectant la nonchalance.

Mais il les retira aussitôt, à cause des gants blancs.

— Est-ce qu'il s'est blessé, il a fait du mal à quelqu'un ou quoi ?

Dérouté, l'adjudant se borna à le contempler de ses gros yeux proéminents.

Comme s'il se rappelait un détail, le concierge reprit :

— Quelle heure est-il, au fait ?

— L'heure ? fit Guarnaccia avant de jeter un coup d'œil à sa montre. Six heures moins le quart.

— Mais ils n'ont démarré qu'à cinq heures et demie, alors comment est-ce que vous avez pu venir ici… à moins que ça se soit passé avant ?

— Avant…

Faisait-il allusion au concert ?

— Enfin, quoi qu'il se soit passé, on ne peut pas lui en vouloir, croyez-moi sur parole. Il faut s'attendre à quoi ? Ils le cherchent, ils l'ont toujours cherché. On peut encaisser beaucoup mais, tôt ou tard, il faut bien céder, vous ne croyez pas ? Vous n'avez pas dit s'il était blessé.

— Il est mort.

L'adjudant n'avait pas sitôt prononcé ces mots que l'expression du visage desséché du gardien lui fit comprendre qu'ils ne devaient pas parler de la même personne. L'autre avait reçu la nouvelle comme un coup à l'estomac et il titubait à présent, comme s'il allait tomber.

— Du calme… dit Guarnaccia qui s'approcha pour retenir l'individu plus petit que lui par le bras.

Personne n'aimait son employeur à ce point…

— Buongianni Corsi. Je parle de Buongianni Corsi. Un accident a eu lieu. Il est mort. Vous feriez mieux de vous asseoir une minute.

Le concierge se laissa conduire à un fauteuil et s'y affala, une main gantée de blanc sur la poitrine.

— J'ai failli y passer… mon cœur n'est plus si solide. J'ai failli y passer.

— Je suis désolé. Est-ce que vous ne devriez pas prendre quelque chose ?

— Ada ! Ada !

De gros sanglots provenaient encore de la petite cuisine-réserve. Elle était assise sur un carton portant l'inscription « Bouteilles. Manier avec soin », les jambes écartées, les poings descendant mollement sur ses genoux au rythme de ses spasmes.

— Votre mari a besoin de médicaments, l'interrompit-il un peu brusquement.

Guarnaccia aurait plus tard largement le temps de comprendre de quoi il s'agissait, et l'idée d'avoir un autre cadavre sur les bras ne l'enchantait guère.

Une fois levée, elle repoussa ses cheveux en arrière, oubliant la petite coiffe en dentelle qui se retrouva de guingois.

— Oui ! Un médicament ! C'est moi qui vais finir à l'hôpital avec ces deux-là, mais ils ne veulent pas m'écouter. J'ai beau parler à en perdre le souffle…

Elle franchit cependant une autre porte, sans doute en quête du remède nécessaire à son époux.

L'adjudant versa de l'eau dans l'un des verres à vin posés sur la table, puis revint vers le gardien. Ce dernier était toujours assis et ses lèvres avaient bleui, mais il semblait plus calme.

— Votre femme vous apporte quelque chose.

Il lui tendit l'eau.

— Merci.

L'autre la but à petites gorgées, les yeux rivés sur la porte à double battant, restée ouverte. La musique continuait.

— Ils ne vont pas tarder à venir. Je vais devoir…

— Restez assis, dit l'adjudant, à moins qu'on ne reparte là-bas.

Il montrait la cuisine.

— Si on n'est pas prêts pour eux, on n'a pas fini de l'entendre. La marquise…

— La marquise aura d'autres chats à fouetter. Son mari est mort.

— C'est vrai… Vous avez dit un accident, non ? Dans sa voiture ?

— Non. Pourquoi n'était-il pas ici, à l'étage, au concert, vous le savez ?

— Lui ? Il n'y vient jamais. Pas son style. Il lui laisse tout ça à elle.

— Y aurait-il d'autres membres de la famille présents ici avec elle ? Quelqu'un qui saurait comment lui annoncer la nouvelle ?

— Voyons… la tante doit y être, je suppose. Mais, à votre place, je ne me ferais pas trop de bile pour ça.

— Est-ce qu'il y a des enfants ?

— Neri… répondit le concierge dans une grimace. Vous ne le verrez pas, personne ne le voit jamais. Il doit être au-dessus.

Il prit une nouvelle gorgée et laissa choir sa tête entre ses genoux.

— J'ai un peu le tournis…

Guarnaccia lui prit le verre.

— Votre femme met du temps à revenir.

— C'est à cause de toutes ces marches…

Le gardien se tut, comme si le simple fait de parler l'épuisait. L'épouse revint enfin, à bout de souffle, et la coiffe toujours de travers. Elle lui donna deux comprimés qu'il avala goulûment. Elle se tourna ensuite vers l'adjudant. Elle avait cessé de pleurer et le défia du regard :

— Alors ? Qu'est-ce qu'il a fait ?

— Vous avez un fils, c'est ça ? C'est lui qui vous cause ces soucis ?

Entre-temps, l'adjudant avait opéré le rapprochement.

— Pour qui je devrais m'en faire ? S'il en est venu aux mains, c'est qu'il avait une bonne raison ! Ils le provoquent tous… je lui ai dit de ne pas réagir, je l'ai mis en garde…

— Arrête de brailler comme ça ! s'écria son mari, avant de presser de nouveau la main sur sa poitrine.

Il ferma les paupières sous la douleur et ajouta :

— Il est venu pour Corsi. Il y a eu un accident. Il est mort.

La femme se tut. Elle contempla, bouche bée, les bouteilles disposées en rangs serrés, comme si leur présence devait indiquer que leur producteur était toujours en vie.

— Qu'est-ce qui se passe, maintenant ? s'enquit Guarnaccia en désignant d'un hochement de tête l'autre pièce, où la musique s'était achevée sous les applaudissements.

— Ils vont tous rappliquer.

Elle lissa son tablier.

— Regardez dans quel état je suis…

Elle ne songea pas à la coiffe et l'adjudant n'eut pas envie de faire de remarque.

— Et qui va le lui annoncer ?

— Moi.

— Je vous laisse volontiers vous en charger. C'est pas qu'ils ne pouvaient pas se sentir… malgré tout…

— Êtes-vous capables tous deux de continuer ici comme si de rien n'était ? l'interrompit l'adjudant. Je vais la garder dans l'autre pièce, si possible…

Mais le couple s'était levé sans l'écouter. Avec un à-propos qui le surprit, ils avaient pris place, chacun derrière chaque longue table, et versaient de très petites doses du célèbre apéritif dans les verres alignés et étincelants lorsque les portes du salon d'en face s'ouvrirent à la volée.

CHAPITRE II

La marée humaine qui envahit la pièce contraignit l'adjudant à battre un peu en retraite, mais il s'arrêta, la mine figée et inexpressive, décidé à ne pas lâcher pied. Dans son immobilité silencieuse qui tranchait avec l'effervescence des bavardages, il avait pleine conscience de l'incongruité de son uniforme noir parmi la soie et le lin crème. Une ou deux femmes lui décochèrent un regard inquisiteur, avant de se détourner pour poursuivre leur conversation ou saisir leur verre. Personne ne lui adressa la parole. Il n'y avait pour ainsi dire que des femmes et aucune n'était jeune. Lourdement fardée et vêtue de manière classique, l'une d'elles se déplaçait à l'aide de deux cannes. La pièce s'emplit d'un mélange suffocant de parfums capiteux. Une femme le heurta à reculons, comme elle s'éloignait de la longue table, verre en main, et virevolta comme pour s'excuser, mais son expression se figea en le voyant. D'un œil glacial et fugace qui le jaugea de la tête aux pieds et le chassa de son monde, elle tourna les talons et reprit sa discussion.

— Il est *si* talentueux, selon moi, et plutôt séduisant mais, bien sûr, vous avez vu « l'ami »… Ma chère, Bianca était pour une fois assez embarrassée, mais que pouvait-elle faire…

— Elle aurait dû refuser. Bien entendu, je conçois comme vous que nous ne souhaiterions pas perdre ce cher, cher Emilio. Cependant…

— Oh, Bianca s'accommode de tout, même de ça !

L'adjudant, qui observait et écoutait, se demanda à quoi « ça » faisait référence et il se dit qu'elle n'appréciait peut-être pas le breuvage que contenait son verre. C'était l'unique boisson proposée, remarqua-t-il.

— Pensez-vous, murmura une voix, si proche de l'oreille de Guarnaccia qu'il crut qu'on lui parlait, que cet Emilio soit en fait homosexuel ?

La question émanait de la vieille dame très fardée et appuyée sur ses deux cannes ; elle s'adressait non pas à lui mais à une femme beaucoup plus jeune qui parut amusée.

— Bien sûr. N'allez pas croire qu'il ait jamais cherché à s'en cacher.

Elle nota que l'adjudant se tournait d'un air ébahi, ce qui sembla l'égayer encore davantage. La femme âgée, qui n'avait rien remarqué, insista :

— Mais pour vous qui êtes jeune et au courant de ces choses-là… est-ce une tare génétique quelconque ou, comme on dit, psychosomatique ? Je ne comprends pas…

Le gardien apparut auprès de l'adjudant avec un plateau rempli de verres.

— Autant en profiter…

— Non, merci.

— Dans ce cas, passez dans l'autre pièce. Elle y sera.

Le concierge hocha la tête en direction du salon d'en face.

Guarnaccia se fraya un chemin jusqu'à la porte. La plus grande salle était à présent quasi vide. Trois hommes, tous tirés à quatre épingles dans des costumes de soie, leurs cheveux grisonnants très soignés, discutaient sérieusement debout près des rangées de chaises dorées. Un très jeune homme était assis à l'écart, sur un tabouret en bois ordinaire, pour ainsi dire derrière la porte, où l'adjudant ne l'avait pas vu en jetant un premier coup d'œil rapide. À l'entrée de la pièce trônait un piano à queue. Guarnaccia s'étonna de l'absence d'autres instruments, hormis une chaîne hi-fi posée sur une table ancienne. Devant elle se tenait un beau jeune homme, ce « cher Emilio », peut-être ? Il parlait avec vivacité à une grande femme en blanc, dont l'élégante silhouette tournait le dos à l'adjudant. Évitant les petites chaises qui se seraient sans doute effondrées sous son poids s'il les avait ne serait-ce qu'effleurées, il traversa le sol lustré quasiment sur la pointe des pieds et, casquette à la main, les rejoignit.

Comme l'adjudant arrivait à sa hauteur, le jeune homme s'interrompit au milieu de sa phrase pour le dévisager. La femme se tourna.

— Madame la marquise…

— Oui ?

Elle le lorgna de la tête aux pieds, à l'instar de la femme de tout à l'heure, mais d'un regard beaucoup plus percutant. Elle avait de très grands yeux noirs, mais des cheveux blonds et la peau blanche. Elle n'était pas jeune, accusait certes plus de quarante ans, mais il s'agissait d'une femme extrêmement belle, dotée d'une aura qui dissuada l'adjudant de trop s'en approcher. L'expression de son regard clair et hautain fit perdre son sang-froid à Guarnaccia à tel point qu'il ne se serait guère senti plus humilié s'il avait glissé sur le sol brillant et fracassé une dizaine de ces chaises ridicules. Il ravala sa salive et regarda le jeune homme en parlant, afin d'éviter les yeux de la dame.

— J'ai de mauvaises nouvelles, je le crains. Si je pouvais vous parler en privé…

— De mauvaises nouvelles ?…

Elle inclina légèrement la tête, comme pour faire l'effort de le croire, puis se tourna vers le jeune homme et sourit. Il était remercié. L'adjudant le regarda s'éloigner. Près de la porte, ce dernier parla à l'individu assis sur le tabouret, lequel se leva à la hâte et, tout en lançant un regard mauvais sur la salle, s'en alla avec lui.

— Une assez heureuse interruption… murmura la marquise dans un léger sourire. Les artistes forment une race à part, vous ne trouvez pas ? Et ce, quelles que soient leurs origines… mais on doit se fixer une limite… Ce cher Emilio. Enfin, je suis tout à fait sûre qu'il ne commettra pas de nouvel impair… Que puis-je pour vous, au juste ?

Le brusque changement de ton le désarçonna.

— Je… j'ai de mauvaises nouvelles, j'en ai peur…

— Ah oui, c'est ce que vous disiez. Ne devriez-vous pas m'annoncer qui vous êtes exactement ?

— Guarnaccia. Adjudant-chef des carabiniers, poste du palais Pitti.

— Le palais Pitti ? Il y a un poste de garde là-bas ? C'est absolument incroyable, mais c'est très bien pour vous. Voulez-vous vous asseoir ?

— Non ! Je… non, merci.

Rien ne l'aurait persuadé de risquer sa masse sur l'une de ces chaises de poupée. La gêne commençait à le faire transpirer et il ne comprenait pas vraiment ce que disait la marquise. Il ne pouvait que la fixer avec ses gros yeux. Il avait l'impression de contempler une personne qui portait un masque, tout en cherchant à sonder la véritable expression que celui-ci dissimulait. C'était un masque de surprise légère, teintée de dédain. Les yeux le traversaient, durs et étincelants comme de la glace.

— Je passais dans le quartier, commença-t-il, après s'être raclé la gorge, lorsqu'un homme m'a interpellé… un nain…

— Grillo ?

— Grillo, oui… je présume qu'il travaille pour vous ?

— Travaille ? Oui, disons qu'il se charge de divers travaux dans la maison. Il est avec nous depuis son enfance. Il fait partie de la famille, en quelque sorte.

Guarnaccia en déduisit qu'ils ne le payaient pas et l'employaient illégalement sans assurance, mais il n'avait aucune intention d'entrer dans ce genre de considération. Il avait déjà assez de pain sur la planche, sans qu'il soit nécessaire d'en rajouter. Se rendant compte qu'il faisait tourner d'un geste lent sa casquette entre ses grosses mains, il s'arrêta et, tenant fermement le bord de celle-ci, lâcha sa tirade :

— Le dénommé Grillo m'a conduit à une pièce donnant sur la cour, une armurerie. Il m'a dit s'y être lui-même rendu pour y décrasser les armes. Votre époux s'y trouvait. Il devait sans doute y être aussi occupé à ce nettoyage et l'accident s'est produit. Il est mort, madame la marquise.

— Buongianni ? Mort ?…

Le masque se recomposa en étonnement troublé. Le regard ne faiblit pas un instant. Elle ne jugea même pas utile de le détourner, et il sut, comme si elle l'avait avoué, qu'elle s'était préparée à sa venue, ou à celle de quiconque censé lui apprendre cette nouvelle. Guarnaccia, en tout cas, était loin de s'attendre à la réaction qui suivit. Aucun simulacre de chagrin ou d'un sentiment proche. Le regard dur et glacial soutint assez celui de l'adjudant pour établir son contrôle de la situation et l'incongruité de sa présence à lui. Puis elle tourna très légèrement la tête et haussa la voix.

— Gianpiero.

L'un des hommes en costume de soie à l'arrière de la pièce se sépara des deux autres pour s'approcher.

— Que se passe-t-il ?

Il aperçut l'uniforme de l'adjudant, puis se tourna vers la marquise dont il prit le bras :

— Y a-t-il eu un accident ? Vous semblez bouleversée.

— C'est Buongianni. Un accident, oui. Voici l'adjudant…

— Guarnaccia.

— Je vous demande pardon. Cher Gianpiero, Dieu merci, vous êtes là, je suppose que nous devons aller voir en bas. Pensez-vous que… ?

Elle lança un regard en direction des deux hommes aux cheveux gris qui restaient.

— Ils devraient certes nous accompagner.

Le nouveau venu s'adressa alors à Guarnaccia d'un ton bourru et autoritaire :

— Quel genre d'accident et où cela ?

L'adjudant était piqué au vif. Pour l'instant, du moins, il était censé s'occuper de la situation, mais c'est tout juste si on ne le considérait pas comme un domestique.

— Il peut s'agir ou non d'un accident. On doit enquêter à ce sujet. Il se trouve dans l'armurerie, au rez-de-chaussée.

— Mort ? Soyez plus clair, mon brave, mort ou blessé ? Nous pourrions perdre un temps précieux.

— Mort.

Mais pour qui se prenait-il, celui-ci ?

— Bien. Vous le leur avez dit ?

La question était posée à la marquise qui revenait, suivie par les deux hommes.

— Alors, descendons.

Ils empruntèrent l'ascenseur mais, auparavant, la maîtresse des lieux n'oublia pas de terminer les présentations. Ce « cher Gianpiero » n'était rien de moins que le procureur de la République du tribunal de Florence. Les deux autres, des « avocats de la famille » qu'elle ne nomma pas. Ils descendirent en silence. L'adjudant, toujours cramponné au bord de sa casquette, entendait son cœur battre et ses paroles malavisées résonner dans sa tête. « Il peut s'agir ou non d'un accident. On doit enquêter à ce sujet. » Comment avait-il pu montrer une pareille imbécillité ? Son seul espoir, c'était de ne pas avoir suffisamment d'importance. Tout ce qu'il avait à faire consistait à se taire jusqu'à ce qu'il puisse s'échapper de cette maison, pour ne jamais y revenir. Ils dénicheraient quelque officier de haut rang, pétri de tact et de respect… On ne pouvait tout de même pas le muter pour une simple remarque… Il n'avait pas d'importance, voilà bien la seule chose sur laquelle il pouvait compter…

Et néanmoins, pendant toute la durée de la descente en ascenseur, et tout le temps qu'ils restèrent dans la pièce avec le corps, autour duquel deux ou trois mouches bourdonnaient à présent, sous la tension et le trouble suscités par la crainte de sa propre situation, une autre idée persista. Ce « cher Gianpiero » était un ami intime, à l'évidence, mais quand bien même, comme le déclara la dame, quelle *chance* qu'il se soit trouvé sur place !

— Une histoire de mort suspecte ? s'enquit Lorenzini en mâchonnant.

Le constat d'homicide, de suicide ou d'accident en cas de mort subite ne lui semblait pas nécessiter du renfort, mais il était assez content de manger une excellente pizza.

— Elle est géniale.

— Humm…

On ne savait pas trop si l'adjudant l'approuvait pour l'« histoire de mort suspecte » ou pour la pizza. Son appétit habituel paraissait pourtant lui manquer. De temps à autre, il cessait de mastiquer et gardait les yeux dans le vague, comme s'il avait l'esprit ailleurs. Il avait fait venir son jeune brigadier du poste de Pitti, parce qu'il aurait certes besoin de son aide, mais surtout parce que sa présence le rassurait. À cette heure encore précoce de la soirée, très peu de gens dînaient chez Gino, la pizzeria située en face du palais Ulderighi. La plupart d'entre eux avaient l'air d'être des amis et des parents des patrons, et ils fumaient et buvaient du café autour d'une télévision, où une chaîne locale diffusait un enregistrement du tournoi de football médiéval.

— Après tout, poursuivit Lorenzini en élevant la voix comme les gens autour du téléviseur s'époumonaient contre un nouvel accès de violence sur le terrain, s'il s'est vraiment suicidé, ils ne paieront pas, n'est-ce pas ?

— Non.

L'adjudant glissa dans sa bouche un morceau de la pizza qui grésillait encore et, après l'avoir ingurgité, reprit :

— Sa femme vient de Naples, c'est pour ça.

— Quoi ? Cette marquise… comment déjà… Ulderighi ?

— Hein ? Non, non. Celle qui a fait cette pizza. C'est ce que me disait son mari pendant que je t'attendais. C'est pour ça qu'elle est si bonne. En général, ce qu'ils font à Florence, cette pâte caoutchouteuse avec la garniture en boîte qu'ils déversent dessus et ce truc qui a le goût d'huile de moteur…

Il continua à mastiquer en silence, tout en fronçant un peu les sourcils quand la télévision attira son attention.

— J'espère qu'il n'y a pas eu de problème. Mes gamins étaient là-bas. Je devrais peut-être appeler à la maison.

Lorenzini se tourna vers l'écran. Trois joueurs verts avaient dégringolé en masse au-dessus de l'un des Blancs. Leurs longs hauts-de-chausses étaient couverts de sable et aucun d'entre eux n'avait plus son tee-shirt sur le dos. Le groupe autour du poste braillait et leur obstruait la vue. Guarnaccia se leva.

— Je vais juste passer un coup de fil…

Il se retira dans l'arrière-salle, fouillant sa poche en quête d'un jeton. Il ne s'absenta pas longtemps. En se rasseyant, il soupira et dit :

— Quelle histoire !…

Une fois de plus, Lorenzini ignorait si son chef faisait allusion au football ou au cadavre de l'autre côté de la rue, mais il connaissait assez bien l'adjudant pour être certain que cette imprécision bougonne signifiait que Guarnaccia était tombé sur un os. Il ressemblait à un bouledogue et, tel un bouledogue, il était peu enclin à lâcher prise. En dépit de sa jeunesse, Lorenzini hasarda une forme de mise en garde.

— Avec ce genre de personnes, bien sûr, il vaut mieux éviter de prendre des risques, surtout…

— Surtout avec le procureur de la République qui s'intéresse personnellement à l'affaire ?

— Ça aussi. Cependant, il vous a laissé carte blanche, non ? Vérifier l'emploi du temps des occupants de l'immeuble et savoir ce qu'ils auraient pu entendre, je veux dire. Établir l'heure du décès. D'après ce que vous m'avez dit, il ne vous met pas de bâtons dans les roues.

— Non. Et pourquoi ? Pourquoi moi ?

Lorenzini se tut. L'adjudant s'essuya la bouche et but une gorgée de vin.

— Je vais te dire pourquoi. Parce que je ne suis personne. Tout ce que je dis, tout ce que je découvre, on peut l'ignorer. Et si ça ne me plaît pas, on peut me muter hors de Florence...

— ... comme ça ! Il fit claquer ses doigts en ajoutant :

— Eh bien, oui, c'est ce que je voulais dire, mais je suis sûr que si vous faites attention où vous mettez les pieds, si vous évitez la presse et ainsi de suite... !

— Je n'aime pas qu'on se paie ma tête, reprit calmement Guarnaccia. Et pour ne rien te cacher, je n'aime pas qu'on se moque de ça non plus, précisa-t-il en plaçant sa grosse main sur la casquette avec sa flamme dorée au-dessus de la visière, posée sur la chaise vide à ses côtés.

Après quoi, il acheva son repas sans piper mot, tout en lorgnant l'écran de télévision avec un air de réprobation sinistre.

Ils avaient déjà bu la moitié de leur café quand il reprit soudain la conversation là où il l'avait laissée :

— Et sache bien, quand tu dis qu'il me donne le champ libre, qu'on doit interroger les locataires mais qu'on est censés ne pas déranger la marquise – ça la ficherait mal –, pas plus que son fils, si fragile, dit-on, que personne ne le voit jamais.

Il déboutonna sa poche de poitrine et en sortit un calepin noir, glissé derrière ses lunettes.

— Avec ceux-là, dit-il en ouvrant le carnet à côté de sa tasse de café, on a le droit de perdre notre temps, en commençant par ce Filippo Brunetti... celui qu'ils surnomment Grillo, je t'en ai parlé.

— Le nain.

— Exact. Je devrais le plaindre, je suppose, mais c'est un sale petit bonhomme, malin comme un singe avec ça, car si quelqu'un sait tout ce qu'il se passe là-bas, c'est bien lui. Mais…

— Vous ne pensez pas qu'il parlera ?

— Oh, il parlera sans problème. Je n'ai jamais vu quelqu'un qui parlait aussi vite. Mais il sait où sont ses intérêts et, s'il devait quitter la maison Ulderighi, où irait-il ? Il n'avait pas l'air de porter Corsi très haut dans son cœur, mais…

— Mais quoi ?

Lorenzini avait beaucoup de respect pour l'adjudant, cependant il était jeune, énergique et ne pouvait pas toujours dissimuler son impatience devant la lenteur de son aîné et les observations inachevées et hors de propos que ce dernier laissait en suspens.

— Mais quoi, adjudant ? réitéra-t-il, ses yeux gris et vifs observant par la fenêtre la grande demeure d'en face.

Livré à lui-même, il s'y serait déjà rendu depuis une heure et aurait pris des notes précises et méthodiques, mais ils sirotaient leur café, comme ils avaient savouré leur pizza, et Guarnaccia ne répondait toujours pas. Lorenzini détourna son regard de la fenêtre et trouva son chef encore en train de fixer la télévision en silence. Lorsqu'il s'exprima enfin, il s'était éloigné du sujet.

— Les Florentins sont bizarres. Après toutes ces années, je ne m'y suis pas habitué… sans vouloir te vexer, tu comprends.

Florentin pur souche, Lorenzini fit remarquer que chacun avait ses singularités, mais la remarque n'eut aucun impact.

— Si tu l'avais vu, là debout, en train de blaguer, avec un défunt à ses pieds.

— Mieux vaut un cadavre en la demeure qu'un Pisan à la porte ?

— Hein ?

— C'est un vieux dicton florentin qui date de la guerre avec Pise.

— Humpf…

L'adjudant y réfléchit, puis répliqua :

— Alors je suis le Pisan, c'est ça ?

— Vous ou n'importe qui susceptible de menacer le système.

— Eh bien… Tu as peut-être raison. Peut-être que tu devrais lui parler, vous risquez de mieux vous comprendre… Non, mais regarde-moi ça ! Il essaye d'étrangler l'arbitre ! Sa tête me dit quelque chose aussi. Ce n'est pas celui qui s'est fait mordre l'oreille, une fois ?

— Possible. Ça s'est passé il y a des années. Je crois que j'étais encore à l'école.

— En tout cas, je n'aime pas ça. À mon humble avis, la moitié d'entre eux devrait se trouver derrière les barreaux. Quoi qu'il en soit, tu lui parleras. Ensuite, il y a le gardien et sa femme. Mori, ils s'appellent, et il y a un fils, aussi, et si j'ai bien compris, il fait partie de cette troupe.

Un nouveau regard noir sur l'écran, puis il tapota le calepin de son énorme doigt.

— C'est la vieille nounou, en quelque sorte. Elle s'est occupée des enfants Ulderighi depuis des lustres. Elle s'appelle Marilena Binazzi. Quatre-vingt-onze ans et sourde comme un pot. Tous ces domestiques de la famille vivent dans des pièces donnant sur la cour. Les autres sont louées comme studios. Le musicien, Emilio Emiliani, en utilise un pour jouer, sinon il vit dans un appartement du troisième. Un autre studio sert de cabinet médical… ah, la voilà… Flavia Martelli, qui elle aussi loge à l'étage. Le dernier, près de l'entrée, à droite, est loué par une jeune Anglaise du nom de Catherine Yorke, qui effectue quelques travaux de restauration. Elle est partie la semaine dernière en voyage en Angleterre, alors on ne la verra pas, de toute manière. Voyons : il y a un autre appartement au troisième… attends un minute… Martelli, Emiliano… C'est celui-ci… Fido.

— On dirait un nom de chien.

— Eh bien, c'est un peintre. Anglais, lui aussi, mais tu as raison, c'est un drôle de nom. Oh, et puis il y a une école de danse au premier, mais ça ne nous concerne pas, puisqu'elle est fermée du samedi au lundi. Ma foi, on a fait le tour. Maintenant, on va aller leur demander s'ils ont entendu quelque chose et ils diront tous que non.

— Mais, adjudant, ces gens qui sont locataires et non pas domestiques, ils ont sans doute… je veux dire, un coup de feu pareil, qui résonne dans une cour, ça réveillerait les morts.

— Oui, répondit Guarnaccia en remettant le calepin dans sa poche. Ça devrait. Si c'est là que ça s'est produit. Mais je ne pense pas qu'il soit mort là, pas de cette façon. Il était étendu sur le dos, mais le sang s'était concentré sur un côté du visage. Il y aura une autopsie, à l'évidence, il faudra bien, mais je n'aurai jamais les résultats sous les yeux.

— Vous pensez qu'il s'est tiré dessus, alors ?

— Comment pourrais-je le deviner ? Le fait est que je ne le saurai jamais… mais je vais te dire autre chose : je sais, en tout cas, qu'on ne porte pas une tenue de soirée pour nettoyer une arme. Et je sais aussi qu'il n'y avait pas assez de désordre dans cette pièce, loin s'en faut. Pas une éclaboussure. Bon, on ferait mieux de payer et de s'en aller.

Plus facile à dire qu'à faire. Leur serveur était trop occupé à regarder la télévision avec le groupe tapageur pour remarquer qu'ils tentaient d'attirer son attention. Lorenzini finit par se lever pour aller chercher le patron, qui les retarda encore en sollicitant des compliments pour la pizza de sa femme. Le brigadier se plia volontiers à cette requête mais l'adjudant, se renfrognant derrière ses lunettes de soleil, se borna à marmonner de nouveau : « Pas assez de désordre. Loin de là, loin de là… »

Tandis que les deux hommes en uniforme traversaient la rue pour sonner au palais Ulderighi, Gino, le patron, les regarda s'en aller. Selon lui, ses pizzas étaient les plus grosses de Florence. Et l'adjudant en avait mangé deux !

— J'espère que vous vous sentez mieux.

Le gardien lorgna Guarnaccia d'un air suspicieux. Il avait à peine entrouvert la porte de la loge.

— Je vais très bien.

— Alors, si vous n'y voyez pas d'inconvénient, nous allons entrer quelques instants. Votre femme est là ?

— Elle s'est allongée un moment. La nouvelle l'a bouleversée. Elle a les nerfs fragiles.

Il les fit entrer, mais sans leur offrir un siège et sans s'asseoir lui non plus. La pièce était petite et étouffante, encombrée par un mélange de mobilier ancien et récent. À l'évidence, elle servait à la fois de cuisine et de salle de séjour. Elle empestait la viande et l'oignon frit, tandis qu'une grosse casserole d'eau parvenait à ébullition sur un brûleur à gaz. Un lave-linge qui semblait neuf trônait dans un coin, recouvert d'un morceau de tissu effrangé sur lequel était posé un vase contenant des fleurs en plastique. Les grands yeux de l'adjudant captèrent le moindre détail et son ouïe aiguisée perçut un léger bruissement dans la pièce attenante.

— Votre épouse semble réveillée.

Le gardien hésita, son regard se posant sur la porte de séparation.

— Il faudra bien qu'on lui parle à un moment ou un autre. Autant en finir maintenant et on essayera de ne plus avoir à vous déranger de nouveau.

Le concierge passa dans la pièce voisine et referma la porte derrière lui. Une discussion *mezza voce* s'ensuivit et tous deux mirent un certain temps à réapparaître.

— Bonsoir, signora. Navré de devoir vous importuner, mais on ne va pas vous retenir longtemps.

La femme présentait encore un visage rougi et tenait dans son poing un mouchoir roulé en boule. Elle regarda à peine l'adjudant et répondit encore moins à ses salutations. Elle s'assit à la table en Formica et décocha un regard réprobateur à son époux.

L'adjudant insista.

— Vous aimiez beaucoup votre employeur, n'est-ce pas ?

Pas de réponse.

— Elle a les nerfs fragiles, répéta le gardien.

Il ne leur proposa toujours pas de s'asseoir. Tout cela clochait. Guarnaccia savait par expérience qu'un couple comme le leur, enfermé toute la journée, rongé d'ennui et probablement sous-payé, ne se ferait pas prier pour s'attabler, peut-être devant quatre verres et une bouteille de vino santo, et cancaner sur leurs patrons. Pour une fois dans leur existence, ils devenaient le centre d'intérêt et pouvaient se libérer de toutes les rancœurs accumulées. Au lieu de cela, ils avaient envie de se débarrasser le plus vite possible de l'adjudant et du brigadier. Pourtant, ça ne pouvait guère faire de différence à leurs yeux, que Corsi soit mort par accident ou de sa propre main.

Le visage de Guarnaccia était neutre, inexpressif, et sa voix rassurante lorsqu'il s'adressa à la femme :

— Nous n'avons pas grand-chose à vous demander.

Il posa peu de questions et en apprit encore moins. La dernière fois qu'ils avaient vu Corsi, il sortait avec la marquise la veille au soir, pour se rendre à un dîner. Les gardiens leur avaient ouvert la porte à leur retour, mais sans regarder. Ils avaient entendu l'ascenseur monter, mais aucun coup de feu.

— À quelle heure sont-ils rentrés ?

Mari et femme se dévisagèrent et hésitèrent. Elle ouvrit la bouche, mais lui s'empressa de répliquer :

— Assez tard. Je suis allé me coucher vers une heure et je dormais, je ne sais pas depuis combien de temps, mais le fiston n'était pas de retour, alors il n'était pas quatre heures du matin, je peux vous le garantir.

— Le fiston ?

— Notre fils, Leo. Il est videur dans un club. Ils ferment sur le coup de quatre heures et il prend un petit déjeuner, avant de rentrer à la maison, alors il est la demie ou cinq heures moins le quart quand il revient.

— Et ça vous réveille, je suppose ?

L'adjudant n'ajouta pas : « Alors qu'un coup de feu, bien sûr, resterait sans effet », mais il aurait pu le dire, car le gardien fut aussitôt sur la défensive.

— Ben, c'est normal, non ? Faut qu'il traverse la pièce. On dort ici, là-dessus, précisa-t-il en désignant un canapé. Ça fait lit deux places.

— Et votre fils a la chambre ?

— Il doit dormir toute la journée. Sinon, comment voulez-vous qu'on se débrouille ?

— C'est un bon garçon. Il a toujours été gentil avec sa mère *et* avec lui.

La femme pleurait à chaudes larmes et jouait habilement de son mouchoir.

— Boucle-la, tu veux ?

Mais rien ne pouvait l'arrêter.

— C'est vrai ! Jamais un mot gentil pour lui mais tu craches pas sur l'argent qu'il rapporte.

— Je ne lui ai jamais pris un sou. C'est toi qui…

— Oui ! Moi ! C'est à moi qu'il le donne et où est-ce qu'on serait sans lui ? C'est bien beau de fermer les yeux là-dessus !

Elle tapota les siens, mais les larmes continuaient à couler à flots. Elle se moucha et dit à l'adjudant :

— Il m'a acheté ça.

Elle cingla l'air de son mouchoir en désignant la machine à laver sous son bout de tissu.

— Il me l'a achetée l'autre jour à peine.

— Ça ne l'intéresse pas ! rétorqua le gardien en faisant mine de lever le poing, mais il se ravisa et enfouit les deux mains dans ses poches.

Guarnaccia sentit tout le confinement de ces quatre murs, imagina ces chamailleries se reproduisant jour après jour, d'année en année. Tous les trois dans ce minuscule espace, avec ses odeurs de cuisine accumulées, le fils au lit la plupart du temps.

Puis ils se mettaient sur leur trente et un pour servir les amis de la marquise. Ils n'avaient pas grand-chose à perdre, mais l'adjudant savait qu'ils n'allaient pas risquer de le perdre, pas plus que le nain. Un toit, un revenu, deux denrées rares, presque introuvables à Florence. Il était quasi certain que la marquise les avait payés – ou leur avait promis de l'argent – pour leur silence.

— Je ne pense pas qu'on ait davantage besoin de vous, annonça-t-il.

À quoi bon ? Il perdait son temps. Il le savait tout comme eux. Lorsqu'ils furent sortis, les carabiniers entendirent la dispute se poursuivre et les assiettes du dîner heurter la table. Ce bruit fut presque aussitôt noyé par une série de vibrants accords de piano.

— Oh ! Oh, c'est vrai. Je me suis laissé dire que vous faisiez votre tournée. Désolé de ne pas vous avoir entendu tout de suite.

Vêtu d'un pantalon de lin blanc et d'une éclatante chemise à rayures, le musicien parut jovial, voire même amusé en faisant entrer l'adjudant.

— Je vous en prie.

Deux pianos de concert se faisaient face dans la pièce moquettée et tapissée du sol au plafond par des étagères remplies de partitions. Une lampe était allumée sur l'un des pianos, car cette pièce aussi était dépourvue de fenêtres.

— Asseyez-vous donc.

Ils prirent place sur un sofa blanc accolé au mur, le seul siège existant. Il était si bas et si moelleux que Guarnaccia se demanda, en s'y enfonçant, s'il pourrait jamais s'en relever. Le jeune pianiste s'y adossa, guilleret, posa un pied chaussé d'une mule en cuir sur son genou, dévoilant ainsi une partie de sa jambe imberbe, puis fixa l'adjudant d'un œil vif et espiègle.

— Alors ! C'est le linge sale de la famille que vous cherchez, n'est-ce pas ?

— Eh bien…

C'était en effet ce que Guarnaccia espérait de la part du gardien, mais lorsqu'on le lui fit remarquer de manière si abrupte, il se sentit un peu gêné.

— Non ?

— Je… d'une certaine façon, je suppose.

— Ma foi, la saleté, ce n'est pas ce qui manque, et je suis, disons, d'humeur perfide, aujourd'hui !

L'adjudant, tout rouge et mal à l'aise, regretta de ne pas avoir envoyé Lorenzini ici, plutôt que chez le nain. Il n'avait jamais été capable de traiter ce genre de situation. En l'occurrence, il n'eut pas vraiment à le faire, puisque ce « Cher Emilio », une fois lancé, s'interrompit à peine pour reprendre sa respiration.

— Je suppose que vous souhaitez savoir si le prince consort s'est tué, afin qu'on puisse prouver le contraire pour l'assurance… Eh bien, nul doute qu'il s'est suicidé, qui n'en aurait pas fait autant à sa place ? Il faut du courage, certes, et, moi-même, je n'aurais pas dit qu'il en possédait beaucoup, mais *elle* en avait à revendre et elle lui a sans doute prêté une main secourable. Oh mon cher, vous avez l'air choqué, à présent. Mais vous ne connaissez pas les gens à qui vous avez affaire !

— Je…

— Mais vous étiez là au cours de la débâcle de cet après-midi, je vous ai vu. Rien que cet épisode, ça devrait vous donner une idée !

— Vous voulez parler du concert ?

— Le concert ? Ce ne sont pas des concerts qu'elle propose tous les dimanches, grand Dieu, non ! Voyons, comment dirais-je ? Essayez d'imaginer la Bianca – la marquise Ulderighi, pour les non-initiés – comme une sorte de grande prêtresse de la critique musicale et votre serviteur comme l'acolyte invité – pour le peu de considération qu'elle lui porte – chargé de reconnaître les notes à sa place. Une dame avec d'aussi lourdes responsabilités sociales n'est pas censée se préoccuper de l'aspect trivial ou artisanal de la musique en tant qu'art. Donc : je leur passe un disque – en évitant les airs qu'ils pourraient reconnaître et fredonner –, puis je m'assois au piano et j'analyse. Je leur explique ça, tandis qu'ils me fixent avec une attention de personnes bien élevées et se disent : « Cette Bianca, quelle *mélomane* ! »

— Et elle l'est ?

— Eh bien, vous savez, elle pourrait l'être, selon moi, à condition d'y consacrer du temps – je suis d'une bienveillance incurable à son endroit, compte tenu de ce qu'il s'est passé cet après-midi –, mais le fils a du talent, gâché à mort, pourtant c'est indéniable, et s'il le tient de quelqu'un, c'est bien d'elle. Mais, quoi qu'il en soit, le temps qu'elle y consacre correspond grosso modo à celui qu'elle passe à choisir un rouge à lèvres, c'est-à-dire suffisant pour déterminer qu'il est d'une qualité acceptable, que la marque convient, et qu'il lui va bien au teint. Elle est assez informée pour formuler une remarque intelligente lors d'une première et savoir quand il faut se taire et éviter une gaffe dans le style de Ninì. Vous avez dû entendre la célèbre bévue de Ninì sur Chopin, elle a fait le tour de Florence !

— Non… si ça ne vous dérange pas de…

— Vous avez *dû* l'entendre. Juste après Noël, quand j'ai donné mon récital Chopin et, bien sûr, toutes ces chères vieilles peaux des après-midi dominicaux de Bianca voulaient des billets, mais Ninì, la comtesse – que je préfère entre toutes – est venue me chuchoter à l'oreille : « Il n'y aura pas que des lieder, n'est-ce pas ? »

Le musicien ferma les yeux et fut saisi d'un fou rire si sincère et si communicatif que l'adjudant ne put s'empêcher de se détendre un peu, bien qu'il n'ait pas compris la blague. La casquette plantée sur les genoux, il attendit que s'apaise l'hilarité du jeune homme pour capter son attention et lui dit :

— Vous avez mentionné un fait qui s'est produit cet après-midi. Si vous voulez parler de mon arrivée sur les lieux…

— Non ! Vous voulez dire que vous n'avez pas remarqué ? Mais vous vous seriez écroulé ! J'ignore comment j'ai pu garder mon sérieux pendant cet exposé, vraiment je ne sais pas, et je n'ai pas osé croiser le regard de Simone. Il était livide, mais j'ai l'habitude de ces gens-là et je n'ai pas pu m'empêcher… même en y repensant maintenant…

Et en y songeant, il se tordait encore de rire à en pleurer et sa figure rosissait.

— Simone est mon ami, vous comprenez. Bon, inutile de préciser que les dimanches après-midi de Bianca sont tout à fait exclusifs, mais Simone tenait à venir aujourd'hui en particulier, alors, hier, j'ai donc prié la marquise… notez que je ne l'ai pas seulement amené, je lui ai demandé à *elle*. Je vous laisse imaginer dans quelle situation elle se trouvait. Elle ne voulait pas de lui mais, puisqu'elle avait besoin de moi, sinon il n'y avait pas de dimanche après-midi, elle m'a dit oui en serrant les dents. Et puis elle a trouvé une solution pour amadouer ses amis triés sur le volet. Je n'y crois toujours pas, même si je l'ai vu de mes propres yeux. Simone a eu le droit de venir, *mais*… on ne l'a pas autorisé à s'asseoir sur une chaise dorée ! Vous y croyez, vous ? On lui a donné un vilain petit tabouret près de la porte, comme s'il était là pour vendre des billets !

Bien qu'il ait lui-même vu le jeune homme en question, l'adjudant avait quelque peine à y croire.

— Peut-être que les autres sièges étaient tous occupés… murmura-t-il.

— Une quinzaine de libres. Une quinzaine ! Pauvre Simone, mais comment ne pas rire devant la mentalité de ces gens-là ? *Moi*, en tout cas, je ne peux pas m'empêcher d'en rire, mais je dois avouer que je n'aimerais pas être à votre place. Je vous aiderais si je le pouvais, mais je suppose qu'on vous demande seulement d'aider à dissimuler ce qui s'est passé.

— Vous pourriez m'aider à découvrir ce qu'on veut dissimuler.

Presque malgré lui, Guarnaccia commençait à aimer Emilio. C'était un homme intelligent, une qualité que l'adjudant admirait toujours, musicien de surcroît, et il semblait connaître les Ulderighi sans nourrir de préjugés à leur encontre, ni même en avoir peur.

— Pensez-vous sérieusement qu'il s'est tué ?
— Oui. Il n'était pas comme elle, vous savez.
— Ah bon ?
— Non, non. Quelqu'un de tout à fait différent. Lui aussi venait d'une vieille famille, bien sûr, sinon elle ne l'aurait pas épousé mais, à l'inverse des Ulderighi, les Corsi ont accepté la société actuelle et ont tout fait pour y survivre. Une ancienne famille qui s'est constitué une nouvelle fortune. Vous me suivez ?
— La vente d'apéritifs ?
— Exact. Disons qu'il faut bien que quelqu'un paye pour entretenir tout ça.
Il lança un long regard ironique au plafond et ajouta :
— C'est donc lui qui sortait le fric, pendant que Bianca faisait comme si, du moins en apparence, rien n'avait changé depuis l'époque de Cosme de Médicis.
— Ma foi, si ça lui plaisait…
— Il en souffrait, croyez-moi, dit le musicien en écartant ses longues mains blanches. La fierté surannée des Ulderighi pompant jusqu'au dernier sou des établissements Corsi. Et pour quoi ? Si le fils avait été tant soit peu valable… Non, il était malheureux. Ils menaient des vies séparées, avaient tous les deux des amants, mais très discrets. Il existe toujours une maison de campagne, vous savez, même si les Ulderighi ont perdu tout le reste de leurs biens, y compris la terre qui appartient désormais au futur lotissement. Il avait coutume d'y aller beaucoup pour chasser…
— Pourquoi gardait-il ses armes en ville, alors ?
— Oh, la propriété est fermée sauf au mois d'août. Vous ne pouvez guère y entretenir un garde-chasse, quand tout ce qu'il vous reste, c'est votre jardin en arrière-cour. Il y va souvent, mais d'ordinaire il est invité chez quelqu'un. *Elle* ne s'y rend qu'en août, car il n'est pas socialement acceptable de se trouver à Florence à cette période, mais ils n'y sont jamais

allés ensemble. Je jurerais qu'il s'est tiré dessus et je ne peux pas le lui reprocher.

— Mais l'avez-vous entendu ?

— Entendu ? Oh, je vois ce que vous voulez dire, mais je ne peux pas vous aider sur ce point. J'ai passé la nuit chez Simone et on est venus ici ensemble à temps pour la causerie de cet après-midi, alors ça ne vous aide pas beaucoup, j'imagine ?

— Non. Non... Eh bien, je vais vous laisser répéter.

— Allez-vous rendre visite aux autres locataires ?

— Je vais les voir, oui...

— Pour ce que ça peut y changer... mais ça, vous ne le dites pas. Ma foi, on ne sait jamais. Cela fait moins d'un an que j'habite ici. Si vous dénichez quelqu'un de plus ancien... ou du moins qui se trouvait là toute la nuit... Mais comme vous le dites, ou ne le dites pas, pour ce que ça y changera...

Dehors, dans la cour, le jour avait décliné. Au-dessus, la lueur verdâtre et crépusculaire irradiait encore le ciel et une seule étoile y brillait. Mais la lumière affaiblie ne pénétrait pas au centre de l'imposante bâtisse et le péristyle était déjà plongé dans l'ombre, tandis que l'adjudant commençait à en faire lentement le tour, ses pas machinaux reproduisant le rythme de la musique qui avait repris, presque aussitôt qu'il avait refermé la porte.

Il passa devant une porte sans plaque et sans sonnette. Selon lui, il devait s'agir de la chambre de la vieille nourrice, la « nounou », réputée sourde comme un pot. Allait-elle l'entendre, s'il frappait ? En tout cas, il ne s'y arrêta pas, mais obliqua à l'angle et fit une pause devant le cabinet du médecin, pour y lire les horaires de consultation gravés sur une plaque de cuivre. Elle n'y serait pas à cette heure-là, un dimanche. Bien sûr, il pouvait monter au troisième et tenter sa chance à son appartement. Mais il passa sans se presser devant le grand escalier et la loge du gardien pour sortir de la colonnade et rejoindre la grille. Ce faisant, l'ampoule de l'énorme lanterne en fer au-dessus de l'entrée s'alluma. Une ampoule si faible qu'elle semblait seulement accentuer la pénombre. S'il y avait bien quelque chose chez les Florentins qui l'agaçait autant que leur implacable cynisme, c'était leur souci obsédant de l'économie. Il passa ensuite devant le studio vide de la jeune Anglaise et la porte sans inscription de l'armurerie. Tout en percevant des voix étouffées, alors qu'il atteignait la minuscule porte du nain, tout au fond à droite, il se rappela la réaction de Lorenzini à ses bougonnements sur le sujet. Une de ses plaisanteries à propos des trois Florentins qui partageaient un œuf dur et se disputaient sur ce qu'ils feraient des restes. Eh bien, avec un peu de chance, son brigadier pourrait mieux comprendre Grillo que lui.

Ayant fini sa ronde pour parvenir de nouveau à l'atelier de musique, il quitta le péristyle et s'approcha du puits en pierre au milieu de la cour. Celui-ci était recouvert d'une lourde planche en bois, pourvue en son centre d'un anneau de fer. Très lourde. Il ne put la hisser du moindre centimètre, et encore moins la soulever. Combien d'heures ce type passait-il à répéter ? La musique, qui était d'une agréable compagnie au début, commençait à lui taper sur les nerfs. Il sentit aussi une sorte de picotement dans le dos, comme si quelqu'un l'observait. Il se retourna pour voir, mais toutes les portes étaient closes. Il aurait pourtant juré… Peut-être que la vieille nounou l'avait épié et n'était pas aussi dure d'oreille qu'on le prétendait. C'était bien naturel, et s'il n'y avait pas eu cette maudite et sempiternelle musique de piano, il aurait entendu la porte. Il garda un œil dessus pendant quelques instants, mais celle-ci ne s'ouvrit pas. Il devait aller voir cette femme. Après tout, il fallait le faire tôt ou tard, alors autant s'en débarrasser.

Mais cette autosuggestion demeura sans suite. Il se sentait mal à l'aise. Il resta un moment à regarder autour de lui toutes ces portes fermées, vernies de noir, avec le sentiment singulier de demeurer dans le bâtiment tout en étant exclu de lui. Il aurait pu aussi bien se trouver dans la rue, vu ce que sa présence faisait aux lieux. Ou probablement, pour être plus exact, à la famille. Ce n'était pourtant pas ce qu'il avait pensé. C'était l'endroit, cette grande demeure, qui lui donnait une impression de malveillance, et il souhaitait en sortir, la quitter pour de bon et fuir cette musique. Avec soulagement, il parvint enfin à mettre le doigt sur le problème. C'était certainement la mélodie qu'il avait entendue cet après-midi en montant là-haut. Voilà tout, une désagréable association d'idées avec le cadavre, le visage glacial de cette Ulderighi, et sa propre angoisse de s'être ridiculisé devant le procureur de la République. Oui, il s'agissait de la même musique, il se rappelait très bien, à présent. Il pensait avoir perçu des instruments, alors que ce n'était en fait qu'un disque… une flûte, il crut avoir entendu… mais oui, c'était bien une flûte. Emilio, seul, derrière sa porte close, jouait toujours… mais, venue d'ailleurs, quelque part dans les étages, la mélodie était reprise avec hésitation par une flûte.

Guarnaccia resta près du puits et leva les yeux. Les premier et deuxième étages demeuraient aveugles, les grandes persiennes brunes étaient toutes fermées. Au troisième, un seul rectangle de lumière jaune brillait. Ce ne pouvait être que le médecin ou cet artiste au drôle de patronyme. Bien sûr, aucune loi ne leur interdisait de jouer de la flûte, mais il aurait pu jurer que le son provenait d'ailleurs. Quelque part plus haut, en tout cas, c'était si faible... Il s'écarta du puits en le contournant et hissa son cou. Au-dessus du coin où logeait le nain, la bâtisse s'élevait davantage. Dans cet angle, une sorte de tour se découpait sur la pénombre bleu-vert de la nuit d'été où les étoiles apparaissaient une à une. Eh bien, si quelqu'un jouait de la flûte là-haut, où l'adjudant distinguait deux fenêtres sans persiennes, la personne jouait alors dans le noir.

— Ça suffit comme ça, marmonna Guarnaccia.

Assez de tous ces gens dans la même journée, y compris la marquise Ulderighi et le procureur de la République. Et assez surtout de cette grande prison dorée, avec son alignement sinistre de colonnes, ses grilles et ses volets fermés et cette misérable ampoule. Qu'elle garde donc ses secrets, si tel était son choix. D'un pas décidé qui résonna sur les dalles, Guarnaccia s'approcha de la porte du nain et y tambourina de son gros poing.

CHAPITRE III

— Salva ! À quoi tu penses ? Toute la maison est illuminée !

Dans la salle de bains, l'adjudant se borna à marmonner des paroles incompréhensibles. Sa femme, Teresa, attendit quelques instants puis, comme il ne sortait pas, elle glissa dans un tiroir les chemises qu'elle tenait et quitta la chambre en éteignant au passage le plafonnier et l'une des lampes de chevet.

Quand il la rejoignit au salon, elle regardait la télévision, son tricot sur les genoux, éclairée par une petite veilleuse. Il alluma le lustre.

— Qu'est-ce qui se passe ? Tu cherches quelque chose ?

— Non.

— Eh bien, éteins. Il y a déjà une lampe d'allumée et on ne peut pas regarder correctement la télé comme ça… pourquoi as-tu mis ta robe de chambre ? Tu es fatigué ?

— Un peu.

— Éteins ça, Salva, tu veux ?

— Tu tricotes. Tu vas t'abîmer les yeux.

— Je n'ai pas besoin de regarder ce que je fais, encore moins de six ampoules allumées sans raison toute la soirée. Tu seras le premier à te plaindre quand on recevra la facture.

— Moi ?

L'adjudant n'en revenait pas. Il éteignit et s'assit auprès d'elle en fixant l'écran d'un air lugubre.

— Qu'est-ce qui se passe ? Tu as eu une mauvaise journée ?

— Plutôt…

Il savait fort bien qu'elle pouvait lire en lui comme dans un livre ouvert. À son retour, il avait l'habitude de prendre une douche et de troquer son uniforme contre une tenue confortable, mais il prenait toujours la peine de bavarder un peu auparavant, et s'il s'attardait sous la douche comme pour se laver de sa journée, Teresa savait alors que quelque chose ne tournait pas rond. S'il enfilait directement son pyjama et son peignoir, c'était le signe évident qu'il mettait un terme à une journée désastreuse. Guarnaccia songea qu'il aurait dû réfléchir avant d'agir ainsi, mais c'était trop tard maintenant.

Elle l'observa à la dérobée, tout en tricotant.

— Si tu n'as pas assez mangé, je peux te préparer quelque chose.

— Non… non.

— Les garçons voulaient t'attendre pour te parler du match, mais ils vont à l'école demain.

— Humpf…

Il regarda un peu les informations sans en comprendre un traître mot, puis reprit :

— Il n'y a pas un film ou quelque chose ?

— Je n'en sais rien. Regarde dans le journal.

Mais il ne bougea pas. Si la situation empirait et si on le mutait, comment allait-elle réagir ? Elle avait passé des années coincée là-bas au pays, en Sicile, à s'occuper de sa belle-mère malade, alors que lui était ici à Florence. Et lorsque la mère de Guarnaccia avait fini par mourir et que Teresa l'avait rejoint ici avec les enfants, elle avait mis un certain temps pour s'adapter à cette ville étrangère. Elle se sentait suffisamment chez elle à présent, mais quand il s'imaginait en train de lui annoncer qu'ils seraient de nouveau déracinés… et l'école dans tout ça ? Les garçons allaient devoir en changer… et s'ils se retrouvaient dans un endroit complètement perdu…

— Salva !

— Hum ?

— Je te demande si tu veux boire quelque chose de chaud !

— Non. Oui… je ne sais pas…

Elle roula son tricot et gagna la cuisine, ses mules en feutre claquant doucement sur le carrelage de marbre.

— Je fais un peu de camomille, lança-t-elle pardessus son épaule.

Il se leva et lui emboîta le pas en traînaillant.

— Ne reste pas planté là, il me faut une casserole.

Il s'écarta en l'observant.

— Là non plus, je dois mettre l'eau à chauffer… tiens, fais-le.

Il alluma le gaz sous la casserole et resta debout à regarder, tandis que Teresa sortait les tasses et les sachets.

— J'étais en train de me demander… dit-il, l'œil rivé à la casserole.

— Quoi donc ? Tu as l'air égaré, je trouve.

— Eh bien, je me demandais si tu étais bien acclimatée à la ville, maintenant.

— Bien sûr. Pourquoi cette question ? Je ne me suis pas plainte.

— Non… non. Mais au début, tu…

— Il faut du temps, Salva. Il m'en a fallu plus qu'à toi. Où que tu ailles, tu as ton travail et tes collègues.

Et même si ce n'est pas drôle pour les gosses de changer d'école, ils se font vite de nouveaux copains. Si ça me prend plus de temps, c'est parce que je suis seule… C'est en train de bouillir ?

— Oui.

— Pousse-toi. À mon âge, on ne peut pas sortir se faire de nouvelles amies. Je n'ai pas le temps. Salva, tu veux bien t'écarter, je veux aller à la poubelle. En tout cas, ajouta-t-elle en lui mettant la tasse de tisane dans la main, je ne vois pas ce qui t'inquiète. Je me suis habituée à Florence à présent et je m'y plais. Et, grâce à Dieu, on ne sera pas obligés de déménager à nouveau.

Ils regardèrent un film, ou du moins Teresa le regarda. L'adjudant fit de son mieux pour le suivre, dans l'espoir de se distraire mais, en dépit de tous ses efforts pour comprendre l'intrigue, ses pensées le ramenaient sans cesse à la demeure des Ulderighi, à ses résidants, à la cour sombre où résonnaient des accords de piano. Il avait noté que tout cela ne perturbait pas Lorenzini, ni même Grillo, lequel s'était évidemment montré moins agressif en compagnie d'un Florentin comme lui. Un sacré personnage, avait reconnu Lorenzini.

— Quoi qu'il en soit, vous pouvez être certain qu'il sait tout ce qui se passe dans cette maison.

— C'est ce que je pensais.

— Vous savez quel est son véritable emploi ?

— Une sorte d'homme à tout faire, non ?

— Rien à voir… oh, il accomplit sans doute des tâches diverses et variées, mais son boulot consiste à s'occuper du jeune maître de maison.

— Ah, le fils…

— Neri Ulderighi, qui déserte, paraît-il, rarement ses appartements situés en haut de la tour, au-dessus de la tanière de Grillo. Ce serait la demeure Ulderighi d'origine, au XIIIe siècle. Le reste, y compris la cour, a été ajouté trois siècles plus tard, à l'époque de leur splendeur.

— Quel âge a ce garçon ?

— Une petite vingtaine, à ce que j'ai compris.

— Humpf… Il n'a pas toute sa tête, c'est ça ?

— Difficile à dire. « Délicat », c'est le mot qui revient dans les conversations. Toujours entre deux séjours en clinique, il n'est jamais allé à l'école. Il semble même qu'ils aient douté de sa survie quand il était petit. La mère le couve, le père ne s'en approchait jamais. Le dernier projet en date de la marquise, c'est de le marier à une fille convenable qui donnera naissance au futur héritier, avant que ce soit trop tard.

— Et il n'est pas d'accord, je suppose.

— Oh si, sans problème. Selon notre ami Grillo, il ne peut plus attendre, bien qu'il n'ait jamais approché une fille de sa vie. Il veut s'échapper de sa tour d'ivoire, peut-être, et Grillo est de tout cœur avec lui. « Il a besoin de se marier », voilà ce qu'il en dit. Vous savez, c'est une petite créature fielleuse, mais je suis convaincu qu'il est vraiment attaché au gamin.

— Et les autres ?

— Difficile de se prononcer. Je crois bien que, malgré son arrogance, il a un peu peur de la Dame du manoir. Corsi, je dirais qu'il ne s'y est jamais beaucoup intéressé, mort ou vivant. Ceux qu'il déteste réellement, ce sont les locataires.

— Pourquoi ?

— Sans raison apparente, d'après moi. Juste parce qu'ils sont là, je pense. Le fait qu'ils morcellent la grande résidence familiale, qu'ils ne soient pas parents. Peut-être qu'ils le malmènent, bien sûr, mais je ne le pense pas vraiment. Ce sont tous des gens respectables, il suffit de les écouter.

L'adjudant, dont la foi en la « respectabilité » était sérieusement ébranlée depuis longtemps, ne fit aucun commentaire lorsqu'ils se séparèrent sur la piazza Pitti, Lorenzini allant rejoindre sa jeune épouse et leur bébé dans leur petit appartement de la Via Romana, tandis que Guarnaccia remontait l'avant-cour inclinée du palais Pitti, pour regagner son poste de garde sous l'arcade de gauche. Il voulait retrouver son propre foyer, une douche, la normalité. Il désirait, au moins ce soir-là, oublier tout cela. Alors pourquoi y repensait-il encore ? Un meilleur film l'aurait peut-être aidé. Celui-ci semblait ne se résumer qu'à une longue dispute entre un mari et sa femme. Leur sujet de discorde le dépassait totalement.

— Qu'est-ce que je t'avais dit ! s'exclama Teresa en désignant l'écran d'une aiguille accusatrice.

— Hein ?…

— Il le savait depuis le début. Je t'ai dit qu'elle avait été suivie quand elle était censée aller chez le coiffeur.

— Oh.

— Par cet homme dans la voiture de sport rouge. Je pense qu'il est de mèche avec le mari et qu'il la fait chanter.

— Ah.

— Salva, je n'ai jamais connu quelqu'un d'aussi lent à piger… regarde, il appelle le type, alors j'ai raison.

Elle ne se trompait pas, songea Guarnaccia, sur le fait qu'il soit long à la détente. Quiconque ayant un peu de bon sens n'aurait pipé mot en présence des amis de la marquise Ulderighi avant d'avoir découvert à qui il avait affaire. L'adjudant souffrit le martyre à regarder le reste du film, l'angoisse lui comprimant un peu plus la poitrine, chaque fois qu'il tentait de se raisonner. Il voulait aller se coucher, tout en sachant qu'il ne dormirait pas. Bizarrement, il s'endormit, presque tout de suite, mais se réveilla beaucoup plus tôt que d'ordinaire, avec les mêmes pensées dans la tête qu'au moment où il avait clos les paupières.

— Il fait beau, dit Teresa en ouvrant la fenêtre et les volets.

Un éclatant rayon de soleil envahit la pièce, apportant avec lui le parfum des feuilles de laurier des jardins Boboli. Guarnaccia sentit sa boule d'angoisse l'oppresser davantage.

— Où vous l'a-t-on volé ? Où l'avez-vous laissé ?

— Juste sous ma maison dans la Via del Leone. J'avais mis la chaîne sur la roue, mais je ne l'avais pas accroché à un poteau ou autre. Je me flanquerais des baffes. Depuis que je l'ai, je monte les trois étages tous les soirs pour le ramener chez moi, mais la nuit dernière en sortant du cinéma, j'étais tellement crevée que je me suis dit : « Qui voudrait piquer un vélo comme le mien ? » C'est un modèle mini et je l'ai eu d'occasion, alors ça ne peut pas valoir plus que le prix d'un repas.

— Le prix d'une dose, peut-être.

— Je suppose. Je ne devrais pas vous faire perdre de temps avec ça, je sais.

Elle était jeune, sans doute étudiante. Jolie aussi, mais ce n'était pas la raison pour laquelle Guarnaccia l'autorisait à lui faire perdre son temps, comme elle disait. Dans sa salle d'attente, il avait toute une file de personnes pour les habituelles plaintes du lundi matin : bicyclettes, vélomoteurs et voitures volées, ainsi que les petits cambriolages après une absence d'un week-end. Sans oublier, par-dessus le marché, les touristes signalant, affligés, les sacs et caméras dérobés, de même que les passeports perdus. Et il allait leur consacrer tout le temps qu'ils désiraient.

— Vous êtes-vous renseignée auprès des *vìgili* ?

La police municipale déplaçait parfois les deux-roues tout comme elle mettait en fourrière les véhicules garés sur une voie qui devait être nettoyée pendant la nuit.

— J'ai vérifié. C'est le mardi soir qu'ils nettoient notre rue, mais je les ai quand même appelés. Ils ont affirmé ne rien avoir enlevé dans la Via del Leone hier soir.

Lorenzini frappa à la porte et entra.

— Excusez-moi, adjudant, vous ne croyez pas que je ferais mieux de m'occuper du couple d'Allemands ? Leur avion décolle à trois heures cet après-midi et ils devront d'abord retourner au consulat pour obtenir des passeports provisoires…

— Entendu.

— Je peux m'occuper de tout le monde, si vous devez…

— Non. Non… uniquement les Allemands. Je me chargerai du reste. Donc, voyons, signorina, je suppose que vous ne connaissez pas le numéro du cadre de votre bicyclette ?

En sortant, Lorenzini décocha un regard éberlué par-dessus son épaule, mais l'adjudant s'en moquait. Il accomplissait son travail, non ? Sa tâche consistait à être là, à agir comme il le faisait à présent, et non pas à jouer un rôle dans la mascarade qui se déroulait au palais Ulderighi. Il avait autant de chances d'y mener une enquête sérieuse que de retrouver le vélo de cette jeune fille.

— Vous savez ce que je veux dire par « numéro de cadre » ?

— Oui, mais je ne le connais pas. Pour ne rien vous cacher… je sais que je ne peux pas espérer vous voir partir à sa recherche, mais j'étais si furieuse quand je me suis aperçue qu'il avait disparu et que ça me faisait rater mon cours, que je me suis mise à arpenter les rues comme une folle, en quête de mon vélo. Enfin, quelqu'un l'a pris, pas vrai ? Et je me suis dit : si j'en croise un en train de rouler avec, il est cuit. J'ai même pensé pouvoir le retrouver garé quelque part et le récupérer moi-même, on ne sait jamais. Alors je me suis souvenue d'un ami à moi ayant fait ça quand on lui avait volé sa Mobylette, sauf qu'il s'est avéré que celle qu'il avait trouvée n'était pas la sienne mais lui ressemblait. Inutile de vous dire que le propriétaire l'a surpris en train de la voler, selon les apparences, et on l'a arrêté. Mon ami n'avait pas signalé le vol de la sienne, en songeant que c'était une perte de temps, et il a passé deux nuits au poste, avant qu'on n'éclaircisse le malentendu. En tout cas, maintenant que je vous l'ai dit, si vous apprenez qu'on m'a arrêtée pour le vol d'un mini-vélo orange, vous pourrez m'aider à sortir de prison.

Elle se leva en souriant et cala son sac de livres sous le bras.

— C'était gentil à vous de me laisser m'épancher. Je ne vous dis pas combien j'étais en colère, surtout qu'il a si peu de valeur. Je veux dire, est-ce que les pauvres ne sont pas censés voler aux riches ou un truc comme ça ? Enfin, je suppose que je vais devoir m'en trouver un autre d'occasion.

L'adjudant se leva et la raccompagna à la porte. Elle rit en sortant et ajouta :

— On en trouve à très bon marché mais, bien sûr, ils sont sans doute volés.

— C'est fort probable.

Comme la jeune fille traversait la salle d'attente, une femme d'un certain âge se leva avec peine de sa chaise et, l'air anxieux, s'approcha de Guarnaccia.

— Adjudant, il faut que vous m'aidiez. Ça ne peut pas continuer ainsi. J'ai peur de rentrer chez moi et d'en sortir. Ils font ça juste sur le pas de ma porte, ils se piquent ! Pourquoi est-ce que vous ne pouvez rien y faire ?

— Entrez, signora, répondit-il. Entrez et racontez-moi tout.

Ainsi passa-t-il la matinée, patient, tenace, à accomplir sa tâche. Mais tout en essayant d'accorder cent pour cent de son attention aux petits problèmes des gens de son quartier, il sentait toujours cette boule d'angoisse qui ne le quittait jamais et l'accablait encore plus que n'importe quel travail. De temps à autre, tandis qu'il écoutait le récit d'un malheur ou réduisait sa composante humaine à une série de dates, d'horaires et de lieux sur sa machine à écrire, ses grands yeux vagabondaient vers le téléphone silencieux à ses côtés. C'était surtout un regard d'appréhension, car il s'attendait plus ou moins à un appel véhément du procureur de la République. Plus tard, lorsque, à l'évidence, il comprit que ledit appel ne viendrait pas, son expression changea. Tout le monde se moquait, semblait-il, qu'il aille là-bas ou non, qu'il fasse semblant d'enquêter ou non sur une mort suspecte, pourvu qu'il présente un rapport à leur convenance.

Lorsque le dernier de ses visiteurs eut disparu, Guarnaccia envisagea de passer un coup de fil à son supérieur hiérarchique au poste central de Borgo Ognissanti, sur l'autre rive. Le capitaine Maestrangelo était un brave homme, quelqu'un de sérieux. Mais c'était aussi un individu ambitieux, le genre qui deviendrait général un jour, et l'un des meilleurs de son rang. Dans un soupir, l'adjudant chassa l'envie de se tourner vers lui pour demander son aide. Faire semblant, c'était tout ce qu'on lui demandait : eh bien, il agirait dans ce sens. Et si on se moquait de lui, ce n'était pas la première fois, et ce ne serait pas la dernière. Déjeuner, puis un peu de repos, et ensuite cap sur le palais Ulderighi.

Il déjeuna mais ne put se reposer. Prétextant auprès de Teresa qu'il avait beaucoup à faire et n'était pas fatigué, il reboutonna sa veste et quitta le bâtiment, puis chaussa ses lunettes en quittant le porche en pierre pour apparaître dans la clarté aveuglante de l'avant-cour. La chaleur faisait miroiter le toit des voitures en stationnement et la place embaumait la pizza et le café tout chauds. Le café le tentait, même s'il ne devait vraiment pas en prendre un autre. Il y résista un moment, pressant le pas du mieux qu'il pouvait sur l'étroit trottoir assailli par les touristes, qui s'arrêtaient devant la moindre vitrine ou monument, consultaient leur plan, discutaient ferme, convertissaient les tarifs en marks ou en dollars. Pour une fois, il aurait aimé être à leur place, pouvoir contempler la façade mystérieuse du palais Ulderighi, comme le faisait ce couple, compulser le guide, puis continuer à flâner, pour aller voir ensuite cette maroquinerie, indifférent à ce que dissimulaient ces imposantes portes, où lui s'était arrêté, hésitant à appuyer sur la sonnette. L'espace de quelques instants, il demeura là, sa corpulente silhouette en uniforme barrant le passage aux touristes, qui devaient l'éviter en descendant du trottoir. Puis il tourna les talons et traversa la rue pour aller chez Gino.

— Ah, c'est vous… fit ce dernier, l'air surpris, compte tenu des commentaires de l'adjudant en quittant le restaurant, la veille au soir. J'avais peur que vous n'ayez pas apprécié la pizza d'hier.

— Quoi ? Non, non… elle était très bonne. Vous ne pourriez pas me préparer juste une tasse de café, s'il vous plaît ?

— Eh bien, normalement on ne le fait pas, mais comme c'est vous…

Il servit lui-même l'adjudant.

— Vous pouvez vous asseoir par là, dit-il. On a moins de monde à cette heure-ci.

— Non, non.

Guarnaccia resta là où il était, derrière la caisse, à observer la rue.

— Il se passe des choses là-bas, hein ? J'ai entendu dire que le mari était mort ?

— Oui, en effet.

Son époux, le prince consort. Est-ce que tout le monde pensait cela de lui ? Il possédait pourtant sa propre affaire, ce devait être une personne à part entière, du moins aux yeux de ceux qui travaillaient pour lui.

— Je ne pensais pas à mal.

Se sentant une fois de plus éconduit par l'absence de réaction de l'adjudant, le malheureux Gino s'esquiva.

— Docteur Martelli ? Je vois bien que je vous dérange. Je suis désolé.

— Aucun problème. Vous devez être l'adjudant qui…

— Guarnaccia. Exact. Je ne vais pas vous retenir longtemps.

Sa figure rouge et ses joues fripées lui indiquèrent que, de toute évidence, il l'avait réveillée pendant sa sieste. Tout en boutonnant d'une main sa chemise de coton, elle tenait la porte de l'autre. Elle avait la quarantaine et était encore jolie, le visage encadré par une crinière de boucles brunes.

— Entrez donc, je vous en prie.

Encore jolie, mais vieille fille, songea l'adjudant, en jetant un coup d'œil, casquette à la main, sur le salon raffiné et irréprochable. Par la haute fenêtre, le soleil filtrait au travers d'un store de soie pâle.

— Je vais devoir vous demander de m'excuser pendant que je me prépare un café, sinon vous n'obtiendrez aucune parole sensée de ma part. Vous en voulez une tasse aussi ?

— Non. Non, merci. Je viens juste d'en prendre une de l'autre côté de la rue.

— Asseyez-vous donc.

Il s'assit avec précaution au bord d'un sofa vert clair d'aspect soyeux, posa son couvre-chef à ses côtés, puis le reprit et le garda sur les genoux. Tandis qu'elle s'affairait à la cuisine, il en profita pour tout observer autour de lui. La pièce se révélait très agréable, songea-t-il. Quelques meubles anciens, d'autres contemporains, beaucoup de livres. Trop de bibelots, malgré tout... ces énormes vases, tous ces cuivres et ces boîtes décoratives... on pouvait renverser n'importe quoi en se déplaçant...

Guarnaccia resta assis immobile, ses grands yeux n'en perdant pas une miette. Il l'entendit allumer le gaz, puis elle passa la tête par la porte.

— Vous êtes tout à fait sûr de ne pas vous joindre à moi ?

— Oui, oui...

Elle apporta un petit plateau avec un sucrier en argent et une tasse joliment décorée.

— Je vois que vous êtes fasciné par la collection de mon père. Vous aimez les chinoiseries ? Je dois avouer que je n'en raffole pas moi-même, mais comme j'en ai hérité, je me sentirais coupable en les vendant. Les gens me poussent toujours à les faire correctement estimer et assurer, mais vous savez comment ça se passe dans ces cas-là...

— Bien sûr.

Il n'était pas du tout certain de comprendre de quoi elle parlait, mais il remarqua que si son interlocutrice avait encore la voix un peu rauque du réveil, les rougeurs avaient disparu de son visage et elle paraissait plus pâle et plus âgée que de prime abord.

— Le café est prêt. Je reviens tout de suite.

Elle se déplaçait vivement, sans mouvements inutiles. Il l'imaginait dans une salle d'hôpital, la blouse blanche claquant au vent, même s'il la savait généraliste.

— Le lundi est une journée tellement chargée pour moi.

Elle s'assit en face de lui sur un grand fauteuil de lin blanc et se versa le café.

— Une chose que je n'ai jamais remarquée quand je travaillais à l'hôpital mais, à l'époque, c'était la panique tous les jours. Être généraliste n'a rien d'ambitieux ou d'excitant mais, au moins, j'ai le temps de faire les courses ! Ça va mieux, je pense que je suis réveillée, maintenant… même si j'ignore en quoi je puis vous aider. C'était un suicide, j'imagine ?

— Ou bien un accident.

— Hum… Ma foi, les gens commettent des actes étranges, et rien n'est impossible, mais ça s'est sans doute passé en plein milieu de la nuit ?

— C'est un des éléments que j'ai besoin de découvrir. Et aussi s'il s'agit ou non d'un suicide. L'assurance, vous comprenez…

— Naturellement. Eh bien, j'ai entendu du vacarme, mais tout cela est un peu vague, ça ne peut en réalité guère vous aider.

— À quelle heure ?

L'adjudant sortit son calepin noir de la poche de poitrine de sa veste. Faire semblant. Peu importe. Telles étaient les règles du jeu.

— Si vous pouvez vous rappeler…

— Oh oui, je pense. C'était vers deux heures et demie.

— Vous en êtes sûre à ce point ?

— Rien de surprenant à cela. Je n'ai pas un très bon sommeil, alors je suis souvent obligée de prendre un tranquillisant. J'essaye de m'en tenir à un demi-comprimé, même s'il me faut fréquemment avaler l'autre moitié pendant la nuit. Je dois y faire attention, car si ça se produit trop tard, je me sens vaseuse au réveil… ce qui est déconseillé dans un métier comme le mien.

— Oui, oui… je comprends. Vous vous êtes donc levée et vous avez regardé l'heure, pour décider si oui ou non vous…

— Oh non, c'était samedi soir, vous voyez. Si vous avez déjà souffert d'insomnie, vous saurez que la moitié du problème provient du souci de ne pas pouvoir s'endormir, car vous devez vous lever et travailler le lendemain.

— Je ne pense pas avoir jamais…

— Eh bien, sachez que vous avez de la chance. Bien sûr, chacun a sa façon de réagir à l'anxiété. Certaines personnes ne peuvent pas manger.

— Je ne pense pas que…

— Non…

Elle détourna aussitôt le regard involontaire qu'elle avait lancé sur la silhouette replète de l'adjudant, mais ne put s'empêcher d'ajouter :

— Et d'autres mangent trop pour se réconforter.

Guarnaccia ne pipa mot.

— Quoi qu'il en soit, où en étais-je ? Ah oui… samedi soir. Eh bien, comme je n'ai pas du tout besoin de me lever tôt le dimanche, j'essaye de ne rien avaler. L'idée d'être esclave du moindre médicament me fait vraiment horreur alors, le samedi soir, je tente de m'affranchir. Parfois ça marche, parfois non.

Cette nuit-là, ça n'a pas été le cas… Je me suis tout de même endormie en lisant mais, comme souvent, je me réveille en sursaut environ deux heures après. Ce n'est pas qu'une question de réveil, vous comprenez. On dirait plutôt que je bondis sur l'oreiller comme un saumon qu'on vient de harponner, avec le cœur qui bat la chamade.

— Avez-vous entendu un coup de feu ? s'enquit l'adjudant, dans une attente perplexe, le stylo en suspens.

— Un coup de feu ?… Non, non, je suis seulement en train d'expliquer comment je me réveille dans la nuit, quand je suis angoissée. Lorsque cela se produit, je dois céder et prendre le tranquillisant. Vous me suivez ?

— Je pense… et vous avez regardé l'heure, si bien que…

— Tout à fait. Il était deux heures et demie ou presque. J'ai avalé un comprimé entier. J'étais agacée parce que, même si c'était dimanche le lendemain, je voulais me lever à une heure correcte, car j'avais plusieurs choses à faire, mais comme je n'aurais pas pu les faire après une nuit complète d'insomnie…

— Mais le bruit que vous avez entendu ?

— J'y viens. C'était après avoir pris la pilule.

— Vous ne vous êtes pas endormie tout de suite, alors ?

— Grand Dieu, non ! Il me faut une demi-heure environ pour me calmer. J'ai lu un peu. Puis j'ai entendu la dispute. Je pense que leur chambre doit se situer juste au-dessous de la mienne.

— Les Ulderighi ?

— Oui. J'entends toutes leurs disputes. J'entendais, devrais-je dire… quoique ce soit elle que j'entendais la plupart du temps. Une femme hystérique. Il essayait toujours de ne pas hausser le ton, et je me suis souvent demandé s'il pensait que je pouvais tout entendre. Il se montrait toujours très poli envers moi.

— Et la marquise non ?

— Non. Je ne sais pas si vous avez une idée du loyer qu'elle demande pour ces appartements, mais je peux vous assurer que c'est beaucoup. On est tous de bons locataires, on prend soin de la propriété et on paie régulièrement, mais pour être traités comme des squatters ou je ne sais quoi. Elle nous déteste. Elle se force presque à dire bonjour quand on la croise dans la cour, mais son visage dit : « Comment osez-vous mettre un pied dans cette bâtisse ? » Vous savez qu'on ne peut pas utiliser l'ascenseur ?

— Je l'ai entendu dire.

— Mais le loyer est justement basé sur ce genre de prestations, vous savez : s'il y a un ascenseur ou pas. Elle nous le compte, mais on n'a pas les clés pour l'utiliser. Elle nous interdirait l'entrée principale, s'il en existait une autre, vous pouvez en être sûr ! Ils sont tous pareils, ces gens-là, ils conservent leur ancien mode de vie aux dépens des classes moyennes, tout en nous regardant de haut. C'est pour ça, bien sûr. Ils dépendent de nous et ils nous détestent pour cette raison, alors que des créatures comme ce petit gnome médisant et leur vieille gouvernante folle dépendent d'eux et sont donc bien traités.

— Ça ne doit pas être drôle pour vous de vivre ici, observa l'adjudant.

— Disons que je suis en train de chercher quelque chose d'autre, oui.

Le visage du Dr Martelli, qui s'était enflammé lors de sa courte diatribe, recouvra sa pâleur d'origine. Ses doigts, qui avaient pianoté sur l'accoudoir verni de son fauteuil, poursuivaient cependant leur mouvement en rythme. Ses petites mains semblaient robustes, les ongles courts et coupés avec soin. Sans pouvoir expliquer pourquoi, Guarnaccia était convaincu qu'elle les avait rongés lorsqu'elle était enfant. Certes, elle avait amplement démontré qu'elle était une personne anxieuse. D'un ton aussi affable qu'il le put, il insista :

— Pouvez-vous m'en dire davantage au sujet de ce vacarme, de cette querelle ? Depuis chez vous, entend-on distinctement les conversations ?

— Non, pas du tout. Vous imaginez l'épaisseur de ces murs et de ces planchers. Non, juste qu'ils se disputaient... et quand ils ont cessé, quelqu'un, lui, je suppose, a pris l'ascenseur pour descendre. C'est la dernière chose que je me souviens d'avoir entendue, alors j'ai dû m'endormir à ce moment-là. C'est terrible quand on y songe, non ? J'ai entendu quelqu'un au dernier stade du désespoir qui descendait là-bas pour se tuer, puis je me suis retournée et je me suis endormie.

— Mais vous n'étiez pas au courant, remarqua l'adjudant.

— Je sais que je n'étais pas au courant. C'est l'ironie du sort, voilà tout. Le fait est qu'on vit près de chez son voisin mais, lorsqu'il s'agit de s'entraider, c'est comme si des kilomètres nous séparaient. Je ne le connaissais pas très bien, mais pour le peu que j'en savais, je l'appréciais. Il avait les yeux tristes... Il semblait généreux, vous voyez ce que je veux dire ? Et pour un homme de cœur, vivre avec une femme comme elle...

— Il l'a épousée, dit l'adjudant.

— En effet, les gens se marient, non ? C'est une très belle femme, encore aujourd'hui. Songez à ce qu'elle devait être il y a vingt ans. Et elle est sexy, ce qui ne gâte rien. Elle plaît aux hommes. Vous avez dû la rencontrer.

— Je... oui.

Tout ce dont il se souvenait, c'était d'avoir éprouvé de la crainte. Il ne pouvait guère l'admettre.

— Alors vous savez de quoi je parle. Hugh fantasme sur elle, j'en suis convaincue. Hugh Fido, le peintre d'à côté. Elle lui a commandé un portrait. Bien sûr, en tant qu'homme, on ne le traite pas aussi mal que moi, et on peut sans doute en dire autant d'Emilio. Avez-vous rencontré Emilio ? Le pianiste ?

— Hier.

— Et, bien entendu, ce sont des artistes, ce qui a peut-être un rapport avec le fait qu'elle accepte... Quoi qu'il en soit, Catherine et moi sommes probablement les moins bien traitées, même si un jour Catherine a été invitée à prendre le thé... Une idée vient juste de me traverser l'esprit !

— Oui ? répliqua l'adjudant, prêt à noter.

— Non, non, désolée, ça n'a rien à voir. C'est incroyable. Je n'y aurais jamais pensé si je n'avais pas bavardé avec vous. Vous savez quoi ? Hugh est son peintre de cour, Emilio son musicien attitré, et Catherine – il s'agit de Catherine Yorke, qui a un petit studio au rez-de-chaussée – est restauratrice, et la mère Ulderighi l'a fait travailler sur les ouvrages endommagés par l'inondation, des livres et des documents, les plans de la maison et ainsi de suite. Vous ne voyez pas ?

— Non... Non, pas vraiment.

— Ça crève les yeux ! Elle peut ignorer le fait qu'ils lui versent un loyer, tout en les intégrant mentalement à son système féodal. Je suis l'exception ! Il n'y a aucune excuse pour ma présence ici, hormis le paiement du loyer. Je ne rentre pas du tout dans les cases.

— Je crois comprendre. Malgré tout, vous êtes médecin, alors si elle voulait...

— Pensez donc, vous plaisantez ! Je ne suis pas assez réputée pour m'occuper des Ulderighi. Enfin, vous avez saisi l'idée. Si *j'étais* assez en vue, ça résoudrait son problème. En tout cas, elle n'appellerait pas quelqu'un comme moi, si sa bonne avait pris froid, alors c'est clair. Vous devriez voir la troupe de spécialistes qui s'abat sur son fils tous les six mois. Un seul est italien. Deux sont de Londres et le reste vient de Suisse.

— Qu'est-ce qu'il a qui cloche, au juste ?

— Je ne saurais vous le dire. Je ne l'ai jamais vu. Je n'ai pourtant jamais entendu quiconque faire allusion à une maladie particulière, alors c'est peut-être juste le résultat de neuf cents ans de consanguinité.

— Vous voulez dire qu'il serait un peu dérangé ?

Elle lui sourit, le visage détendu et de nouveau joli, dès lors qu'elle abandonnait l'intime pour le médical.

— Ce n'est pas un terme qu'un médecin emploierait.

— Je vous demande pardon. Je pensais juste que…

Il ne le pensait pas vraiment mais se souvenait d'une image. Une cour dans la pénombre et le son d'une flûte, là-haut, dans une tour assombrie. On ne pouvait pas qualifier cela de normal.

— Il pourrait avoir un comportement étrange… je veux dire.

Ce n'était guère mieux. Elle lui souriait toujours, se moquait peut-être un peu de lui.

— Il est fort probable qu'il soit de faible constitution et qu'il semble, selon votre mot, un peu étrange. Comme je vous le dis, je ne l'ai jamais vu. À ma connaissance, il ne sort jamais. Emilio l'a vu, cependant, car, lorsqu'il se sent assez bien, il apparaît aux causeries musicales du dimanche… et Catherine l'a vu plusieurs fois. Il collectionne la monnaie et les médailles, ou quelque chose comme ça, et elle lui a apporté plusieurs pièces qu'elle avait découvertes parmi les affaires détériorées par l'inondation, en bas. Elle n'a pas eu l'air de le trouver bizarre. Il passe son temps à son bureau près de la fenêtre, à trier sa collection de monnaies et à observer le monde dans la cour. Je sais qu'il lui fait de la peine, mais elle dit aussi qu'il est très intelligent. Oh !… Vous ne pensez tout de même pas que…

— Non, non. Ça ne m'est pas du tout venu à l'idée.

Elle parut déçue. À l'évidence, un fait divers du style « Le père abattu par le fils aliéné » justifierait son jugement à l'égard de ces personnes. Guarnaccia avait déjà assez de soucis pour éviter de lancer de telles rumeurs au sein du palais Ulderighi.

— Le sentiment officiel, mentit-il d'une voix cérémonieuse, c'est que la victime est morte par accident, en nettoyant un fusil. Naturellement, je dois procéder à ce genre d'interrogatoire, pour être certain qu'il n'ait pas pu mettre fin à ses jours.

— Eh bien, dit le Dr Martelli sans honte, je suppose que vous connaissez mieux que moi votre métier, mais quand même…

Elle s'adossa au grand fauteuil blanc et balaya en arrière une touffe de boucles brunes, avant de poursuivre :

— … personne ne me convaincra que c'était autre chose qu'un suicide. Tout à fait grotesque. Descendre nettoyer une arme à deux heures et demie du matin.

— On ne sait pas s'il l'a fait.

— Je viens de vous dire que je l'ai entendu !

— Vous avez entendu l'ascenseur.

— Comment ? Ah… vous avez raison. Eh bien, comme je le disais, je ne vais pas vous apprendre votre métier. À quelle heure est-il mort au juste ?

— Je n'ai pas encore le rapport d'autopsie.

Il ne précisa pas qu'il ne l'aurait jamais. Cela le mettait très mal à l'aise. Cette femme était loin d'être stupide et il n'avait pas envie de lui débiter les mensonges officiels, alors qu'elle l'observait de ses yeux vifs et intelligents. Mais il y avait autre chose. C'était…

— Je ne vous suis pas, dit-elle, interrompant les pensées de Guarnaccia qu'elle observait. Cette thèse de l'accident… c'est tout juste ce que revendiquerait une famille comme celle des Ulderighi, autant pour éviter le scandale que pour percevoir l'assurance et, si c'est bien sûr la thèse officielle, vous devez la présenter exactement de la façon que vous l'exposez, avec ni plus ni moins le ton que vous employez. Jusqu'ici, je peux vous suivre. Et pourtant, vous aviez vraiment l'air sincère quant vous avez rejeté mon hypothèse de suicide et plus encore la possibilité que le fils ou quelqu'un d'autre ait pu être responsable.

Elle lui riait presque au nez.

— Alors ! Que *croyez-vous* donc qu'il se soit passé, bon sang ?

Heureusement, un coup de sonnette évita à Guarnaccia de répondre, car il aurait été bien en peine de le faire.

Il regarda sa montre pendant qu'elle allait ouvrir. Il devait progresser. Inutile de consacrer plus que le temps nécessaire à ces visites, puisqu'il n'était pas censé découvrir quoi que ce soit. Cette Martelli parlait vivement à son visiteur. Elle s'exprimait à mi-voix, sembla-t-il à l'adjudant. Parlait-elle de lui, éloignait-elle cette personne en raison de la présence de Guarnaccia ? « Revenez plus tard quand il sera parti, et je vous raconterai tout. Il a l'air un peu stupide et se contredit tout le temps. »

Ce n'était certes pas ce qu'il entendait. Il ne distinguait pas un traître mot. L'adjudant devenait paranoïaque, voilà tout. À cause de cette maison, il avait les nerfs à vif, se sentait mal dans sa peau et peu sûr de lui.

— C'est Hugh ! s'exclama le Dr Martelli en revenant au salon, suivie par un homme très grand, aux cheveux châtains et plats, vêtu d'un costume de lin froissé. Hugh Fido. Je vous en ai parlé tout à l'heure, non ? Le peintre qui habite l'appartement voisin.

— Oh… oui. Oui.

Guarnaccia se leva avec raideur, cramponné à sa casquette.

— Ne vous levez pas, je vous en prie. Hugh Fido. Ravi de vous rencontrer. Flavia dit que vous venez nous rendre visite à tous, au sujet de la mort de Corsi. Est-ce que vous venez chez moi, à présent ?

— Si vous y voyez un inconvénient…

— Pas du tout. Flavia, est-ce que c'est d'accord pour vendredi ?

— Bien sûr. Je l'ai dit. Je ne crois pas que vous ayez vraiment besoin de moi, mais j'y serai avec plaisir.

— Bien. Parfait. Euh… adjudant, n'est-ce pas ? Si vous avez fini ici, je vous emmène à côté dans l'atelier.

— Si je peux encore vous être utile, n'hésitez pas à revenir, dit le Dr Martelli en effleurant doucement le bras de Guarnaccia quand il s'en alla. C'était intéressant de discuter avec vous… Hugh, je dois vous parler de l'hypothèse que nous avons élaborée sur la manière dont cette demeure fonctionne. C'est absolument fascinant. Venez donc boire un verre après les consultations du soir et je vous raconterai tout.

En suivant l'Anglais, l'adjudant fut épaté par son aspect dégingandé. L'individu se révélait d'une stature peu commune. Et il ne ressemblait pas au très jeune homme qu'il lui avait semblé être à première vue. Tandis qu'il glissait la clé dans la serrure, les cheveux qui lui tombaient sur les yeux grisonnaient aux tempes. Il était sans doute aussi vieux que Guarnaccia, mais paraissait son cadet de vingt ans.

— Entrez donc. Où voudriez-vous vous asseoir ? Laissez-moi déplacer ces affaires et on s'installera sur le canapé, c'est l'endroit le plus confortable.

Le peintre souleva une pile de magazines, des journaux étrangers, des catalogues et, ne trouvant aucune place libre ailleurs, il les flanqua par terre. L'adjudant regardait autour de lui, l'air ébahi. Il n'avait jamais vu autant de couleurs, autant d'élégance dans le désordre, autant de tableaux, de dessins, de sculptures. Dcs montagnes de croquis superflus s'entassaient sur des meubles anciens, un mur entier se parait d'une fresque avec des silhouettes nues folâtrant dans un jardin garni de fleurs gigantesques, et partout, dans la longue pièce claire, des plantes épanouies rampaient, s'enroulaient, grimpaient, s'entrelaçaient et retombaient en cascade.

— C'est un peu fouillis, je le crains, s'excusa l'artiste en considérant la mine éberluée de l'adjudant.

— Oh non… Enfin, oui, mais c'est très intéressant…

Sa voix s'estompa comme son regard revenait sur la fresque pour mieux la contempler cette fois. La plupart des corps y figurant étaient les spectateurs ou les acteurs enchantés d'une orgie explicitement décrite.

— C'est…

Que diable avait-il l'intention de dire ? Pourquoi n'avait-il pas tenu sa langue ? Il se sentit rougir et regretta piteusement de ne pas avoir mieux regardé la scène avant d'accepter de s'asseoir sur ce canapé, où ils allaient devoir la contempler pendant toute la conversation.

— Allégorique.

— Pardon ?

— La fresque. C'est peut-être le mot que vous cherchiez.

— Ah. Oui. Je suppose…

— En fait, ce n'est pas une fresque. C'est amovible car, bien entendu, cet appartement n'est pas à moi. Pourtant, je ne suis pas satisfait du profil du Printemps. Je la souhaitais étendue en une sorte d'attitude alanguie – alanguie n'est pas le terme convenable –, *abandonnée*, plutôt. Abandonnée, prenant la pose sur cette grande et douce brassée de fleurs. Mais – sans doute à cause du problème de la posture et de ma volonté délibérée de conserver les parties génitales pleinement visibles – je lui ai fait une jambe droite qui paraît trop raide. Elle devrait vraiment être ouverte et décrispée, non pas en tension comme ça. Je ne sais pas si vous comprenez ce que je veux dire.

C'était terrible. La pornographie – lorsqu'il y était parfois confronté dans le cadre de sa profession – refroidissait et écœurait l'adjudant. Mais cette image avait un tout autre impact et il était loin de grelotter. Il avait chaud, se troublait, et la sueur commençait à lui couler dans le col.

— Vous voulez bien me montrer votre passeport ?

— Mon passeport ? répliqua Fido, perplexe. Euh, bien sûr, si vous avez besoin de le voir. J'ai un permis de séjour de cinq ans, si vous…

— Non, non. Votre passeport fera l'affaire. C'est une simple formalité.

Et à l'instant même où le peintre quitta la pièce, Guarnaccia se leva et chercha un autre endroit où s'asseoir. Pas facile. De nombreux fauteuils lui tendaient volontiers les bras, mais ils croulaient sous les livres et les journaux. Il finit par enlever un cendrier et un verre d'un tabouret en bambou, pour s'y installer doucement et attendre.

Fido revint avec son passeport, qu'il tendit à l'adjudant en lui adressant un regard curieux.

— J'ai bien peur que vous soyez très, très mal à l'aise là-dessus.

— C'est parfait, répondit Guarnaccia en ouvrant le document. Nationalité britannique.

— Oui. Euh… sans vouloir insister, je pense que vous seriez mieux assis dans un fauteuil.

— Un tabouret, c'est très bien.

— Oui, bien sûr, mais ce n'en est pas un. Ce n'est pas un tabouret. C'est plus une table de dépannage, si vous voyez ce que je veux dire.

La mort dans l'âme, l'adjudant se releva. Mais pas question de réintégrer le canapé. À aucun prix ! Les effets de la fresque commençaient à peine à s'atténuer. On déplaça des cadres et il se vit octroyer un fauteuil près d'une grande fenêtre.

— N'y voyez aucune malice, mais vous portez un drôle de nom. Il ne sonne pas très anglais.

— Ce n'est pas aussi courant que Smith, je l'admets. C'est la déformation de Fitzdieu, en réalité.

Et il avait quarante-huit ans ! Qui l'aurait cru ?

— Merci.

L'adjudant rendit le passeport et sortit son calepin.

— Je crois savoir que vous réalisez un portrait de la marquise Ulderighi.

— Oui. Vous voulez le voir ?

Le peintre s'empressa d'aller chercher l'œuvre en cours, visiblement ravi de la montrer. Il y avait quelque chose d'enfantin dans son expression anxieuse, lorsqu'il revint avec la toile et la posa sur un chevalet pour la présenter à Guarnaccia.

— C'est loin d'être fini, vous comprenez, et comme elle est en deuil à présent…

— C'est très ressemblant, commenta l'adjudant, en se disant qu'il ne prenait aucun risque.

— Humm... Je ne suis pas content de moi. C'est la longueur et la courbe de son cou et la chute des cheveux en douceur qui m'intéressent... Vous connaissez le portrait d'Élisabeth d'Autriche par Winterhalter ? La pose s'en inspire, car il y a une similitude, mais uniquement physique. Bianca possède davantage de personnalité.

L'adjudant se leva et s'approcha. La femme représentée sur la peinture regardait l'observateur comme pour l'inviter à jeter un coup d'œil sur les deux tableaux dans leur encadrement chargé sur le mur à l'arrière-plan.

— Lucrezia della Loggia et Francesco Ulderighi, lui précisa Hugh Fido. Ainsi peints en l'honneur de leurs fiançailles mais ils ne se sont jamais mariés, et les tableaux sont toujours dans le salon de Bianca.

— Si ce n'étaient pas les vêtements... fit Guarnaccia, stupéfait.

— Il pourrait s'agir de la même femme ? Eh bien, ça n'a rien de surprenant. On sait d'où Bianca tient sa beauté.

— Et vous travaillez sur la toile dans le salon de la marquise... je veux dire, avec ces deux autres tableaux derrière elle et le reste ?

Hugh Fido éclata de rire.

— Non, non. J'ai fait des croquis des portraits, mais je travaille sur la toile ici. Je ne pense pas que Bianca apprécierait les taches de peinture à l'huile sur ses meubles... du reste, prenez garde vous-même.

L'adjudant baissa les yeux sur son uniforme, mais il n'avait pas l'air sali.

— Vous vous entendez très bien avec votre propriétaire.

Appliqué à la marquise Ulderighi, le terme lui parut grotesque au moment même où il le prononça, et il se sentit un peu ridicule mais persista :

— Mieux que certains autres locataires.

— Oh, vous voulez parler de Flavia. Ma foi, elle donne à Flavia un énorme complexe d'infériorité. Bianca, voyez-vous, c'est un phénomène fort rare : à la fois une vraie grande dame et une vraie femme.

— Peut-être, répliqua Guarnaccia, dont le complexe d'infériorité en présence de la marquise se révélait pire que celui du Dr Martelli, mais certains de ses griefs n'en sont pas moins justifiés. Ça ne vous dérange pas de payer un loyer aussi élevé sans avoir l'autorisation d'emprunter l'ascenseur, ni que le concierge...

— Ô mon Dieu, Flavia a dû vider son sac. Tâchez d'imaginer un instant ce que ça représente, au bout de neuf cents ans de prospérité, de devoir subdiviser sa maison en appartements à louer.

— Pourquoi l'a-t-elle fait ?

— L'argent, bien sûr. Adjudant, entre nous soit dit – et j'insiste sur ce point –, je serais tenté de croire que Corsi s'était mis ces derniers temps à garder la main ferme sur les cordons de la bourse, sous prétexte que cet endroit devait commencer à s'autofinancer. La bête noire de Bianca, c'est l'école de danse, bien sûr, non seulement à cause des incessantes allées et venues, mais parce qu'elle abrite les plus belles salles de réception de la maison, en raison de leur taille. Elle jouit aussi des plus beaux plafonds, comme vous avez dû le constater.

— Je n'y suis pas allé. Ma tâche consiste à interroger les gens qui se trouvaient dans le bâtiment entre samedi soir et dimanche après-midi, quand on a découvert le corps.

— Exact. Moi y compris, ça va de soi. Eh bien, j'étais ici.

— Avez-vous entendu un bruit ou une agitation quelconque ?

— Un coup de feu, vous voulez dire, je suppose. Mais non, j'ai le sommeil lourd.

— Somnifères ?

— Oh non. Simplement ça.

Hugh Fido désigna la bouteille de whisky trônant parmi un tas de livres et de magazines, sur la table basse placée entre eux deux.

— Ah. Vous n'aimez pas le vin italien ?

— J'en raffole. Le vin avec le repas. Un verre de whisky à l'heure du coucher. Ça aide à s'endormir pendant que les gens se tirent une balle… je suppose que c'est ce qu'il a fait ?

— C'est ce que tout le monde croit. Il a pu s'agir d'un accident. Vous vivez ici depuis longtemps ?

— Dans cette maison ? Environ un an.

— Non. Je voulais dire à Florence. En Italie.

— Oh… répondit Fido en croisant ses longues jambes. À la minute où j'ai pu m'en aller. Pratiquement le jour où j'ai quitté Eton. J'ai décidé à l'âge de quatorze ans qu'il n'était plus question pour moi d'avoir affaire à ces horribles jeunes Anglaises, dont la conversation s'apparente à des braiments entrecoupés de gloussements hystériques, et qui perdent leur virginité à dos de cheval… Je vois bien que ça ne vous dit pas grand-chose, mais vous n'êtes peut-être jamais allé en Angleterre.

— Non, non… en effet.

— Ça ne vous plairait pas. Il y a bien trop d'ambiguïté sexuelle… je ne fais pas allusion à l'homosexualité, rien d'ambigu à cela… non…

Prêtant une oreille distraite à ces propos qui, de toute façon, le dépassaient, l'adjudant lorgnait la cour en contrebas depuis la haute fenêtre. Le gardien était en train d'ouvrir les grilles intérieures à quelqu'un.

Personne n'entra. On lui tendit un carton, qui avait l'air de contenir de l'épicerie. Il alla sonner à la porte du nain et Grillo apparut pour le décharger de son fardeau. Autant que Guarnaccia pouvait en juger, ces deux-là ne devaient pas se sentir. À ce qu'on disait, Grillo veillait sur le jeune maître de maison, et lui faisait même sans doute la cuisine, car tous ces aliments n'étaient pas destinés à une seule personne. Pourquoi ne mangeait-il pas avec le reste de la famille ? Les yeux de l'adjudant quittèrent la base de la tour, où Grillo avait sa tanière, pour rejoindre la première fenêtre des appartements de Neri, à hauteur du toit du bâtiment Renaissance. Les volets bruns étaient ouverts et, derrière les vitres, un visage pâle l'observait. La distance était telle qu'on n'aurait pu en jurer, mais Guarnaccia était convaincu que le regard de cette figure blême se portait directement dans cette pièce. Comme pour se le prouver, il remua dans son fauteuil en se penchant, pour bien montrer qu'il regardait vers le haut. Le visage disparut.

— Vous voyez ce que je veux dire ?

Dans un sursaut, l'adjudant tenta de reprendre le fil du discours incompréhensible de Hugh Fido.

— C'est une sorte d'ambiguïté très particulière. Des hommes grassouillets et plutôt flasques, dotés de voix grincheuses, épousent des femmes bien plantées, joviales, qui n'ont pas la langue dans leur poche et braillent comme des arbitres sur un terrain de sport. J'ignore ce qui en est la cause, mais je sais que je fuis cela comme la peste. J'aime les femmes féminines !

À l'idée de se trouver dos à la fresque, l'adjudant commença à sentir des picotements sur la nuque. Détourner le regard ne suffisait pas. Avec ses couleurs chaudes et ses plantes luxuriantes à profusion, l'ensemble de cette grande pièce débordait de sexualité.

— Vous semblez vous impatienter, dit le peintre en souriant. Je crains de vous faire perdre votre temps, mais comme je n'ai aucun renseignement utile à vous communiquer… Je suppose que, si j'avais entendu la détonation, vous auriez pu établir l'heure du décès et ainsi de suite. C'est vraiment dommage que Catherine soit absente. Elle vit en fait juste au-dessous, tout à côté de l'armurerie, ce qui aurait résolu votre problème… sans déterminer pour autant, bien entendu, s'il s'agissait d'un accident ou non. Naturellement, la famille espère un verdict de mort accidentelle ?

— Cette jeune Catherine, depuis combien de temps est-elle partie ?

— Humm… Je ne peux pas vous indiquer le jour précis, jeudi ou vendredi, peut-être. Elle se rendait à une conférence ou un congrès quelconque sur la restauration.

— Eh bien, merci de m'avoir consacré un peu de temps. Je ferais mieux de m'en aller.

Le peintre se leva pour le raccompagner et l'adjudant garda les yeux fixés sur le dos de celui-ci en le suivant.

— Encore merci.

— Ce fut un plaisir.

Fido tendit sa longue main fine, en ajoutant :

— Et ne me prenez pas trop au mot en ce qui concerne l'Angleterre. Si vous y allez en vacances, vous vous y plairez. Vous aimerez les parcs – il y a si peu de verdure dans les grandes villes italiennes – et votre épouse adorera les boutiques.

Ma foi, c'était un homme sympathique, très agréable en réalité, et puis il était artiste, alors on devait se montrer indulgent. Il avait tenu des propos assez surprenants, surtout au sujet des Anglais… mais il en était un lui-même et ceux-ci étaient dans l'ensemble un peu bizarres.

L'adjudant descendit d'un pas pesant le grand escalier glacial, en soufflant péniblement comme s'il le gravissait. Il éprouvait une sorte d'anxiété au creux de l'estomac, un mélange d'excitation et de consternation. Peut-être encore l'effet du tableau de Fido, comme les images demeuraient fortement imprimées dans son cerveau. Mais ce n'était pas juste cela, car un autre sentiment s'y ajoutait, lequel ressemblait beaucoup à de la crainte. La crainte de quoi ?

À la dernière volée de marches, il retrouva le vaste palier, où était suspendu l'immense blason de la famille. Il s'arrêta pour y poser son regard. Orange, rouge, or et vert. Des couleurs enflammées comme celles de l'atelier de l'artiste. Malgré leur pellicule de vétusté et de poussière, elles n'en demeuraient pas moins puissantes, et l'effet menaçant de ce bouclier penché en avant comme s'il allait s'abattre sur lui conservait la même force que le jour où il l'avait découvert par hasard. D'où provenait donc sa peur ? Les Ulderighi pouvaient sans doute le briser lui et sa famille d'une simple pichenette, à la manière dont on chasse une mouche agaçante. Mais il faisait de son mieux pour n'agacer personne, non ? Il simulait, ne trouvait rien. En l'absence de preuves tangibles du contraire, un verdict de décès accidentel était inévitable. Et pourquoi pas ? Pourquoi cela le contrarierait-il ? Pourquoi s'en offusquer ? Même si le pauvre homme s'était donné la mort, à quoi bon faire éclater un scandale ? En quoi cela était-il choquant de dissimuler les faits, si toutefois c'était ce à quoi ils s'employaient ? Ce qu'il ressentait n'avait aucun sens.

Il était planté là, jambes écartées, à faire tourner encore et encore sa casquette entre ses grosses mains, les yeux levés vers les armoiries, le souffle toujours court et troublé.

— Il y a quelque chose qui ne va pas, murmura-t-il dans sa barbe. Qui ne va pas du tout…

Il entendit s'esclaffer dans son dos et se tourna juste à temps pour entrevoir deux toutes petites filles qui passèrent en trombe avant de disparaître à l'angle de l'escalier, où leurs gloussements étouffés explosèrent en grands éclats de rire à l'idée d'avoir croisé un gros bonhomme en uniforme qui parlait au mur.

CHAPITRE IV

— Adjudant Guarnaccia des carabiniers !

Il éleva encore davantage la voix mais la vieille gouvernante l'épiait de son antre en plissant ses yeux rusés.

— Vous ne pouvez pas entrer.

Elle était presque chauve et les rares cheveux blancs qui lui restaient étaient balayés en arrière et maintenus par une multitude d'épaisses épingles noires. Sa lèvre inférieure s'affaissait, laissant goutter un mince filet de salive aux commissures

— N'ayez crainte ! s'égosilla-t-il. Je dois seulement vous parler. Ça ne prendra qu'une minute.

— Vous êtes au palais Ulderighi ! lui aboya-t-elle en pleine face. Que faites-vous ici ? Je ne vous connais pas. Fichez le camp !

Qu'était-il censé faire ? Coincer son pied dans la porte comme un représentant de commerce ? Il essaya à nouveau.

— C'est la marquise qui m'envoie. Elle souhaite que je vous parle.

— La marquise vit ici avec moi. C'est le palais Ulderighi. Je ne vous connais pas. J'ignore qui vous êtes.

Il cria une nouvelle fois son nom, en scrutant la petite pièce au-dessus de la tête de la femme. Tout un pan de mur était tapissé de minuscules veilleuses rouges éclairant des petites images. Outre l'infirmité de son grand âge, elle était à l'évidence confite en dévotion. Ô Seigneur…

— Fichez le camp ! Fichez le camp !

Il recula d'un pas comme elle brandissait sa canne sur lui, tout en s'appuyant au chambranle de la porte.

— Vous m'entendez ? Allez-vous-en ou j'appelle la police !

Et elle lui claqua la porte au nez.

Guarnaccia s'épongea le front, rajusta sa casquette et tourna les talons. Il ne s'énerva pas. Il témoignait d'une infinie patience avec les personnes âgées et savait que la vieille harpie, qui le menaçait un jour de sa canne, l'inviterait volontiers le lendemain à prendre un café, comme si de rien n'était. Malgré tout, il ressentait toujours aussi vivement ce désarroi et cette appréhension, tandis qu'il traversait la cour pour rejoindre les grilles. Il avait hâte de quitter cette bâtisse qui l'oppressait tant. La pénombre et l'interminable musique de piano… qui provenait à coup sûr d'ailleurs, aujourd'hui ? Il s'arrêta en passant au pied d'un grand escalier. Cela venait de là-haut et une voix féminine tonitruante donnait des instructions. Sans doute l'école de danse. Ces deux petites filles devaient s'y rendre tout à l'heure, en montant les marches quatre à quatre, car elles étaient en retard.

Alors qu'il gagnait le portail, un autre groupe de filles franchissait les grandes portes. Plus âgées, cette fois, avec des jambes interminables, d'immenses tee-shirts et de gros sacs en bandoulière. L'adjudant ouvrit la grille et s'écarta pour les laisser passer. Elles semblaient toutes avoir de très longs cheveux. Elles jacassaient comme des pies et il se rappela les remarques de l'Anglais, tout en imaginant le visage glacial de la marquise, au cas où elle les croiserait. Il franchit le portail, en entendant leurs voix résonner dans l'escalier, puis s'évanouir au premier détour. Une fois parvenu aux grandes portes, il constata que les filles les avaient laissées entrebâillées : encore une pomme de discorde avec la marquise. Comme il tendait la main vers la poignée, le battant s'ouvrit tout seul. S'attendant à un nouveau groupe de danseuses, il recula, mais ce fut un jeune homme qui entra, en lui souhaitant un aimable bonsoir, avant de franchir les grilles sans encombre à l'aide d'une clé. Guarnaccia le regarda fixement. Il avait rencontré tous les locataires et cet individu – si tant est qu'il puisse en juger – n'était pas le fils Ulderighi et encore moins celui du gardien. Il paraissait trop…

— Mais de qui se moque-t-on ?

Quelle que soit son identité, le jeune homme venait de pénétrer dans le studio supposé vide de Catherine Yorke, au moyen d'une autre clé.

— Mince !

Le portail se referma avec fracas une seconde avant qu'il ne l'atteigne. Pourquoi était-il si lent ? Il fut contraint de sonner chez le concierge pour entrer à nouveau. Ce dernier n'eut pas l'air des plus ravis et ne cacha pas son étonnement.

— Je croyais que vous aviez déjà…

— Ouvrez-moi.

Une fois à l'intérieur, l'adjudant s'approcha de lui, le regard mauvais :

— Vous m'avez dit que l'appartement de la jeune Anglaise était vide, le studio là-bas.

— Il est vide, en effet.

— Je viens d'y voir pénétrer quelqu'un avec une clé. Qui était-ce ?

— Je n'ai vu personne.

Guarnaccia s'éloigna dans un grognement impatient et traversa la cour. Quel que soit l'individu qui se trouvait là-bas, il n'était pas seul. Il parlait à quelqu'un, en élevant la voix sous la colère. Comme l'adjudant parvenait à la porte, le ton baissa soudain. Il s'arrêta sur le perron.

— Oui, elle doit mourir… Non… Pourtant elle doit *mourir*…

Un marmonnement inaudible suivit, puis :

— Éteignez les lumières !

Guarnaccia pressa la sonnette.

La porte s'ouvrit et il se retrouva nez à nez avec le jeune homme croisé à la grille. Il tenait un verre dans une main et un livre dans l'autre, tout en dévisageant le carabinier d'un air légèrement surpris et interrogateur.

— Pourrais-je vous parler un instant ? s'enquit l'adjudant en fronçant les sourcils.

— Bien sûr. Rien de grave, j'espère ?

Comme Guarnaccia ne répondait pas, il ajouta :

— Vous feriez mieux d'entrer.

L'adjudant s'exécuta sans un mot. La pièce était aussi petite que l'armurerie voisine et pouvait à peine contenir un lit d'une place, des étagères avec des livres, un plan de travail, une cabine de douche et un siège.

— Prenez le fauteuil, proposa le jeune homme.

— Non… non, merci. J'ai cru comprendre, d'après le gardien, que cette pièce est louée par une jeune fille, une Anglaise. Catherine…

Il palpa sa poche en quête de son calepin.

— Yorke, précisa son interlocuteur. Catherine Yorke. Je suis son frère, William.

— Ah…

L'autre attendait à l'évidence une explication quelconque. Comme celle-ci ne venait pas, il observa :

— Si vous m'avez vu pénétrer dans cette pièce, alors vous m'avez vu utiliser la clé. Vous n'avez pas pu imaginer que j'entrais par effraction. Par ailleurs – veuillez excuser ma question –, que faites-vous là au juste ? Je veux dire… il s'est passé quelque chose ? Je viens d'arriver de Venise, alors…

— Oui, je vois. Eh bien, je vous demande pardon. Vous n'avez aucun souci à vous faire. Il s'est produit… un accident. Buongianni Corsi est mort dans la pièce d'à côté, entre samedi et dimanche. Il était peut-être en train de nettoyer le fusil qui l'a tué. En tout cas, il est de mon devoir d'établir si sa mort a été accidentelle, aussi je mène l'enquête parmi les locataires. On m'a laissé entendre que ce studio était vide…

— Je vois. Quelle surprise ! Un homme agréable, dites-moi, et je sais que Catherine l'appréciait beaucoup.

— Elle le connaissait bien ?

— Plutôt, je dirais. Elle travaillait un peu pour la famille. Des documents divers et d'autres choses détériorées par l'inondation… Dieu du ciel ! Vous voulez dire qu'en me voyant entrer ici, vous m'avez aussitôt catalogué comme suspect ?

— Non, non, je…

Guarnaccia se souvint alors de la voix en colère qu'il avait entendue.

— Vous parliez à quelqu'un quand j'ai sonné.

— Je parlais ? Mais il n'y a personne… Oh ! Oh, asseyez-vous donc… Je vois bien que vous êtes carabinier, mais les grades me dépassent…

— Adjudant Guarnaccia. Pas de problème, je peux…

— Non, s'il vous plaît ! Asseyez-vous, je vous en prie, adjudant. Vous devez me donner le temps d'effacer la terrible impression que j'ai dû vous laisser, en pénétrant dans un appartement qui n'était pas le mien et en proférant des menaces… de mort, si je ne m'abuse, non ?

— Je ne sais pas si…

— Oh mais oui ! Écoutez !

Il posa son verre à vin sur le plan de travail et leva sa main libre pour déclamer :

« Pourtant je ne veux pas faire couler son sang,
Ni faire de cicatrice à cette peau plus blanche que la neige
Et aussi lisse que l'albâtre monumental…
Pourtant il faut qu'elle meure ; autrement, elle en trahirait d'autres.
Éteignons d'abord cette lumière, et puis éteignons celle-ci[1]. »

L'adjudant, à présent assis dans l'unique fauteuil, considéra de ses yeux globuleux le jeune homme qui laissa retomber sa main et éclata de rire.

— *Othello !* Vous devez connaître *Othello* !

— Ah… L'opéra de Verdi…

— Oui, si vous voulez. Il existe une version anglaise, vous savez. Quoi qu'il en soit, on donne une représentation ici la semaine prochaine. J'appartiens à une troupe de théâtre anglaise à Venise. La plupart du temps, on monte des pièces qui puissent aider les étudiants italiens à comprendre la littérature de notre pays au lycée et à l'université, alors on choisit les textes dont on sait qu'ils doivent les étudier. J'étais donc en train de répéter, voilà tout.

1. *Othello*, William Shakespeare, Acte V, scène 2, trad. de François-Victor Hugo. *(N.d.T.)*

— Et vous avez les clés de votre sœur ?

— Ah ! Difficile de vous détourner de votre idée première, pas vrai ? Oui, j'ai ses clés. Je les ai toujours et, quand on joue à Florence, je dors ici.

Il croisa le regard que l'adjudant portait sur le lit étroit.

— Il y en a un deuxième qu'on glisse dessous.

Il agita son verre en ajoutant :

— Puis-je vous offrir quelque chose ? Ce n'est que de l'eau, mais il doit y avoir du vin quelque part.

— Non, merci. Vous êtes venu sans bagages ?

Le jeune homme rit à nouveau. Malgré son visage grêlé et sa silhouette maigrichonne, ses grands yeux gris pétillants et son hilarité facile le rendaient séduisant.

— Rien ne vous échappe, n'est-ce pas ?

— Vous avez bien dit que vous veniez d'arriver…

L'adjudant se sentit un peu gêné. Il aimait l'allure de ce jeune gars et ne le soupçonnait de rien. C'était une simple question due à une longue habitude d'observation. Mais le garçon ne s'en formalisa pas le moins du monde.

— Je viens d'arriver, expliqua-t-il, mais mes bagages, en l'occurrence, non. Je suis venu de Venise en train comme toujours. Certains membres de la troupe descendent en camionnette avec les accessoires, les costumes, et toutes nos affaires. J'irai au théâtre d'ici une heure ou deux pour récupérer les miennes. De toute façon, j'ai toujours une chemise propre et une paire de chaussettes de rechange ici. J'aime bien passer voir Catherine quand ça m'est possible, même lorsque je ne suis pas ici pour le travail.

— Vous êtes très proches ?

— Je suppose, oui. On est orphelins et on n'a aucune famille, en dehors de nous deux. J'imagine que ça fait toute la différence. Elle a vécu un certain temps à Venise avec moi, mais je crois qu'elle trouve la ville trop décadente. Moi, j'adore… la décadence théâtrale comme on ne la trouve que là-bas. Catherine est mieux ici en réalité, compte tenu de son métier. Qu'est-il arrivé à Corsi au juste ? Mais vous n'avez peut-être pas le droit de le dire ?

— Jusqu'ici, on ne sait pas grand-chose.

L'adjudant prenait-il trop de précautions ? C'était uniquement en parlant de manière plus ouverte qu'il pourrait inciter les gens à faire de même en sa présence. Cela fonctionnait toujours ainsi. C'était la seule façon de découvrir des choses. De nouveau, il dut se remémorer que, cette fois-ci, personne ne souhaitait découvrir quoi que ce soit… ou, du moins, si cela lui arrivait, personne ne voudrait être au courant. Mais est-ce qu'il ne se sentirait pas mieux, est-ce que ça ne le soulagerait pas de cette tension et de cette crainte qu'il portait en lui ? Peut-être. Mais, le cas échéant, il ferait mieux de garder ses découvertes pour lui, sinon il aurait franchement matière à s'inquiéter.

Tandis que ces idées lui traversaient l'esprit, ses yeux se posèrent sur l'étagère au-dessus du plan de travail, sur laquelle étaient posés pots étiquetés, pinceaux et autres éponges, comme dans un atelier de peintre, à l'exception des couleurs. William Yorke suivit son regard et tenta d'interpréter son silence.

— Je comprends. Vous ne pouvez rien divulguer. Toutefois, un fusil… tous les gens d'ici ont dû entendre.

— Non ! répliqua brusquement Guarnaccia. Personne.

— Bien sûr, ça ne me regarde pas. Je suis seulement intéressé par la famille… encore la décadence, vous voyez. On peut suivre toute l'histoire de Florence à travers celle de cette demeure.

L'adjudant n'avait pas envie de dire que la maison lui donnait la chair de poule, aussi s'abstint-il de tout commentaire.

— Ça n'engage que moi, mais cet endroit me flanque la frousse, poursuivit William.

Et Guarnaccia de le prendre en sympathie.

— Qu'on me donne les couleurs fanées et l'élégance de Venise, je suis toujours preneur. Ces palais florentins sont des forteresses construites pour tenir les gens à l'écart, non pas pour les recevoir, vous ne trouvez pas ?

— Je n'y avais pas réfléchi, mais je n'aime pas cet endroit.

— Tout à fait ! Bien sûr que vous ne l'aimez pas. Vous n'étiez pas censé l'aimer. On l'a bâti pour vous tenir à distance, comme la majeure partie de cette ville. Qui a déjà entendu parler d'une cité où toutes les grandes demeures tournent le dos à la rue et abritent leur jardin et leur façade à l'intérieur ? Vous vous rendez compte de ce que cela laisse supposer sur le caractère des Florentins ? Vous n'en êtes pas un vous-même, je le devine à votre accent. Sicilien ?

— Exact.

— Alors, je n'aimerais pas être à votre place. Je suppose que la Bianca Ulderighi ne vous recevra pas ?

— Je l'ai vue une fois, mais…

— Vous avez dû la voir par hasard… et, quoi qu'il soit arrivé à Corsi, elle souhaitera un verdict d'accident, je suppose. Elle a besoin de l'argent.

— Vous semblez en connaître beaucoup sur elle…

— Plutôt. Catherine me confie des trucs, c'est évident, et puis quand je suis là, la Ulderighi m'invite pour le thé.

— Elle vous invite ?

— Absolument. Vous avez l'air surpris.

— Eh bien, je… j'ai cru comprendre – d'après le Dr Martelli surtout – que la marquise adoptait une attitude assez snob envers ses locataires. Bien sûr, vous n'en faites pas partie.

Les yeux gris sombres de William papillonnèrent de gaieté.

— Non, non. Vous n'y êtes pas. Le Dr Martelli – une femme sympathique, au demeurant – vient de Milan, au cas où vous ne l'auriez pas remarqué. Vous venez de Sicile, ce qui est pire, tout aussi impardonnable, mais je viens d'Angleterre, ce qui fait de moi un Florentin honoraire, sans que d'autres qualités me soient nécessaires. Vous comprenez, à présent ?

— Cela fait plus de quinze ans que je vis ici, répondit l'adjudant en se frottant le visage de son énorme main, et j'ai décidé depuis belle lurette que je ne comprendrais jamais les Florentins. Vous-même devez habiter l'Italie depuis longtemps ?

— Une éternité. Ma mère est venue ici après l'inondation, en tant que bénévole, pour effectuer des travaux de restauration… rien d'aussi élaboré que le travail de Catherine, uniquement ôter la boue et ce genre de choses. Puis mon père et elle ont acheté une maison de campagne en copropriété dans le Chianti, alors on avait tous l'habitude d'y venir pendant les vacances. On allait encore à l'école quand mes parents sont morts dans un accident de voiture. On aurait aimé conserver la demeure, mais on était trop jeunes pour en décider nous-mêmes… Quoi qu'il en soit, on a tous les deux fini par revenir ici, comme vous le voyez. Une fois payés les droits de succession, nos frais de scolarité et le reste, on s'est retrouvés sans le sou. Quand je pense à la valeur qu'aurait cette maison de nos jours… Voilà, c'est nous. Pauvres mais fiers. Cependant, on fait tous les deux ce qu'on aime et c'est important.

— Oh oui, approuva l'adjudant, qui jugeait tout cela bien précaire, à l'idée de ses propres petits garçons livrés à eux-mêmes dans un pays étranger, sans famille et sans argent.

Il revint ensuite sur une remarque précédente :

— Vous disiez, n'est-ce pas, que la marquise avait besoin d'argent. Pourquoi donc ?

— Elle voudra percevoir l'assurance, non ? Je veux dire, il faut sûrement que ce soit un accident, sinon…

— Qu'est-ce qui vous fait croire qu'il aurait pu vouloir mettre fin à ses jours ?

— Humm… Beaucoup de gens ont des raisons de se tuer mais ne passent pas à l'acte, non ? Je veux dire… songez à ceux qui se traînent avec des maladies incurables, qui n'ont pas d'argent, pas d'amis, pas de famille. Il en existe et ils continuent à se battre. Il faut être suicidaire et ce n'était pas son genre, à mon avis. Mais on ne sait jamais, remarquez. Vous devriez discuter avec Catherine à son retour. Il se peut qu'elle sache des choses que j'ignore. Mais ici, ils n'apprécieront pas que vous évoquiez le suicide, n'est-ce pas ?

— Non, admit l'adjudant d'un air lugubre. Non, en effet.

Guarnaccia aimait bien William York. Il était intelligent, chaleureux. Il souhaitait… Enfin, inutile de souhaiter quoi que ce soit. Mais comme s'il devinait ses pensées, William hasarda une suggestion :

— Peut-être que… Si vous pensez que ça peut éventuellement vous aider, je pourrais tendre l'oreille ici ou là, en profiter pour bavarder avec les gens, pendant mon séjour. J'ai bien peur qu'on ne m'invite pas pour le thé, si elle est en deuil, mais je m'entends bien avec tout le monde ou presque ici.

— Ma foi…

— Si je me mêle de ce qui ne me regarde pas, n'hésitez pas à me le dire.

— Non… non. J'étais juste en train de me demander si d'aventure vous avez déjà parlé avec la vieille gouvernante ?

— La nounou ? Toujours. Je vais toujours chez elle lui apporter des bonbons. Elle me rappelle les sorcières de la pièce écossaise[1], sauf qu'elle a tendance à vous raconter le passé plutôt que le futur. C'est une sacrée vieille bique, vous savez.

— Mais vous aimez lui rendre visite ?

— Je vous ai déjà parlé de mon goût pour les décadents et les personnages insolites ! Elle est les deux à la fois dans l'outrance.

— Je voulais lui parler moi-même.

— Mais elle vous a menacé de sa canne et chassé du territoire des Ulderighi.

— C'est à peu près ça…

Ils échangèrent un sourire comme de bons amis.

— Elle m'a déjà fait le coup, reconnut William. Certains jours, elle ne me reconnaît pas. J'y retourne cinq minutes plus tard et elle m'accueille à bras ouverts. La moitié du temps, elle me prend pour un de ses chérubins de la famille Ulderighi.

— Mais pourquoi… je veux dire, pourquoi est-ce que ça vous… ?

— Pourquoi ça m'intéresse ? Je collectionne les excentriques. Un jour, j'écrirai ma propre pièce. Entre-temps, je tiens un carnet… Nul doute que vous en avez un vous-même ?

— Je… oui, mais pour noter des renseignements…

1. Allusion à *Macbeth*, de William Shakespeare, une pièce dont les acteurs superstitieux ne prononcent pas le nom, car elle est censée porter malheur. *(N.d.T.)*

— Le mien aussi en est bourré.

Le jeune homme brandit alors un calepin tout à fait semblable à celui de l'adjudant.

— Écoutez ça, reprit-il. *Deux grosses dames fortunées voguent sur le grand canal et l'une d'elles dit à l'autre, en contemplant au passage les imposantes bâtisses qui se désagrègent : « Je croyais que ces bâtiments étaient censés être beaux. » Et l'autre de répondre : « Ils le sont. » La première les regarde une nouvelle fois et ajoute, hésitante : « De l'intérieur... »*

— Je ne...

— Attendez ! Attendez ! Noté à Florence. *Un couple de touristes observe le Baptistère. La femme lit dans le guide : « Probablement construit entre 1059 et 1150. Cela fait neuf cents ans qu'il se dresse là ! » Et le mari de répliquer : « Eh bien, ça leur coûterait sans doute trop cher de le détruire. »* Vous voyez ? Je glane des trésors un peu partout et un jour j'écrirai une comédie. Pendant que je récolte pour moi, je peux récolter pour vous. Je me dis souvent que j'aurais pu être policier. Qu'en pensez-vous ?

— Je suis sûr que vous auriez été un grand détective avec votre intelligence.

— Un nouveau Sherlock Holmes ? Est-ce la façon dont vous considérez votre métier ?

— Mon métier ? Dieu du ciel, non ! Mon travail n'est que routine. On a rarement affaire à autre chose que des vols de sac à main dans mon petit poste de garde, et c'est aussi bien car je ne possède pas votre intelligence.

— Mais vous remarquez les détails.

— Quoi ?

— Vous êtes bon observateur. Mes bagages absents, le lit de dépannage invisible, ce genre de choses.

De nouveau, cet accès d'angoisse. Il l'avait refoulé au fin fond de sa mémoire, mais avait noté – comment aurait-il pu s'en empêcher ? – une tache sombre sur la joue de Corsi, alors que celui-ci était étendu sur le dos, et personne ne l'avait soi-disant touché.

— J'espère ne pas vous avoir vexé ? Vous avez en effet observé ces détails. C'est tout à votre honneur, à vrai dire, non ?

— Je ferais mieux de m'en aller.

Guarnaccia écouta à peine ce que le jeune homme disait.

— Je dois vraiment… mais je reviendrai… Quand pourrai-je parler à votre sœur ?

— Dimanche. Elle reviendra dans l'après-midi… J'espère qu'elle sera là à temps pour venir au théâtre. Dimanche soir, c'est notre dernière représentation. Je la mettrai au courant de votre venue et, comme je l'ai dit, je bavarderai avec les gens. On ne sait jamais, je peux très bien capter une information utile.

En ouvrant la porte, l'adjudant aperçut entre les colonnes une petite silhouette noire qui s'approcha de l'ascenseur et attendit. La cabine s'ouvrit aussitôt et l'individu y pénétra. Lorsqu'il se tourna, Guarnaccia entrevit son col d'ecclésiastique et la petite boîte noire qu'il transportait. La cabine se referma sur lui, mais l'adjudant eut le temps de voir la personne qui lui avait envoyé l'ascenseur. C'était la marquise Ulderighi. Son visage était très pâle. Elle parut ne pas avoir remarqué Guarnaccia.

Sous l'éclatant soleil de juin, la place de la cathédrale fourmillait de monde. Comme toujours, bien sûr, et la circulation alentour ne faisait qu'aggraver la situation. Mais aujourd'hui il y avait aussi cette manifestation, si bien que les voitures et les bus étaient immobilisés et émettaient des gaz d'échappement inutiles dans l'atmosphère miroitante de chaleur. Comme d'ordinaire dans ces cas-là, l'adjudant avait « prêté » deux de ses hommes, mais il ignorait où ceux-ci pouvaient être d'une quelconque utilité. Ils s'étaient présentés voilà une demi-heure en affirmant qu'en dépit de l'absence de danger, il serait impossible de se frayer un chemin dans l'embouteillage ambiant et qu'il n'y aurait pas grand-chose à faire, à part attendre la dispersion des manifestants. Guarnaccia lui-même, en chemin vers le palais Ulderighi, avait sauté le déjeuner afin d'aller voir ses gars sur place mais, pour le moment, il se retrouvait complètement bloqué. Il avait atterri dans une sorte de coin isolé, entre la cathédrale et le campanile, et tentait d'essuyer ses yeux larmoyants, mais là non plus il ne pouvait guère avancer. Il n'était pas mécontent de retarder son nouvel assaut de la demeure Ulderighi, en raison de la claustrophobie qui l'envahissait là-bas, même si la bousculade, la chaleur écrasante et la puanteur des gaz d'échappement produisaient quasiment le même effet sur lui.

Il s'était débrouillé pour passer de l'autre côté de la place, où étaient postés ses gars, mais n'avait pas réussi à rebrousser chemin. Il finit de sécher ses yeux et s'épongea à présent le front. Sa casquette lui serrait le crâne. Une voix exhortait la foule au mégaphone et des tracts passaient par-dessus les têtes, dont la plupart étaient pris puis abandonnés sur la voie publique par des touristes qui n'y comprenaient rien. Guarnaccia en saisit un au vol, le plia puis le glissa sans le lire dans sa poche. Il n'y voyait pas bien avec ses lunettes de soleil et n'avait pas l'intention de les ôter. En outre, il avait déjà signé la double pétition, dont un exemplaire était parvenu à son bureau.

« Les factions administratives du Palazzo Vecchio luttent pour le pouvoir, le pouvoir politique. Mais celui-ci n'a rien à voir avec la gestion de Florence. L'administration de cette ville consiste en la gestion d'un patrimoine. Un patrimoine incomparable qui n'appartient pas seulement aux habitants, mais à l'ensemble du monde civilisé… »

Une bande de jeunes passa à Mobylette et la pétarade couvrit momentanément la voix.

— Ils ne vont quand même pas s'en tirer comme ça, commenta l'un des spectateurs collé à l'adjudant.

— Les autres, on les a laissés faire, près du Ponte Vecchio.

— Oui, mais pas *sur* le Ponte Vecchio, pour l'amour du ciel…

Peut-être s'en tireraient-ils à bon compte, mais l'adjudant espérait le contraire. Un fast-food quasiment sur le parvis de la cathédrale, cela dépassait les bornes, et Guarnaccia s'y opposait bien volontiers, ainsi qu'à la circulation, même s'il ne savait pas plus que quiconque où les véhicules pourraient bien aller s'ils ne contournaient pas la cathédrale. Il tenta de se rappeler la dernière fois où il y était entré. Y avait-il emmené Teresa et les enfants à leur arrivée de Sicile ? Il n'en était pas certain du tout. Ils avaient grimpé jusqu'en haut, ça, il s'en souvenait. Les garçons avaient insisté. Et ils avaient regardé les portes du paradis, dont un panneau manquait, car on le restaurait après les ravages causés par les gaz d'échappement. C'était une sale histoire.

Et à présent les hamburgers. Les gaz d'échappement se mêleraient aux émanations graisseuses de la viande grillée et des oignons frits. Cette petite trattoria dans ce coin ombragé avait toujours existé. L'adjudant n'y avait jamais mangé, mais il se rappelait trois ou quatre tables nappées de blanc et installées sous les verts feuillages d'une vigne. Leur bail avait dû arriver à terme et ils ne pouvaient pas lutter contre la chaîne de fast-foods mondialement connue. Pourtant, ils se rebellaient. Les Florentins n'avalaient pas ce genre de couleuvres, il fallait bien le leur concéder. En dépit de son peu d'enthousiasme à l'idée de quitter l'ombre, l'adjudant dut pourtant s'en aller. Il ne devait pas traîner ici. Il était temps pour lui de partir. La police était suffisamment présente, de même que les carabiniers, pour régler cette pagaille. Par ailleurs, ses gars avaient tout à fait raison : il n'y avait aucun danger et la manifestation touchait à sa fin.

Tandis qu'il commençait à jouer des coudes pour avancer, une délicieuse odeur vint lui chatouiller les narines, un fumet puissant aux riches arômes, qui tranchait avec la pestilence des gaz d'échappement. Dommage que je sois en uniforme, songea-t-il, sinon… Les appétissants effluves s'amplifièrent à mesure qu'il se traçait un chemin dans la foule. Il ne voyait pas la longue table où l'on servait les manifestants, mais savait que les parfums en émanaient. Il sentait le pain grillé tout chaud avec l'ail, l'huile et le sel, la pizza très fine et croustillante, parsemée de romarin… et ça, c'était à coup sûr du saucisson toscan ? Certes, il ne pouvait rien y faire, alors autant éviter d'y penser pour ne pas s'en rendre malade. À quelque chose malheur était bon, toutefois : la foule se déplaçait vers la nourriture, ce qui signifiait qu'il pourrait mieux circuler. Ce dont il ne se priva pas, jusqu'à ce qu'une voix l'interpelle :

— Adjudant !

Guarnaccia s'arrêta. Bien sûr, personne n'avait besoin de l'appeler. La place grouillait d'hommes en uniforme.

— Adjudant !

Je reconnais pourtant cette voix, se dit-il.

— Par ici !

Un étranger. Bien sûr. Yorke, le jeune Anglais. Quelqu'un agita vivement un parapluie au-dessus des têtes. Guarnaccia s'immobilisa et attendit, laissant les gens passer autour de sa grosse masse noire, tel un rocher dans la mer agitée. Le parapluie disparut, réapparut, puis son possesseur surgit.

— Aaah !

Le parapluie s'abaissa. De son autre main, comme s'il s'agissait d'un oisillon, le jeune homme tenait délicatement une pizza miniature grésillant encore sur une petite serviette en papier. D'une rapide bouchée, il l'avala sans en laisser une miette.

— Excusez-moi, dit-il en agitant son parapluie en direction de la source d'approvisionnement, mais c'est pour la bonne cause.

Et, sous le regard un peu ébahi de l'adjudant, il plia la petite serviette en papier comme si c'était de la soie et la glissa dans la poche de poitrine de sa veste en lin bleu, en ajustant les fronces qui dépassaient d'un petit geste élégant.

— Ne jamais jeter des détritus. Je vous ai repéré de loin, poursuivit-il. Ma foi, d'une manière ou d'une autre, on vous voit. Vous, bien entendu, vous ne m'avez pas vu.

— Non, non, je…

— Un parapluie est un objet utile. Regardez !

Il désigna un guide qui tenait en l'air un grand parapluie rouge et avançait d'un bon pas, suivi par un cortège de gens visiblement éreintés, en rang par deux, les bras brûlés et aussi écarlates que le parapluie.

— Très utile… en fait, j'ai toujours regretté de ne pas rejoindre la garde royale. Trop petit, voyez-vous, même si je suis bien proportionné. J'ai des choses à vous dire. Vous allez dans quelle direction ?

— Moi ?… au palais Ulderighi…

Guarnaccia faillit ajouter : « Malheureusement… »

Il se sentait à l'aise avec ce jeune homme, si curieux que soient sa façon précipitée de parler et ses propos bizarres, impossibles à suivre. Et malgré son extrême jeunesse, son allure présentait un aspect suranné, une espèce de gravité feinte qui, associée au parapluie, évoquait Charlie Chaplin à l'adjudant.

— Dans ce cas, reprit William Yorke, en regardant autour de lui d'un air solennel, on va quitter ce lieu de réjouissances en espérant que tous mes efforts, dont mon héroïque consommation de ces bonnes victuailles, empêchera les barbares d'ouvrir leur fast-food dans le voisinage de la cathédrale. Autant ne pas parler des Ulderighi ici. Suivez-moi !

Et il brandit son parapluie, appuya sur le ressort et l'ouvrit d'un coup sec. L'adjudant, l'esquisse d'un sourire éclairant son visage derrière ses lunettes de soleil, lui emboîta le pas.

Guarnaccia était ravi de ne pas devoir presser la sonnette et affronter la mine renfrognée du gardien, qui lui donnait toujours l'impression d'être un invité importun plutôt qu'un visiteur officiel. William ouvrit avec ses clés. Dans la cour, la musique de piano s'échappait de l'école de danse, presque entièrement noyée par celle d'Emilio, qui répétait un morceau très sonore et, selon l'adjudant, contemporain.

— Moi aussi, j'aime bien écouter une jolie mélodie, déclara William en ouvrant le studio.

Mais il prononça sa phrase d'une voix si singulière, en dépit de son air sérieux, que l'adjudant, sur le point de l'approuver, hésita puis se tut.

— Du thé ! annonça le jeune homme, en rangeant son parapluie, avant d'ôter vivement sa veste. On va commencer par ça. Pourquoi ne l'enlevez-vous pas aussi ?

— Ça ne se fait pas quand on est en service.

Ce n'était pourtant pas l'envie qui lui manquait.

— Eh bien, asseyez-vous au moins.

William mit à chauffer une bouilloire électrique dans un coin du plan de travail.

— J'ai la bouche très sèche d'avoir répété et, dans quelques heures, je vais jouer en matinée… Vous buvez bien du thé, n'est-ce pas ? Je sais que les Florentins en boivent, mais vous n'êtes pas d'ici. De Sicile, vous avez dit, non ? Je l'ai deviné à votre accent, si j'ai bonne mémoire.

— C'est très malin de votre part. Enfin, je veux dire…

— Compte tenu du fait que je suis étranger, c'est ce que vous suggérez. Mais le langage, les accents, ça fait partie de mon travail d'acteur. Et pour le thé, qu'avez-vous décidé ?

Le jeune homme tenait la cuiller en suspension au-dessus de la théière, et attendait une réponse. Plus par gentillesse que pour satisfaire une véritable envie, Guarnaccia dit qu'il serait ravi d'en boire.

— Sage décision. Je vois qu'il n'y a que du café instantané, de toute façon, et ça ne vous plairait pas. On n'a pas de jolies tasses, uniquement des chopes. Très anglais. C'est du bon thé, malgré tout, pas des sachets. J'ai tiré un coup de feu, hier soir.

— Vous… vous avez *tiré* un…

Les yeux déjà globuleux de l'adjudant manquèrent lui sortir de la tête. Bouche bée, il inspecta la pièce du regard, en quête de l'objet du délit.

William éclata de rire.

— C'est juste une manière de parler. Ne vous inquiétez pas, ce n'était pas un pistolet, mais un pétard. Un tout petit. Mais si vous aviez entendu ce boucan ! Bon, j'étais ici, bien sûr, mais il a suffisamment résonné dans la cour pour que tout le monde soit réveillé et surgisse aux fenêtres en braillant : « Bon sang, qu'est-ce qui se passe ? »

— Et quelle explication avez-vous fournie ?

— Moi ? Je hurlais avec les autres. J'ai donc tiré du lit le gardien, sa femme, Grillo, mais pas la nounou qui est carrément sourdingue. J'ai aussi réveillé Hugh Fido, mais pas la Martelli, Emilio Emiliani, et tous les Ulderighi, sauf la tantine.

— La tantine ?

— Fiorenza Ulderighi, la tante de Bianca Ulderighi.

— À quelle heure cela s'est-il passé ?

— Au milieu de la nuit… ou disons aux petites heures du matin. Vers les deux heures. On a soupé après la représentation et je suis donc rentré très tard. Ça m'a paru une bonne idée à ce moment-là, mais je me suis dit que je devrais vous mettre au courant tout de suite pour deux raisons : la première, quelqu'un allait vous en parler – du moins, j'imagine –, alors vous-même alliez vous poser des questions, ce qui vous aurait fait perdre du temps. La seconde, c'est que j'ai bien peur d'avoir déclenché plus qu'un feu d'artifice.

Pour une fois, le jeune homme prit un air très grave. L'adjudant attendit et l'observa. William mit quelques instants avant de poursuivre et hésita, ce qui – pour autant que Guarnaccia pût en juger – ne lui ressemblait pas.

— J'ai dit que j'avais réveillé tous les Ulderighi sauf la tante. Eh bien, parmi eux, il y avait Neri. Bien sûr, quand j'ai sorti la tête en faisant mine de me demander d'où provenait la détonation, j'en ai profité pour regarder de près. Naturellement, la plupart des résidants avaient allumé. Sauf Neri. Je suis sorti et j'ai levé les yeux vers la tour, mais elle était dans le noir. Malgré tout, je sais que je l'ai réveillé.

— Comment en êtes-vous sûr ?

— Oh, mais j'en suis certain. C'était éteint, mais je l'ai entendu. Il hurlait. Comme un fou. Là-haut dans le noir. Je lui ai flanqué la peur de sa vie.

Restant assis sans bouger, l'adjudant garda le silence.

— Je suis désolé, dit William en lui tendant une tasse de thé, ça m'a semblé une bonne idée sur le moment… enfin, pour ne rien vous cacher, on avait bien arrosé le repas… oh, ne vous en faites pas, je n'en ai pas parlé au reste de la troupe.

Comme Guarnaccia ne disait toujours rien, William continua :

— Ma foi, vous savez ce que c'est ? Ce qui a l'air d'une bonne idée après un verre ou deux, à la lumière du jour…

— Vous n'avez pas… amorça l'adjudant, avant de s'interrompre.

Il aimait bien ce jeune homme, mais une telle sympathie ne lui masquait pas pour autant la réalité. Plus d'une fois, il aurait souhaité le contraire, mais il n'y pouvait pas grand-chose, alors…

— Vous n'avez pas acheté votre pétard au beau milieu de la nuit, après avoir bu quelques verres de vin. Vous avez dû le faire quand les magasins étaient ouverts.

William sourit en rougissant un peu.

— Oui, bien sûr. Vous avez raison. J'aurais dû me rappeler combien vous étiez observateur et ne pas tenter de croire que ça allait vous échapper. À vrai dire, je pensais leur jouer un mauvais tour, comme vous m'aviez dit que personne n'avait rien entendu. Alors, oui, j'ai bien acheté le pétard hier, après votre départ, en me rendant au théâtre. Puis, quand j'ai vu ce que j'avais fait – ou plutôt entendu l'effet produit sur Neri –, j'avoue que je me suis senti assez honteux. C'était puéril de ma part et malvenu, et je veux bien croire que, même si j'avais acheté ce truc plus tôt, je ne l'aurais pas fait éclater si je n'avais pas trop bu. Quoi qu'il en soit, je suis désolé.

— Eh bien, dit l'adjudant, soulagé par la franchise du garçon, je doute qu'il ait fait le moindre mal.

— Je n'en suis pas si sûr.

Le jeune homme avala une gorgée de thé et fronça les sourcils.

— Ce matin, en partant pour les répétitions, j'ai vu deux hommes arriver. C'étaient des médecins, j'en suis convaincu. Tous deux parlaient anglais, bien que l'un soit sans conteste italien. Alors vous voyez que cela a dû faire beaucoup de dégâts.

Guarnaccia l'observa. Il se rendait seulement compte à présent qu'en l'absence de son rire espiègle et radieux, son visage demeurait hâve et triste. C'était un moulin à paroles comique et débonnaire qui, l'instant d'après, redevenait le gamin orphelin seul au monde. Par-dessus tout, son remords était sincère. S'il avait mal agi, il s'en voulait. Plus dans l'espoir de l'apaiser que par souci de véracité, l'adjudant lui dit :

— D'une manière ou d'une autre, vous ne pouvez pas vraiment vous considérer responsable. On dit que le jeune Ulderighi est faible et nerveux, ce n'est pas quelqu'un de normal du tout.

— Il venait de perdre son père. Peu importe qu'il ait ou non entendu la détonation. Moi, plus que n'importe qui, j'aurais dû y penser avant.

— Ils n'étaient pas proches, à ce qu'on m'a dit, remarqua Guarnaccia.

Il était bouleversé de voir les yeux gris sombre briller comme si des larmes allaient couler et il sentit cette tristesse l'envahir.

— On ne peut pas toujours juger les réactions d'autrui en se fondant sur les siennes.

— Non.

La formule sembla faire l'affaire et l'adjudant fut soulagé de voir disparaître la lueur de chagrin.

— Non, bien sûr. J'étais très proche de mon père. Il enseignait, vous savez, mais sa grande passion, c'était le théâtre. Il m'a tant appris, même quand j'étais tout petit… Que n'aurait-il pas donné pour quitter son travail assommant et faire ce que je fais maintenant… C'est aussi valable pour Catherine, en un sens. Nos parents nous ont laissés sans un sou vaillant, comme je crois vous l'avoir dit, mais on a hérité de leurs rêves. Ce n'est pas rien, quand même ?

— Non, non… admit l'adjudant.

Mais il pensait plutôt qu'un toit au-dessus de leur tête et un peu d'argent à la banque ne leur auraient pas fait de mal. Sa propre femme aurait la pension de l'armée, bien sûr… Mais s'il devait leur arriver quelque chose à tous les deux, comme aux parents de ce jeune garçon ? Quel sort serait réservé aux gamins, en fait ? Il devait se renseigner à ce sujet. Il fallait réfléchir à ce genre d'éventualités… Il valait mieux ne jamais voyager ensemble sans les enfants, par exemple. Bien sûr, dès lors qu'on se mettait à raisonner comme ça, on ne pouvait plus mener sa vie normalement…

— À voir votre tête, interrompit William, vous devez vous dire que j'ai agi comme un jeune imbécile.

— Non, non… Je ne pensais à rien de particulier, sauf…

Dans un soupir, il posa la tasse de thé à laquelle il avait à peine touché. Il était là pour faire mine d'accomplir un travail, alors autant continuer.

— Je me demande si… la vieille gouvernante…

— Bien sûr ! Je vais vous emmener chez elle, vous voulez ? Si elle doit accueillir quelqu'un, c'est en ma compagnie qu'elle risque de le laisser entrer. On ne sait jamais dans quel état de santé mentale elle va être, mais on peut essayer.

L'adjudant voyait bien que le jeune homme était heureux de se rendre utile, pour compenser son acte stupide. Mais qu'est-ce qui poussait au juste Guarnaccia à l'impliquer ? S'il avait besoin d'être secondé – ce dont il doutait –, Lorenzini aurait pu, aurait *dû* l'accompagner. Mais depuis ce premier soir, il n'avait pas dit un mot à son brigadier sur cette affaire, et il se demandait maintenant si c'était pour éviter la présence du jeune sous-officier, alors qu'on se servait de lui et qu'il passait pour un abruti, ou s'il avait peur de…

Peur de quoi ? Tandis que tous deux sortaient du studio sous la pénombre du péristyle où résonnait la musique, Guarnaccia sut qu'il avait bel et bien peur. Ce n'était pas un sentiment qu'il pouvait expliquer, car il ne s'expliquait pas. Il avait peur de cette maison.

CHAPITRE V

— Et il y avait du sang, *du sang*… partout. Elle ne l'a jamais vu. Elle ne l'a jamais vu, mais son visage…

Le doigt âgé de la vieille nounou, luisant et déformé par les rhumatismes, caressa la joue pâle sur la photographie.

— Elle était belle. Aucune autre jeune fille ne pouvait rivaliser avec elle. Regarde-la. On dit qu'elle est responsable de ce qui s'est passé, mais les gens disent n'importe quoi. En outre, que pouvait-elle faire d'autre ?

Elle décocha un regard à l'adjudant, qui lui parut à la fois lucide et malveillant. Par expérience, il savait qu'on n'était jamais sûr de ce que les très vieux ou les déséquilibrés pouvaient dissimuler derrière leur handicap, lorsqu'ils vous dévisageaient. Nul doute que cette femme radotait, et le jeune William l'y incitait. De toute évidence, il avait déjà entendu cette histoire, peut-être plus d'une fois. Si seulement il y avait une fenêtre dans la pièce ! Celle-ci pouvait à peine contenir trois sièges, en raison de la taille du lit deux places. Guarnaccia essaya de ne pas sentir l'odeur légèrement écœurante des très vieilles personnes. Sa casquette était sur ses genoux et ses lunettes noires dans sa main. La seule lumière provenait des centaines de petites veilleuses avec leur faible lueur rouge.

— Mais ils ont attrapé les hommes responsables, n'est-ce pas ? cria William à l'oreille de la nounou.

— Et comment ! Ils les ont capturés, tous les quatre. Quant à cette fille, elle ne valait guère mieux, une adultère et une moins-que-rien. Mais c'était *lui* le coupable, il a eu ce qu'il méritait aussi et il ne l'avait pas volé, crois-moi.

— Et il empestait ! Racontez-nous, nounou, comme il empestait !

— Il empestait ? Quand il passait dans la rue, il laissait derrière lui une puanteur qui ne disparaissait pas avant plusieurs jours. Il ne se changeait jamais d'un bout à l'autre de l'année. Un vrai cochon. Même jeune, il n'a jamais été beau à regarder, ce n'est pas comme Francesco. Maintenant, si elle avait épousé Francesco, comme elle aurait dû en toute justice le faire… S'il y a jamais eu une victime, c'était bien lui… et, mon Dieu ! ce qu'il était joli garçon. Un beau brin de gars, pour sûr. Et ils l'ont habillé tout en blanc, avec une couronne de fleurs, une couronne de fleurs printanières… Je le vois bien à présent. Il a eu la tête écrasée sur le côté…

La voix de la vieille femme s'interrompit soudain, tandis qu'elle lorgnait William en plissant les yeux.

— Tu m'as apporté quelque chose ?

— Des bonbons, comme vous l'avez demandé, répondit William.

— Et ils sont tendres ? Je n'ai plus de dents.

— Ils sont comme vous les avez demandés. Bien tendres. Tenez.

Elle les lui arracha des mains mais n'en mangea aucun. Au lieu de quoi elle tendit la main vers une table de chevet surmontée d'un petit plateau en marbre. Celui-ci était recouvert d'un napperon crème en dentelle, avec un flacon de médicaments, un verre et un chapelet noir. Sa main déformée batailla avec le tiroir. L'adjudant se leva à moitié pour l'aider, mais elle le repoussa d'un geste irrité :

— C'est lui qui va le faire.

Et William de glisser les bonbons dans le tiroir.

— Voyons, qu'est-ce que je te disais ? Ma foi, Francesco est mort, bien sûr, et on prétend que ce n'était pas un accident, alors qu'on a prétendu que son cheval était en cause, et elle a épousé son frère. Ils l'y ont forcée, c'est certain. Elle a pleuré la veille pendant toute la nuit. Affreux ! Un homme affreux et une âme aussi horrible que sa figure. Évidemment, une fois qu'elle a eu un enfant, il l'a laissée tranquille, il a au moins ça pour lui, mais moi-même je n'ai jamais eu du temps pour cette branche de la famille… tu sais qu'il était cousin de ce bonhomme… Attends un peu et je vais te dire son nom. L'avare, tu sais de qui je parle, voyons, comment s'appelait-il… et ne me regarde pas comme ça, espèce de jeune morveux, je ne suis pas trop vieille pour savoir de quoi je cause.

— Parlez-nous du meurtre ! brailla William. Dites-nous d'où venaient les hommes !

— Campi.

Le visage de la femme s'assombrit comme si elle avait nommé l'enfer au lieu d'un faubourg florentin.

— C'étaient des tanneurs, tu sais, de grosses brutes. Ils sont passés par la petite porte, voilà comment ils ont fait. Ils se sont introduits la veille, pendant qu'il n'était pas là, et pas une âme ne les a vus.

— Mais quelqu'un les avait appelés, nounou ! Allons, admettez-le ! On les avait fait venir !

William souriait à belles dents en la provoquant.

— Une épouse a des droits. Une mioche comme cette Ginetta, et domestique avec ça, qui posait pour la galerie. Elle faisait étalage des bijoux qu'il lui avait offerts… eh bien, c'est la dernière fois où elle a monté cet escalier vivante. Elle était nue comme un ver, quand ces quatre-là ont fait irruption. On en a parlé au tribunal. Comme un ver…

Elle baissa le ton et, pour une raison quelconque, peut-être parce qu'elle jouissait d'un nouvel auditoire, elle s'adressa maintenant à l'adjudant :

— Il en a fallu deux d'entre eux pour le maintenir à terre…

D'instinct, Guarnaccia s'écarta un peu de son interlocutrice, pas très sûr de vouloir entendre ce qu'elle allait lui confier, mais les doigts perclus de rhumatisme s'agrippèrent à la manche de sa veste d'uniforme.

— Il ne portait aucune marque, mais il en fallut deux pour le maintenir, pendant qu'ils lui ont fait *à elle* ce qu'ils lui ont fait. Ils ont emmené son corps avec eux et l'ont jeté dans l'Arno, mais il a refait surface au pont… deux ponts plus bas que celui-ci, qui s'appelle…

— Ponte alla Carraia ! lui souffla William à l'oreille. Mais la tête, nounou ! Qu'est devenue la tête ?

Elle se cramponnait toujours à la manche de l'adjudant. Un mince filet de salive bavait à la commissure gauche de ses lèvres.

— Ils l'ont accrochée à la colonne du lit, à l'une des flèches en bois, les yeux exorbités, qui le *regardaient* lui, et lui qui les regardait. Et c'est comme ça qu'on l'a retrouvé au matin. Et il y avait du sang, du *sang* partout. Il avait traversé les draps, deux matelas et même la base en bois du lit, et *lui* baignait dedans, mais il n'avait pas bougé. Là où ils l'avaient laissé, c'est là qu'on l'a trouvé, le regard fixé sur cette tête avec ses mèches de cheveux sanguinolentes.

La femme resserra son emprise sur le bras de l'adjudant.

— Et il n'a plus prononcé un seul mot de toute sa vie. Et voilà !

Guarnaccia, qui avait l'impression de retenir sa respiration depuis une demi-heure, poussa à présent un long soupir et remua un peu sa lourde masse sur la chaise inconfortable, mais la gouvernante s'accrochait toujours à lui, de sorte qu'il ne pouvait pas se relever.

— Rien ne peut se passer ici, reprit-elle, sans que je sois au courant. Rien.

Si seulement elle disait vrai ! À plusieurs reprises, l'adjudant avait tenté de l'interroger au sujet de la nuit où Corsi était mort mais, à chaque fois, elle avait levé un doigt déformé pour l'arrêter.

— Attendez un peu. Je vais vous raconter quelque chose…

Et elle se lançait encore dans un de ses récits de meurtres effroyables. Il y avait un exemplaire du journal local coincé entre elle et le fauteuil, et Guarnaccia ne doutait pas un instant qu'elle y puisait ses lugubres histoires. Plus intéressantes, peut-être, que la lecture de la rubrique nécrologique, pour voir à combien de ses amies elle avait survécu. En fait, elle les avait sans doute toutes enterrées à présent. Cependant, c'était surprenant d'entendre tous ces détails sordides dans la bouche d'une créature chenue aussi fragile. Et, à en croire la manière dont elle en parlait, on aurait pensé qu'elle avait vécu l'histoire. Celle du corps dans la cave suffisait à vous donner des cauchemars, mais on avait davantage l'impression qu'elle l'avait lue dans un livre plutôt que dans un quotidien, car les citations comme « Ici prennent fin mes tourments » semblaient un peu vieillottes. De nos jours, on ne gravait plus ce genre d'épitaphe sur les pierres tombales. Enfin, quelles que soient les sources de la gouvernante, ce n'était pas ici que les tourments de l'adjudant pourraient prendre fin, certes. Mais il s'était acquitté de la visite, il avait rempli sa tâche, voilà le seul point positif. Il avait vu tous ceux qu'il devait voir et n'avait glané aucune preuve de suicide, hormis l'histoire de la dispute en pleine nuit. Et si toutes les querelles nocturnes étaient censées conduire au suicide… D'une manière ou d'une autre, il devait détacher de son bras la main de la vieille femme. En proie à l'inspiration, il lui demanda :

— Voulez-vous me laisser regarder vos images pieuses avant de partir ? Vous en avez tellement.

Mais elle n'entendit pas un traître mot. William dut répéter la question, en beuglant dans son oreille, avant qu'elle leur permette de se lever. Un mur était entièrement tapissé de veilleuses en plastique rouge.

— Mais…

L'adjudant se ravisa et se tut.

— Humm… Je pensais que vous seriez surpris. On s'en va ?

Prendre congé n'était pas facile. La vieille nounou s'accrochait à William, qui dut lui promettre de revenir le lendemain.

Une fois dans la cour, il admit :

— Je la fais un peu tourner en bourrique, mais elle ne distingue pas vraiment les jours, vous savez, et si je passe la voir un moment le samedi ou le dimanche, ce sera pareil. Le plus surprenant, c'est qu'elle n'oublie pas du tout qui je suis, alors qu'elle ne me voit guère plus de deux fois par an.

— Le plus surprenant, contra Guarnaccia avec une véhémence rare, ce sont toutes ces images…

— Ah oui. Je me suis dit que vous les aimeriez. Vous avez compris qui elles représentaient ?

— J'ai reconnu la marquise…

— Ah, la photographie. Certes, tous les portraits de ce côté-là du mur sont d'elle. À des âges différents. Sa photo de mariage aussi, vous avez vu ? Aucun saint, comme vous le pensiez, mais les Ulderighi. Les clichés remontent aux origines de la photographie et le reste, ce sont des reproductions de peintures à l'huile et ainsi de suite. Quand elle part totalement dans ses délires, elle est convaincue de les avoir élevés tous autant qu'ils sont, depuis neuf cents ans. Un jour qu'elle était plus lucide que d'habitude, elle m'a dit que sa propre mère était nourrice d'un Ulderighi – j'ai oublié qui, sur le moment –, si bien qu'elle a elle-même grandi dans cette maison et travaillait comme aide-gouvernante dès l'âge de huit ans. Elle en a quatre-vingt-onze et n'a jamais rien connu hors de cette demeure, mais elle sait sans doute tout ce qui s'y passe. C'est vraiment dommage qu'elle soit aussi gaga, car c'est une mine d'informations quand on arrive à les obtenir. Elle a aidé Catherine une ou deux fois parce que, vous voyez, elle connaissait mieux que la Ulderighi ou qui que ce soit d'autre le nombre exact de cartons et de malles de documents et d'ouvrages qui auraient dû se trouver à la cave et ce que la plupart contenaient. Après les ravages de l'inondation, je veux dire.

Ils s'étaient arrêtés près du puits, en pleine conversation, sans remarquer qu'à l'ombre du péristyle le nain les observait.

— Mais cela remontait quand même à vingt ans ?

— En effet, mais Catherine retrouve encore des trucs et elle pense qu'il va encore falloir des années de travail pour restaurer tous les documents. Personne n'est sûr à cent pour cent de la quantité des pièces perdues, et ces caves sont un vrai labyrinthe. Vous n'en croiriez pas vos yeux.

— Pour ce qui est d'y croire ou non, je n'aurais pas cru cette histoire de portraits de famille non plus, sans parler des récits sanglants, mais j'en déduis qu'elle les trouve dans les journaux.

— La presse, les livres et la rumeur aussi.

— Je me le suis dit en voyant la *Nazione*.

— La *Nazione* ?

— Il dépassait de dessous le coussin de son fauteuil.

Les yeux de William étincelaient de gaieté.

— Tout ce qu'elle lit dans ce torchon, ce sont les naissances, les morts et les mariages ! Écoutez, vous n'êtes pas obligé de partir maintenant, si ? Vous avez bien un petit quart d'heure à perdre ? Laissez-moi vous éblouir ! Il vous reste beaucoup à apprendre sur cette demeure. Venez.

L'adjudant savait qu'il aurait dû rentrer au bureau, rédiger ce maudit procès-verbal de mort suspecte et se débarrasser de l'affaire. Quoique, s'il l'avait su, c'était précisément sa dernière occasion de le faire. Il hésita. Il détestait cette maison, mais elle exerçait sur lui une sorte de fascination glaciale et, par ailleurs, il aimait la compagnie de ce jeune homme si différent de lui. Guarnaccia alla jusqu'à jeter un coup d'œil à sa montre. Fut-ce par hasard qu'il se décida à rester ? C'est du moins l'impression qu'il donna et, pourtant, lorsqu'il y repensa plus tard, il semblait avoir suivi un chemin bien précis et résolu depuis le début, dès l'instant où il s'était tenu debout au-dessus de Corsi et avait contemplé la tache sombre sur la joue. Alors, s'il n'avait pas eu envie de dire : « Je devrais m'en aller », mais préféré se taire et regagner le studio dans le sillage du sémillant William qui marchait à la Charlie Chaplin, ce n'était peut-être pas si important, après tout.

— 'soir, adjudant.

C'est alors qu'il remarqua la présence du nain dans les parages. Mais il n'en pensa rien. Il suivit le jeune Anglais dans le studio et ferma la porte.

Une heure plus tard, il était encore en train de lire, ou plutôt de déchiffrer.

— Non… je n'y comprends rien.

— Peu importe. Essayez ceci. Ce n'est pas complet, mais ça vous donnera un aperçu. Catherine l'a fait photocopier à la bibliothèque Marucelliana. Sans aider à tout coup, ça peut parfois indiquer qu'il manque tout un tas de renseignements, ce qui signifie qu'il y a une omission ou une page déplacée. Tenez… passez tout ce qui concerne Cosimo l'Ancien… 1490… Neri Ulderighi, le voilà : laissez-moi…

« En 1490, Neri Ulderighi décida d'agrandir sa demeure florentine. Il acheta les maisons attenantes à sa tour médiévale au cœur de la ville et commanda à Rome un plan de la façade et de la cour. Le dessin qu'il reçut, censé être l'œuvre de Raphaël, fut livré au maître d'œuvre, Lapo Cinelli, pour une estimation des travaux. Le plan ne fut jamais rendu, Cinelli prétendant qu'il l'avait perdu. Neri sollicita l'aide de Laurent de Médicis… »

— Alors, vous voyez ? Ça vient de la lettre que vous tentiez de déchiffrer :

« Comme le dessin est splendide et que l'artiste n'a pas le temps d'en réaliser un autre, et que Votre Altesse sait que, si je devais en référer aux tribunaux, ils ne feraient qu'infliger une amende pour la perte d'un manuscrit qui n'intéresse guère les fripouilles. »

L'adjudant était assis, perplexe, tandis que William se juchait sur le bord du plan de travail pour lui faire la lecture.

— Mais est-ce qu'il…

— Attendez… La réponse de Laurent est égarée, mais on en possède une citation qui prouve qu'il a en effet répondu… La voilà : « *Que le tribunal le recherche et qu'on retrouve le plan.* » Il se peut qu'il n'y ait jamais eu de véritable lettre destinée à Neri, bien sûr, juste une note dans la marge d'autres commandes ou une mention de l'affaire dans une lettre à quelqu'un d'autre.

— Et est-ce qu'on a retrouvé le dessin, alors ?

— Attendez ! Le mystère s'épaissit. Écoutez ça : « *L'intervention de Laurent se révéla infructueuse. Cinelli persista à dire que le plan était égaré, mais qu'il s'en souvenait assez bien pour lancer les travaux, qu'il exécuterait à moindre coût pour s'excuser de la perte du dessin. Peu de temps après le début desdits travaux, une rumeur parvint aux oreilles de Neri, selon laquelle Cinelli se vantait de l'avoir dupé et qu'un dessin de Raphaël valait beaucoup plus que la réduction de ses honoraires. Trois jours après que Neri eut saisi la supercherie, Cinelli était mort, assassiné dans les caves, où il avait commencé la bâtisse, et enterré dans ses murs. Le fils de Cinelli remplit le contrat et le Palazzo Ulderighi fut achevé, mais on dit que le fils savait qui avait tué son père, de même que ce fut lui qui grava l'inscription sur le mur du sous-sol, derrière lequel on avait enterré Cinelli :*

ICI PRENNENT FIN TOUS MES TOURMENTS
QUAND DÉBUTENT LES VÔTRES. »

— C'était donc vrai…

L'adjudant, aussi sage qu'un écolier bien élevé pendant la lecture, remua sur son siège et regarda autour de lui, de nouveau gêné par l'absence de fenêtres dans ces pièces. Il aimait réfléchir en regardant par le carreau, même s'il fixait le vide sans voir ce qu'il contemplait. Ici, il se sentait oppressé.

William feuilletait toujours les photocopies.

— C'était tout à fait vrai. Les Ulderighi ont davantage été victimes du mauvais sort depuis ce jour… oh, ils se sont toujours débrouillés pour conserver le pouvoir, grâce à un système d'alliances avec les puissants, c'est-à-dire aucun accord avec quiconque si ce n'est avec eux-mêmes. Ils se trouvaient à la cour quand le grand-duc d'Autriche dirigeait Florence et, même s'ils ont largement critiqué les machinations de Cavour pour l'unification de l'Italie, ils faisaient encore partie de la cour quand Florence est devenue la première capitale du royaume. Ils ont survécu à deux guerres mondiales, à la montée et à la chute du fascisme, et ils sont toujours là. Ils ont perdu de l'argent, bien entendu, avec la fiscalité et pour avoir négligé leurs propriétés à la campagne, confisquées par la nouvelle république. Pourtant, de cette manière, ce sont des survivants qui s'en tirent plutôt bien. La malédiction – et tout le monde considérait l'épigraphe comme telle – avait trait à la succession.

— Je voulais juste dire, précisa Guarnaccia, que ce que nous a assuré la vieille femme était vrai. Le meurtre dans les caves. Je ne pensais pas que…

— Vous croyiez qu'elle radotait, j'imagine, mais tout était vrai et tout émanait des chroniqueurs de l'époque de la malédiction de Cinelli. Ils n'ont pas cessé de perdre leurs héritiers. Francesco a été le premier.

— Francesco… répéta l'adjudant, en tentant de se remémorer les délires verbaux de la nounou. Ah… celui avec la couronne de fleurs sur sa tombe, qui a eu je ne sais quel accident, celui-là ?

— Exact. C'était l'aîné. Il y avait deux fils et Neri a tenté de marier Francesco à l'une des héritières de la famille della Loggia, une fille appelée Lucrezia. Francesco, si vous vous souvenez, c'était celui qui était joli garçon, et la couronne de fleurs, il l'a portée pour le mariage. C'est une histoire intéressante… Attendez, ça doit être consigné quelque part, car ça s'est passé immédiatement après l'achèvement des travaux. Je me rappelle l'avoir vu. Ça commence par : *« Un mariage fut organisé »*… Un mariage… Ah ! *« Neri Ulderighi avait deux fils… »* J'y suis :

« Un mariage fut organisé entre Francesco et Lucrezia della Loggia. Le 24 juin, jour de la Saint-Jean, fête du patron de Florence, le séduisant Francesco, vêtu de blanc et coiffé d'une couronne de fleurs, sortit à cheval du Palazzo Ulderighi pour s'en aller à son mariage. Devant les portes, on battait le tambour et les drapeaux en soie volaient en son honneur. Lorsqu'il quitta la sombre cour pour surgir dans l'éclatant soleil de juin, un étendard tourbillonna devant la tête de son étalon blanc. Le destrier se cabra, recula, et Francesco fut projeté à terre. Sa tête couronnée heurta le grand porche en pierre et le palais connut alors sa seconde victime. Bon nombre invoquèrent la malédiction de Cinelli, mais d'aucuns pensèrent que le lanceur de drapeau était à la solde de certaines familles, jalouses de l'influence combinée des Ulderighi et des della Loggia, à la cour de Lorenzo. »

— Nous y voilà, donc.

William remit vaguement les feuillets en ordre et les flanqua sur la table.

— La malédiction de Cinelli en action. C'est pourquoi ils ont marié la pauvre fille à l'horrible frère nauséabond qui s'est révélé malveillant et qui, au dire de cette chère vieille nounou, n'a pas pu s'empêcher de faire décapiter sa petite amie. Encore que j'aie ma théorie sur la question et je sais pourquoi elle défend la sanglante Lucrezia. Elle ressemble tant à la marquise actuelle que la nounou les confond. J'aimerais bien que Catherine soit là, car elle a les clés. En tout cas, dès son retour, elle vous emmènera voir l'inscription de Cinelli au sous-sol.

— Je ne suis pas sûr, dit l'adjudant en se levant, d'avoir besoin de…

Il ne put finir sa phrase, car on frappait énergiquement à la porte.

— William ! William, vous êtes là ?

C'était le Dr Martelli, surprise de voir Guarnaccia lui ouvrir, alors qu'il prenait congé.

— Oh. Est-ce que j'ai interrompu…

— Non, non… je m'en allais.

Il chercha ses lunettes de soleil dans sa poche de poitrine.

— Que se passe-t-il ? s'enquit William, en regardant par-dessus l'épaule de l'adjudant.

— Cette fichue bonne femme ! lâcha le médecin.

— Hop là ! fit le jeune homme en la poussant à l'intérieur, avant de fermer la porte. Cette cour a des oreilles.

— Toute cette bâtisse a des oreilles, répliqua le Dr Martelli, et je soupçonne cet affreux Grillo, mais on ne peut jamais le surprendre. Il sait tout ce qui se passe à chaque étage, mais il ne peut pas utiliser l'ascenseur et je ne l'ai jamais vu dans l'escalier… Je dois repartir, j'ai une tonne de patients, mais comme j'avais un message pour vous, je suis descendue pour souffler un peu. Je ne peux plus supporter cette Ulderighi. Elle vient de déchaîner un scandale contre une de mes malades qui avait laissé les grandes portes entrebâillées. Vous vous rendez compte ? Une petite dame toute frêle de quatre-vingts ans, qui ne pourrait pas les fermer sans l'aide de cinq personnes. Ça me rend dingue ! Quel culot, alors qu'il y a un gardien, que nous payons, et qui, au lieu de s'occuper des portes, est toujours en train de la servir là-haut, habillé en majordome d'opérette !

La généraliste plaquait ses petits poings serrés sur les tempes, en faisant mine de hurler une authentique fureur.

William parut étonné.

— Elle ne peut pas déjà être en train de recevoir, pas encore.

— Je ne dirais pas ça. Mais j'ai vu une armada d'avocats monter là-haut, pendant que je faisais entrer et sortir mes patients. Ils m'ont évoqué des juristes, en tout cas, mais certains étaient peut-être banquiers… et vous avez vu qui était là de bonne heure, ce matin ?

— J'étais sorti répéter.

Elle racontait tout à William, mais Guarnaccia sentait bien que l'information lui était destinée. Ce n'était pourtant pas, selon lui, une femme mal intentionnée. Il la trouvait plutôt sympathique. Mais il était tout à fait sûr qu'elle éprouvait une envie légitime de voir la marquise écoper de ce qu'elle méritait.

— Des entrepreneurs ! Oh, pas les maçons habituels, mais il y avait un architecte, celui que je voyais souvent quand je me suis installée ici, et quelqu'un du ministère des Beaux-Arts, qui prenait des photos et des mesures. De toute évidence, ils vont redémarrer les travaux sur la façade. Donc !

Elle se tourna directement vers l'adjudant à présent et enchaîna :

— J'espère que votre fameux rapport ira dans le sens qu'elle souhaite, car j'ai bien l'impression qu'elle est déjà en train de dépenser l'argent de l'assurance.

— Non, intervint William, ce serait inutile. L'héritage de Corsi est énorme. Elle peut d'ores et déjà restaurer toute la demeure si ça lui chante. Hugh me le disait hier. L'argent de l'assurance ne peut pas la préoccuper, mais le scandale oui.

— Vous pensez qu'ils ont déjà pu lire le testament de Corsi ? demanda le médecin.

— Pas avant mon rapport, dit l'adjudant.

Et, maintenant qu'il y réfléchissait, personne ne lui avait donné un délai. Ils ne devaient pas forcément lui en fixer un, mais c'était surprenant qu'ils n'aient pas essayé.

— Elle n'aura aucun problème pour emprunter sur un legs pareil. Flavia, j'ai offert du thé à l'adjudant, bien qu'il n'aime pas ça. Je peux vous en proposer une tasse ?

— Mon Dieu, non ! Mes patients ! Je file... oh, je suis venue vous demander de dire à Catherine que, si elle revient en effet à la fin de la semaine, alors, qu'elle passe me voir lundi soir, vers les six heures, pas en matinée. J'ai tout décommandé le matin, pour pouvoir prendre un long week-end. Vous n'oublierez pas ?

— Je vais le noter... Vous partez aussi ?

Cette question s'adressait à Guarnaccia, qui ajustait sa casquette, tandis que Flavia Martelli s'empressait de rejoindre ses malades.

— Je dois rentrer.

L'adjudant avait des tas de choses en tête, des images plus que des idées, qu'il voulait mettre en ordre tout seul.

— Mais vous reviendrez pour faire la connaissance de Catherine ? Et je voulais vous inviter au théâtre... attendez.

Il farfouilla dans ses poches, jusqu'à ce qu'il trouve ce qu'il cherchait.

— Voilà. Deux places gratuites pour que votre femme puisse vous accompagner.

— C'est très gentil à vous, mais…

Guarnaccia contempla les billets avant de les glisser dans son calepin.

— Vous n'avez pas dit que… enfin, ce ne sera pas en anglais ?

Le visage de William se décomposa :

— Vous ne comprenez pas du tout l'anglais ?

L'adjudant eut une mine tout aussi déconfite et rougit un peu.

— Ma foi, un mot ou deux, vous savez. « Bonjour », ce genre de choses…

Mais il reconnut l'expression sur la figure de William. Il l'avait déjà vue sur celle de son propre gamin, le jeune Totò, quand Guarnaccia n'avait pu se libérer pour aller voir un petit chef-d'œuvre présenté à l'école.

Il ajouta donc :

— Mon épouse comprend un peu mieux que moi… et puis il y aura les costumes et le reste. Je suis sûr qu'on appréciera.

Il avait bien agi. William présenta un programme avec un synopsis en italien. Tout était conçu, précisa-t-il, pour des gens qui apprenaient l'anglais.

— J'avais l'intention de donner un billet à Flavia – le Dr Martelli –, mais elle était si remontée contre le gardien que j'ai oublié. Cependant, si elle part ce week-end…

— Nul doute qu'elle s'emporte facilement, commenta l'adjudant en s'épongeant l'arête du nez avec un grand mouchoir blanc, avant de chausser ses lunettes.

— On ne peut pas lui en vouloir. Je pense qu'elle subit des pressions d'un côté comme de l'autre. En tout cas, elle a raison pour le concierge, il ferait mieux de s'occuper de la porte plutôt que de jouer les majordomes.

— Je suis surpris que ça ne le dérange pas. Il n'avait pas l'air très à l'aise quand je l'ai vu là-haut, pourtant il n'a pas eu un seul mot de reproche envers la marquise.

— Ha ! Ça ne m'étonne pas… vous avez vu leur fils ? répliqua William en fermant de nouveau la porte, alors qu'il la gardait entrouverte.

— Eh bien, je ne l'ai jamais rencontré…

— Imaginez la cathédrale, mais en plus grand.

— Il participe au tournoi de football, je crois.

— Et pourrait symboliser la coupe, avec les ongles de pied peints en doré et une couronne de fleurs autour de son cou de taureau. S'il s'approche de vous, le mieux à faire, dit William en baissant la voix, c'est de… partir en courant ! C'est ce que je fais. Mais moi, je suis petit et vulnérable avec ça. Le rapport avec le gardien qui joue les maîtres d'hôtel, c'est que leur charmant bambin plein de vie et de santé – il s'appelle Leo, mais son surnom, croyez-le ou pas, c'est Bébé – a eu maille à partir à une ou deux reprises avec les forces de l'ordre. Je ne connais pas tous les détails, mais il y a eu un incident dont la presse s'est fait l'écho. Il tailladait tranquillement les gens avec un tesson de bouteille dans je ne sais plus quelle boîte de nuit et, quand la police est arrivée pour mettre fin à son petit jeu, il a dû perdre son sang-froid. En tout cas, que ce soit par provocation ou juste pour s'amuser, il leur a cogné les têtes ensemble, s'est emparé de leurs matraques pour aller fracasser leur voiture de patrouille. Plutôt violent, pas vrai ?

— Il a donc un casier judiciaire ? fit l'adjudant en cherchant son calepin.

— Ah, non ! répliqua William en agitant l'index, toutes dents dehors. Ah non, non, non. Bébé n'a pas de casier, parce que si Bébé en avait un, il ne pourrait pas participer au joli tournoi de football, et c'est ce que Bébé aime par-dessus tout. Alors il faut étouffer l'affaire. Chut ! Pas un mot.

— Je vois. La marquise…

— La marquise. Alors, si elle souhaite que son gardien s'habille en singe et se balance sur le toit, il le fera volontiers pour éviter la taule à son petit gorille.

— Et le gorille lui-même pourrait peut-être…

Guarnaccia s'interrompit. Le visage grêlé du jeune homme avait blêmi. L'adjudant tendit la main pour lui éviter de chanceler.

— Allons, asseyez-vous. Je ne voulais pas vous faire peur.

William s'exécuta.

— Vous ne l'avez pas vu. Il est vraiment effrayant et, s'il était impliqué dans la mort de Corsi et que je vous avais mis au parfum, ils le sauraient tous à présent !

— Comment pourraient-ils être au courant ? Ils savent que je suis là, mais je suis passé voir tout le monde, pas seulement vous.

— Grillo !

— Il nous a vus entrer ici, mais quand même…

— Catherine a découvert le pot aux roses. Il sait toujours tout et elle a su comment…

Le jeune homme bondit de son siège et tira sur une petite poignée en cuivre sur le mur du fond.

— C'est fermé à clé, dit-il.

Mais un bruit à peine perceptible, tel celui d'une souris dans un lambris, accompagna ses paroles.

— Je comprends… dit l'adjudant.

Les demeures comme celles-ci abritaient couramment, dans un coin discret, une porte de service camouflée par des fresques pour se fondre dans le décor et bien éloignée de l'entrée principale. Ces portes minuscules menaient à un escalier de service permettant aux domestiques de passer inaperçus, sauf en cas d'absolue nécessité.

— Toutes les pièces donnant sur la cour ont des portes de service ?

— Je ne pense pas. Juste de ce côté, surtout pour que Grillo puisse rejoindre l'armurerie voisine depuis son repaire. Vous pouvez parier qu'il écoutait ce qu'on disait.

— Sinon où peut-il aller depuis ce passage ?

— Dans la rue, bien sûr, par l'entrée de l'ancienne tour, et jusque dans la tour elle-même, pour répondre aux besoins de Neri. Dans les appartements des Ulderighi aussi, je pense. Il y a sans doute, à un niveau quelconque, une porte de communication entre la tour et la nouvelle aile du bâtiment.

— Oui… oui, il y en a une.

L'adjudant se rappela sa première visite, lorsqu'il était monté « là-haut », et la femme du gardien qui revenait avec le médicament. *« Toutes ces marches… »* Elle avait emprunté un chemin détourné et non pas l'escalier principal.

Guarnaccia sembla soudain regarder dans le vide.

— Vous pensez que je suis en danger, à cause de cette brute ? s'enquit William qui ne plaisantait plus du tout.

L'adjudant se tenait là, massif, silencieux et comme aveugle.

— Vous le pensez ?

Mais Guarnaccia ne répondait toujours pas. Il se tourna lentement, ajusta sa casquette et ouvrit la porte.

— Bien sûr, si j'étais aussi costaud que vous et en uniforme…

La voix de William le suivit comme un murmure dans la cour envahie de musique. C'était seulement celle de l'école de danse, à présent, et une femme répétait d'une voix ferme, rythmée par le martèlement sourd d'un objet pointu sur le parquet :

— *Glissade... assemblé... glissade... assemblé... glissade... jeté... temps levé... pas de bourrée ! Glissade... assemblé... glissade... assemblé...*

— Adjudant...

Ce fut seulement en pressant le bouton ouvrant les grilles qu'il s'avisa de répondre :

— Non, non... Je ne pense pas que vous soyez en danger... car lui ne l'est pas.

Et Guarnaccia disparut.

— Adjudant ?...

Il regarda Lorenzini qui plissait le front sous l'effort, pour se rappeler ce qu'il avait dit. Le visage de son jeune brigadier montrait bien qu'il attendait une réponse depuis un certain temps. Sans savoir de quoi il retournait, Guarnaccia se leva et suivit Lorenzini hors du bureau, pour rejoindre la salle d'attente, en supposant qu'il y aurait là-bas quelqu'un dont il devrait s'occuper. Avec son sol dallé de marbre et ses fauteuils en cuir disposés avec soin, la petite pièce était vide. Sur la table basse, les magazines étaient alignés avec une précision militaire. La réponse ne se trouvait pas là.

— Vous y allez, alors ? s'enquit Lorenzini, un peu anxieux. Ces deux gars en patrouille sont trop jeunes pour traiter ce genre de chose. Vous êtes le seul à pouvoir...

— J'y vais.

Il avait enfin compris. Il boutonna sa veste et ôta les lunettes de sa poche.

— Appelle les gars.

— Je pensais qu'ils devaient rester. La femme a insisté...

— Dis-leur de revenir. Et ne quitte pas la garde. À mon retour, je veux te parler.

Il ferma la lourde porte derrière lui et descendit pesamment l'escalier.

C'était quasiment à côté mais, si Lorenzini lui avait donné l'adresse, il l'avait déjà oubliée et, heureusement pour lui, les gars qu'il avait rappelés sortaient par la porte donnant sur la rue, de l'autre côté de la place, tandis qu'il descendait la rampe du parking. L'un d'eux se tamponnait la main gauche avec un mouchoir lorsque Guarnaccia arriva à leur hauteur.

— Qu'est-ce qu'il t'est arrivé ?

— Il y en a une qui m'a griffé, quand j'ai tenté de l'empêcher d'attaquer la vieille femme. Mon Dieu, j'ai toujours pensé que les querelles conjugales étaient les pires.

— Désinfecte ça dès que tu seras rentré, conseilla l'adjudant.

Les deux jeunes gars remontèrent l'avant-cour, tout en clamant leur stupéfaction et leur indignation. Guarnaccia appuya sur une sonnette, puis se retrouva dans un escalier sombre et étroit. Il le gravit en direction du vacarme de la dispute.

En quelques minutes, il eut tôt fait de rétablir l'ordre et d'insister pour que les deux parties s'asseyent et ne bougent plus. Les deux femmes, vêtues de noir, étaient rouges de colère. L'une d'elles avait encore les larmes aux yeux. L'unique homme présent portait un costume sombre et trop étroit, ce qui semblait curieux, compte tenu de sa très petite stature. Il tenait son chapeau tout contre la poitrine et avait le dos plaqué au mur, peut-être dans l'espoir de devenir invisible ou de passer inaperçu, du moins. L'adjudant l'aurait volontiers plaint mais, compte tenu de ses propres origines rurales, il savait fort bien que, s'il y avait eu un arpent de terre à se disputer, ce pauvre bonhomme d'aspect inoffensif se serait battu bec et ongles avec les autres. Dieu sait qu'il n'y avait guère matière à se battre dans ce malheureux petit appartement qui, pour Guarnaccia, empestait les égouts. Il avait connu la vieille femme qui vivait ici, une gentille petite dame assez vive, qui souffrait d'une mauvaise bronchite. Chaque hiver, on s'attendait à la voir s'éteindre, mais elle était décédée en pleine chaleur de juin – il ignorait dans quelles circonstances – et les obsèques avaient eu lieu ce matin-là.

La femme en pleurs, qui se révéla être une sœur, se moucha, mais laissa couler ses larmes le long de son cou, jusque sous le col de sa robe à fleurs.

— C'était une promesse, dit-elle, quasiment sur son lit de mort.

— Lit de mort, mon œil ! rétorqua la grosse belle-sœur assise à ses côtés, en lui décochant un regard écœuré. Ça fait des mois que tu ne t'es pas rendue à son chevet.

— C'était l'hiver dernier. Sa bronchite avait tellement empiré que j'ai cru que c'était la fin. C'est moi qui suis venue la soigner.

— T'es venue assister au coup de grâce, tu veux dire. Espèce de vautour !

— Allons, allons… protesta faiblement l'homme qui chercha aussitôt à disparaître une nouvelle fois dans le mur.

L'adjudant regarda la grosse femme, qui observait à présent un mutisme lugubre, cramponnée à un énorme sac en similicuir entre ses jambes trapues. C'était la sœur en larmes qui, en essayant d'attraper ledit sac, avait griffé le jeune carabinier. Guarnaccia s'éclaircit la voix.

— Bon, alors…

— Demandez-lui où est passée toute la literie, ordonna la femme forte.

— Je ne lui reproche pas la literie, dit pieusement le frère.

— Oh, vraiment ? Et en quoi ça te regarde, bon sang ? Ta sœur n'avait même pas un torchon à elle quand elle a épousé notre Ivo, et tous les draps provenaient de mon tiroir d'en bas, ma mère les avait tous ourlés…

— Peut-être, mais je lui ai offert les nappes en dentelle en guise de cadeau de mariage et elles devraient me revenir à moi !

Les fameuses nappes, devina l'adjudant, se trouvaient dans ce grand cabas noir avec le trousseau. Il avait pu y jeter un œil. Sa mère possédait des nappes semblables, qu'elle utilisait le cas échéant pour les repas de noce et de première communion. Il fallait les envoyer aux religieuses, qui veillaient au blanchissage des nappes d'autel. Celles qui se trouvaient dans le sac noir n'avaient jamais servi et étaient toujours dans leurs boîtes, enveloppées dans du papier de soie. La vieille dame n'avait pas de quoi recevoir, mais elle consacrait toujours un peu d'argent pour nourrir les chats errants des jardins Boboli, derrière le poste de garde du palais Pitti. Elle avait toujours l'air tellement fragile.

Mieux valait laisser ces femmes s'exprimer. Elles finiraient par se fatiguer, et Guarnaccia saurait tout à fait comment agir, le moment venu. Entre-temps, plus elles braillaient, plus il l'appréciait. Il souhaitait presque que la scène ne s'arrête jamais, pour lui permettre de réfléchir tranquillement à ce qu'il avait fait une heure plus tôt. Il ne savait toujours pas pourquoi il l'avait fait. Toutes ses capacités de raisonnement se révoltaient, s'étaient révoltées même lorsqu'il avait quitté la ville en voiture, plutôt que d'aller à son bureau. Cette révolte s'était manifestée jusque dans ses propres battements de cœur, tandis qu'il présentait sa requête avec un calme apparent et roulait avec son paquet vers le poste central de Borgo Ognissanti. Il avait encore menti et encore obtenu ce qu'il souhaitait... ou du moins l'obtiendrait-il quand la réponse viendrait de Rome. Pourquoi l'avait-il fait ? Il savait ce qu'il risquait. Il ne pouvait trouver de justification, hormis que c'était comme si quelqu'un d'autre avait pris la décision contre sa volonté, et il allait maintenant devoir le raconter à Lorenzini, lui faire jurer de garder le secret, et il voyait déjà l'expression qu'adopterait cet homme plus jeune et plus intelligent.

Guarnaccia regarda sa montre. Lorenzini devrait se trouver chez lui à présent. Il n'était pas juste de le retenir aussi longtemps. La dispute s'essoufflait. Il se leva et le petit groupe familial se tut, en guettant chez lui des signes de sympathie ou, du moins, de préférence. Son visage inexpressif ne trahit rien. Il régla brièvement le litige. Il commença par une mise en garde : à savoir que, si l'affaire se prolongeait, il la remettrait entre les mains des avocats, ce qui coûterait aux deux parties davantage que la valeur de l'objet de leur querelle. Il suggéra ensuite que le frère silencieux répartisse équitablement les biens, mais que la sœur ait le privilège de choisir l'une des deux parts. Puis il les quitta pour rejoindre son brigadier et reconnaître ce qu'il avait fait.

CHAPITRE VI

Avec son odeur légère mais assez écœurante, le couloir carrelé s'étirait au loin comme s'il ne finissait jamais. Son paquet bien calé sous le bras, l'adjudant ne faisait aucun bruit en le parcourant. Il avait conscience de marcher depuis un certain temps. Le paquet s'alourdissait mais ce n'était pas dû à la fatigue. Il savait pourquoi. À cette seule pensée, la sueur perlait sur son front, mais il continuait à avancer. Parfois, il croisait des gens qui le dévisageaient en silence et il savait qu'ils étaient au courant, ou du moins avaient des soupçons, au sujet du paquet. L'emballage de papier brun ne dupait personne.

Le poids devenait pénible.

— Non…

Il murmura le mot comme pour tenter d'empêcher le paquet de devenir ce qu'il devait devenir, mais il y avait quelqu'un juste derrière lui, qui le suivait peut-être, et qui déclara distinctement :

— C'est le cadavre de Corsi.

— Ce n'est pas ma faute, essaya de dire l'adjudant.

Mais il n'était pas certain qu'on puisse l'entendre. Il avait le souffle court et le pouls très violent. Il poursuivit sa route car il ne savait pas quoi faire d'autre. Un homme en longue blouse verte et botté de caoutchouc s'acharnait sur le mur du couloir à effacer une tache qui, loin de disparaître, s'étalait de plus en plus. Il ne s'interrompit pas, ni ne tourna la tête, quand l'adjudant parvint à sa hauteur, mais il savait ce que contenait le paquet et il dit, ou pensa à haute voix :

— Si vous le faites sortir d'ici, vous engagez votre responsabilité.

Mais comment l'adjudant pouvait-il revenir en arrière ? Il avait signé pour le paquet, avait même menti pour se le procurer. Ils n'accepteraient plus de le reprendre.

Dehors, une fois sur les marches, il vit un flot de circulation aussi dense que sur une autoroute, alors qu'on n'entendait aucun bruit.

Il y avait des gens ici et là, mais personne ne regardait l'adjudant et Corsi à présent. Heureusement qu'il était habillé, que le paquet contenait des vêtements, même si ce n'étaient pas ceux qu'il portait à sa mort. Guarnaccia était pourtant sûr que ce devaient être ceux-là, mais il ne pouvait pas approfondir la question pour l'instant. Il pensait avoir une voiture à sa disposition, mais ce n'était plus le cas, semblait-il. Comment était-il censé faire monter le corps dans un bus ?

Personne n'y prêta la moindre attention. Personne ne lui vint en aide, mais la honte et la crainte de ce qu'il faisait lui firent imaginer leurs pensées et… par ailleurs, où allait-il donc se rendre avec ce terrible fardeau ? Il ne pouvait pas aller chez lui. Il songea à son officier supérieur au poste central, mais une profonde gêne l'envahit à l'idée de solliciter son aide. On ne pouvait quand même pas garder un cadavre ainsi. Il fallait faire quelque chose. Il devait trouver la procédure adéquate et s'en débarrasser…

— Essayez de marcher un peu…

Il n'en pouvait plus de le soutenir ainsi, mais quand il contempla l'éclat blanc violacé du visage mort de Corsi, taché de noir sur une joue, la pitié eut raison de son embarras.

— Juste quelques pas, si vous pouvez. Tout seul, je n'y arrive plus.

Ils avancèrent tant bien que mal ensemble. Il faisait trop noir pour y voir correctement et Guarnaccia continuait à marcher, sans savoir où ils allaient, jusqu'à ce que l'idée lui traverse l'esprit qu'ils pourraient résoudre le problème en se dirigeant vers le palais Ulderighi, si tel était le lieu d'origine du cadavre. La famille ne devait-elle pas en assumer la charge ?

Il se mit à accélérer le pas mais, à ses côtés, dans l'obscurité, la voix du défunt lui parla des tréfonds d'une tristesse insoutenable :

— Ne me ramenez pas dans cette maison.

— Entendu. Je vous le promets.

Mais où pouvait-il l'amener ? Il devait sans conteste l'enterrer… n'était-ce pas l'usage ? Il ne pouvait pas continuer à trimballer éternellement ce pauvre homme. Le poids de son chagrin devenait trop lourd à supporter. Ils avaient enterré sa mère, l'adjudant s'en souvenait à présent, là-bas en Sicile, après sa dernière attaque. Elle était restée étendue à l'étage dans la chambre de devant de la vieille maison, puis des gens étaient venus pour la mettre en terre. On n'était pas supposé se charger soi-même de tout. Il n'avait jamais dû transporter sa mère de la sorte, il s'en serait souvenu.

Aussi poursuivit-il jusqu'à l'ancienne demeure et, lorsqu'il eut trouvé non sans peine son chemin dans le noir et atteignit la chambre donnant sur la rue, il se déchargea de son fardeau sur le grand lit.

Les membres du défunt se détendirent, mais les yeux restèrent attentifs. Guarnaccia insista :

— Vous devez demeurer ici. Vous ne comprenez donc pas ? Je n'y suis pour rien. Je ne peux pas continuer à vous porter comme ça.

Le paupières étaient closes. L'adjudant recouvrit le corps à l'aide d'un drap. Puis il descendit au rez-de-chaussée et patienta, assis dans la vieille maison de sa mère. Il retenait son souffle, incapable de savoir combien de temps durerait son attente. Le plus important, c'est que Corsi devait se tenir tranquille… avait-il fermé la porte ? Un léger bruit lui parvint de la pièce au-dessus. Guarnaccia serra les poings sur les accoudoirs usés du fauteuil, tandis que son front se couvrait de sueur lorsqu'il leva les yeux vers le plafond.

— Non…

Impossible de s'y méprendre, pourtant. Il entendait marcher, d'un pas lent, hésitant au début, puis tout à fait normal. On descendait l'escalier. Dans le fauteuil, l'adjudant bondit de toute sa masse et chercha à se cramponner aux accoudoirs, mais ses mains s'agitaient dans le vide.

— Non !

— Salva !

Il fut aveuglé par la lampe qu'on allumait. Il s'assit sur le lit, le dos voûté, et sentit la chaleur du bras de sa femme entourer calmement ses épaules.

— Tu es en nage. Tu n'as jamais de fièvre à cette époque de l'année !

Guarnaccia était trop abasourdi pour lui répondre, l'horreur de son rêve lui paraissant encore bien réelle.

— Je vais te chercher un pyjama propre. Va donc te rafraîchir un peu, ça te fera du bien.

— Ce n'était qu'un cauchemar…

Il sortit du lit et gagna la salle de bains, accompagné par la voix de son épouse.

— Enfin, ça t'étonne ? Après avoir mangé des saucisses à dix heures du soir ?

— Huit heures.

Elle exagérait toujours.

— Ne me dis pas que tu ne pouvais pas rentrer déjeuner, si tu t'étais bien organisé. Je te l'ai déjà dit : laisse ces jeunes gars courir à droite et à gauche. Ils sont là pour ça. J'ai proposé de te préparer quelque chose de léger pour le dîner, ces saucissons toscans sont comme du plomb pour ton estomac et ne valent pas mieux pour ton foie… Tu aurais pu les prendre au déjeuner demain…

La voix bougonne le réconforta et repoussa le cauchemar dans les ténèbres qui étaient siennes.

— Tu veux bien me préparer une camomille ?

Il ne la suivit pas jusqu'à la cuisine, mais traversa le couloir dallé de marbre dans ses pantoufles de feutrine pour rejoindre son bureau. Le paquet de l'institut médico-légal était posé sur sa table de travail, là même où il l'avait laissé.

L'expression du visage du jeune Lorenzini correspondait exactement à celle qu'il avait imaginée. De l'incrédulité, mâtinée d'apitoiement peut-être, et le sentiment indéfinissable qu'une sorte de vide glacial remplaçait désormais la communication. La vague impression qu'on se coupait des autres. Il aurait mieux valu ne rien lui dire, mais Guarnaccia avait besoin d'aide.

— Je veux qu'on le prenne en filature. Tu es le seul en qui je peux avoir confiance.

— Mais les vêtements… Vous n'allez pas vraiment les porter à la marquise ?

Par moments, même s'il appréciait et respectait Lorenzini, l'adjudant aurait préféré travailler avec un compatriote sicilien. Quelqu'un de plus habile, de plus délicat, qui n'aurait pas songé à poser des questions directes sur un sujet aussi épineux. Mais les Florentins... ils vous regardaient droit dans les yeux et vous interrogeaient sans ambages. Comment savait-il s'il irait vraiment porter les affaires de Corsi à sa femme ? Ç'avait en tout cas été la manière la plus plausible de se les procurer. Il avait théoriquement la responsabilité d'une enquête pour déterminer s'il s'agissait d'un homicide, d'un suicide ou d'un accident.

Si Guarnaccia se sentait mal à l'aise, c'était en grande partie dû à cette espèce de gueule de bois laissée par son cauchemar, celui-là même qui le persuadait qu'on ne lui réclamerait jamais les vêtements du défunt, car personne ne s'en souciait suffisamment pour y songer. Mais il ne pouvait expliquer cela à Lorenzini. Il avait déjà du mal à faire le lien avec ses cauchemars. Quoi qu'il en soit, le plus important, c'étaient les chaussures...

Plutôt que de répondre à Lorenzini, il déclara :

— J'ai demandé la priorité au labo pour les empreintes. Je ne l'aurai pas, mais au moins ils se grouilleront et, avec un peu de chance, je devrais recevoir quelque chose d'ici demain après-midi. Mais ensuite, je suis coincé. Ce Leo s'est fait ramasser plus d'une fois et on a très bien pu prendre ses empreintes, mais on les aura détruites entre-temps. La marquise a veillé à ce qu'il n'ait pas de casier judiciaire. C'est pour cette raison que tu vas le suivre. On arrive au plus grand match du tournoi et il va subir pas mal d'hostilité chaque fois qu'il mettra le nez dehors. S'il a le malheur de se pointer dans le quartier de Santa Croce, ils vont essayer de le passer à tabac, histoire de le mettre hors d'état de nuire pour le match. Il est videur dans un club quelconque. Tâche de trouver lequel et gare-toi dans les parages. Ça devrait suffire, puisqu'il dort dans la journée. Tôt ou tard, il risque d'avoir des ennuis avec ses clients, ce que tu peux interpréter à tort pour de la bagarre. Ne l'affronte pas tout seul, appelle du renfort. Souviens-toi qu'il joue au football florentin. Il est bâti comme un tank et se comporte comme tel, j'imagine. Il sait qu'il peut s'en tirer à bon compte grâce à la marquise. Alors surveille-le et, s'il fait seulement mine de te menacer du poing, embarque-le, prends ses empreintes, puis libère-le. Heureusement, il ne brille pas par son intelligence. N'oublie pas de t'excuser avec gentillesse.

Après le départ de Lorenzini, Guarnaccia se leva de son bureau pour aller à la fenêtre, où il demeura un long moment à contempler les haies de laurier des jardins Boboli, sans les voir vraiment, pas plus que le reste. Le hic, c'était que si Leo – la brute que le gardien avait pour fils – n'était pas réputé pour son intelligence, l'adjudant non plus. Il était observateur, comme avait dit William, ce jeune Anglais. Rien ne lui échappait. Ce qui n'était pas vraiment faux. Mais ce qu'il remarquait se révélait sans aucun intérêt. C'était bien joli de se rappeler les chaussures de soirée vernies de Corsi, qui ne présenteraient certes pas d'empreintes bien distinctes si on l'avait tiré ou porté. Mais si l'adjudant avait raison et si les empreintes s'avéraient être celles de Leo, qu'allait-il donc faire ensuite ?

Ici prennent fin tous mes tourments quand débutent les vôtres.

Aux yeux de Guarnaccia, on pouvait graver cette épitaphe sur la tombe de Corsi. C'était assez vrai.

Ne me ramenez pas dans cette maison.

Comment pouvait-on inventer une voix aussi précise pour quelqu'un qu'on ne connaissait pas, à qui on n'avait jamais parlé ? C'était pour le moins curieux. Et, à vrai dire, depuis son rêve, l'adjudant ne considérait plus Corsi comme un inconnu mais comme une personne dont il était le seul ami au monde. Sa femme en voulait à son argent uniquement pour restaurer et entretenir cette grande bâtisse… peut-être était-ce pour cette raison que Guarnaccia se sentait proche de lui. Il était convaincu, comme son rêve en témoignait, que Corsi détestait cette maison autant que lui. Pas son épouse, mais la demeure, qui exigeait de chaque génération son tribut de sang et d'argent. L'adjudant ne se mettait pas pour autant à croire en la malédiction de Cinelli. Il n'était pas du genre à prêter attention à ces choses-là mais, malgré tout, quel héritage !…

Ses propres enfants ne connaîtraient pas ces problèmes, car il n'était personne, mais que dire alors de cette brave vieille dame qui nourrissait les chats ? Elle n'était pourtant personne et ils s'étaient battus comme des chiffonniers pour quelques draps et de vulgaires nappes. La maison avait été louée… Teresa et lui devraient acheter. Sa femme ramenait périodiquement le sujet sur le tapis et, bien sûr, elle avait raison. Vivre à la caserne, c'était bien beau mais, à sa retraite, il leur faudrait un lieu où aller et, pour ça, on devait tenir compte de la hausse des prix. Ils auraient dû agir depuis longtemps, mais ils butaient toujours sur l'endroit. Les prix à Florence se révélaient astronomiques et ils avaient déjà parlé de retourner un jour en Sicile. Est-ce qu'ils ne se voilaient pas la face ? Les garçons ne voudraient rien savoir, il n'y avait rien pour eux là-bas. Ils souhaiteraient étudier à l'université de Florence avec leurs amis. Guarnaccia et son épouse allaient devoir s'y mettre et acheter quelque chose ici, mais les prix… un petit appartement coûterait plus de trois cents millions. Trois cents millions… combien pouvait valoir la maison des Ulderighi ? Il n'arrivait même pas à l'imaginer.

Des milliards. Mais les milliards ne signifiaient rien pour l'adjudant. Une somme d'argent n'a en soi pas réellement de sens, sauf si on l'associe à un bien ou à un service. Guarnaccia savait qu'un million correspondait à la note de gaz, d'électricité, de téléphone, etc., pendant deux mois, mais un milliard... il n'aurait su le dire. Imaginez le prix d'entretien d'un palazzo... et vous ne pouviez pas le vendre, quelle qu'en soit la valeur, car c'était un patrimoine vieux de neuf cents ans.

Sans raison apparente, le Dr Martelli lui vint à l'esprit, non pas parce qu'elle vivait dans la résidence des Ulderighi, mais à cause d'autre chose qu'elle avait peut-être dit... non, c'étaient tous ces objets décoratifs. Elle avait expliqué ce dont il s'agissait, mais l'adjudant n'avait pas retenu le terme. Le fait est qu'elle avait reconnu ne pas raffoler de ces trucs-là, mais ils avaient appartenu à son père et elle devait les faire estimer. Tout son appartement regorgeait d'objets qu'elle n'aimait pas, mais elle y était attachée, car ils étaient liés à la mémoire de son père. Eh bien, les enfants de Guarnaccia hériteraient peut-être d'un logement décent et d'une petite somme à la banque, mais ils ne risquaient pas de crouler sous un bric-à-brac !

Il ouvrit un peu la fenêtre, laissant entrer l'air doux du matin embaumé par les lauriers. À cette heure-ci, le soleil s'était déplacé par-delà l'aile droite du palais Pitti et le bureau de l'adjudant baignait dans la fraîcheur de l'ombre, rendue encore plus agréable et plus profonde par la présence de nombreux arbres. Le plaisir physique de contempler le monde alentour par une telle matinée, sans avoir besoin de se protéger derrière des lunettes fumées, éclipsait pour l'instant les problèmes actuels de Guarnaccia. Après tout, il fallait prendre le bon comme le mauvais et, la plupart du temps, son travail lui plaisait. Il éprouvait une affection paternelle pour les gars qu'il formait et s'entendait assez bien avec les gens de son quartier. C'était une profession au salaire décent et – c'était l'essentiel –, sûre et respectable. Son père, un agriculteur, aurait tout donné pour un travail semblable.

Alors que ces réflexions lui traversaient l'esprit, il se rendit compte que ces propos ne venaient pas vraiment de lui mais de sa mère. Son père était mort avant de le voir s'engager, juste avant, et c'était sa mère qui, les larmes aux yeux, avait dit : « C'est un bon métier, sûr et respectable. Ton père aurait tout donné pour… » Avait-il rejoint l'armée en raison des aspirations de son père ? La mort de ce dernier l'avait-elle guidé sur cette voie ? On ne connaît jamais la véritable raison de ses choix. On ne réfléchit pas à…

« *On a hérité de leurs rêves…* »

Idem pour ces deux orphelins, William et Catherine Yorke, à l'abandon dans un pays étranger pour réaliser les rêves de liberté et de vie artistique de leurs parents. Ceux-ci, bien sûr, s'étaient fermement accrochés à leurs professions stables jusqu'à leur mort. On pouvait lutter contre la pression de ses géniteurs, lorsqu'ils étaient là pour riposter, mais quand ils avaient disparu ? Comment résister à l'influence des défunts ?

Derrière l'adjudant, la porte s'ouvrit sans qu'on y frappe en guise de préambule, ce qui annonçait l'arrivée de Lorenzini.

— Il y a un appel pour vous.

— Eh bien, passe-le-moi.

Guarnaccia continuait à regarder par la fenêtre.

— Adjudant…

Il se tourna alors.

— Qu'est-ce qu'il y a ?

— C'est le bureau du procureur de la République.

L'expression du brigadier, qui avait toutes les raisons de trahir un silencieux « Je vous l'avais bien dit », ne révéla que sympathie et consternation.

Eh bien, l'adjudant aussi était accablé, mais à quoi d'autre pouvait-il s'attendre, au fond ? Certes la presse avait minimisé l'affaire, mais tout le monde à Florence se perdait en conjectures sur la mort d'une telle personnalité… ou, pour être plus exact, du mari d'une telle personnalité. Les nouvelles allaient sans doute revenir de l'institut médico-légal ou du labo du central qui s'occupait des empreintes.

Il s'assit avant de décrocher et fit signe à Lorenzini de rester. La conversation ne s'éternisa pas et Guarnaccia y contribua peu, hormis de rares grognements approbateurs. Lorsqu'il raccrocha, il se contenta de dire au brigadier que son compte rendu de mort suspecte devait être remis au bureau du procureur le lendemain à midi, après quoi le juge d'instruction pourrait décider d'archiver le dossier. Le corps de Buongianni Corsi pourrait alors être enlevé et enterré le samedi. L'adjudant communiqua ces informations sans l'ombre d'une émotion dans la voix ou sur le visage.

Ne sachant s'il devait quitter la pièce ou tenter de satisfaire sa curiosité, Lorenzini hasarda enfin :

— Dans ce cas…

— Dans ce cas quoi ?

— Je voulais juste dire… ce Leo… est-ce que je dois quand même…

— Suis-le.

— Mais il n'y aura rien pour l'avaliser dans votre rapport, j'imagine. Alors, on pourrait appeler ça, en l'occurrence, une enquête parallèle.

Guarnaccia le fixa, ou plutôt le contempla comme s'il était invisible, ses yeux aussi vides que les fenêtres d'une maison inhabitée.

— Tu peux lui donner le nom que tu veux. Et il n'y aura rien dans mon rapport. Rien. Pourquoi devrait-il y avoir quelque chose ?

— Je ne sais pas. Vous aviez l'air certain que la tache sur sa figure…

— L'hypostase[1], c'est l'affaire du médecin qui examine le corps.

— Oui, bien sûr. Je pensais juste que… Je vais donc commencer à le suivre ce soir.

— Merci. La présence de deux carabiniers est requise aux obsèques, compte tenu de celle de l'archevêque, du procureur de la République, etc., etc.

Lorenzini attendit un peu, mais son chef restant silencieux, il sortit et ferma la porte en douceur.

Guarnaccia regagna sa place à la fenêtre et observa calmement l'extérieur, ses larges épaules tendues comme pour se préparer au coup qui allait tomber.

— Accorde-lui le repos éternel, ô Seigneur et que brille sur lui la lumière éternelle. Qu'il repose en paix.

— Amen.

Derrière l'archevêque officiant, le prêtre, qui contournait le cercueil et l'aspergeait d'eau bénite, était celui que Guarnaccia avait vu entrer dans le palais Ulderighi l'autre jour. Le confesseur de la famille. La chapelle privée. Celle-ci se situait à quelques portes de la maison et, à en juger par son atmosphère

1. Concentration du sang dans les parties basses du poumon. *(N.d.T.)*

froide et confinée, on ne l'avait pas ouverte depuis des années. Si l'adjudant et un de ses gars ne s'étaient pas trouvés là, l'air du dehors n'y aurait toujours pas pénétré, car la famille y accéda par un passage dérobé entre les deux bâtisses et en communication directe avec la demeure principale. C'était assez courant et, dans le cas des Ulderighi, une nécessité après la mort du malheureux Francesco. Au seizième siècle, un Ulderighi ne traversait pas les rues sans risque.

— Pour Buongianni et les âmes de tous les fidèles défunts…

L'adjudant se tenait debout, la petite congrégation assise sur des sièges raides qui lui rappelèrent le concert, les fragiles chaises dorées, le jeune homme sur un tabouret près de la porte et dont il avait oublié à présent le nom. De l'autre côté se tenait aussi debout le carabinier qu'il avait emmené avec lui. Un jeune appelé qui, malgré lui, en oubliait les bonnes manières et dévisageait les importantes personnalités assises dans les parages, ainsi que les portraits sur les fresques à sa droite. La chapelle n'avait pas de fenêtre et son seul éclairage provenait de deux ou trois faibles ampoules électriques et d'une série de cierges en cire d'abeille, dont la flamme vacillante donnait vie aux personnages muraux, dans leurs subtiles couleurs flamboyantes. La fresque voisine de Guarnaccia le laissait plutôt perplexe, encore qu'on puisse à tout hasard imaginer quelque sainte de la famille Ulderighi ayant une vision sur son lit de mort. Qui était l'autre sainte surgissant dans un coin du mur de la chambre ? Il n'aurait su le dire, mais la femme qui récitait son chapelet au chevet de la mourante était certainement la célèbre Lucrezia. L'agonisante serait sa mère, alors ? Non, elle était vêtue en religieuse. Une tante peut-être, ou une parente quelconque.

— Prions ensemble.

L'adjudant baissa vivement la tête. Il frissonnait dans son léger uniforme d'été et avait peine à imaginer la chaleur de juin au-dehors. De temps à autre, son bras droit effleurait la poche de sa veste, dans laquelle était glissée une feuille de papier pliée. Il ne voulait pas penser aux notes inscrites sur celle-ci, mais seulement vérifier qu'elle se trouvait bien là, à l'abri des regards. Il ne souhaitait pas y songer, car il ne savait pas quoi en faire. Il avait besoin de temps pour y réfléchir à tête reposée. Pour l'heure, il ferait mieux de se concentrer sur autre chose. Mais, après tout, à quoi pouvait-il donc penser en présence de Corsi, là, dans son cercueil ? Et ses idées tournaient en rond dans sa tête, tandis que la messe de requiem se déroulait mezza voce. La réalité du cadavre enfermé dans sa dernière demeure, le cauchemar des membres désarticulés, les yeux qui l'observaient, le paquet de vêtements qui était à l'origine de tout cela. Les chaussures. Il avait vu juste, ou du moins se l'était-il dit en recevant ce coup de téléphone.

— Eh bien, vous aviez raison. On l'a déplacé. De magnifiques chaussures vernies, des empreintes digitales impeccables. Mes compliments. Toutefois, vous aviez tort pour le reste.

— De quoi parlez-vous ? Il n'y avait rien d'autre. Je voulais seulement des empreintes.

— Ma foi, c'est à ce sujet que vous vous trompiez. Oh, je sais que vous avez précisé qu'on relève uniquement les empreintes, qu'il n'y avait pas besoin de les vérifier sur l'ordinateur. Eh bien, je l'ai fait, juste pour être sûr. Autant faire le boulot jusqu'au bout. S'il n'y avait rien, il n'y avait rien. Mais il y avait quelque chose. Votre homme a un casier judiciaire long comme le bras.

— Mais il ne peut pas...

— Ah bon ? Vol, coups et blessures, vol avec agression, encore des coups et blessures et une jolie affaire de vol avec viol. Je devrais expliquer que notre ami n'est pas un voleur. On le paie pour qu'il intervienne en cas de grabuge et il s'arrange en général pour qu'il y en ait. Le genre de brute qui aime ça, vous voyez ce que je veux dire ?

— Oui... oui, mais je ne comprends pas...

— D'ordinaire, il répond au surnom de Tiny.

— Tiny... On m'a dit que c'était Bébé.

— Bébé ? C'est le footballeur. Tout le monde le connaît ! Il n'a pas de casier... ce n'est pas qu'il n'en mérite pas un, mais on l'aurait retiré de l'équipe, alors il est toujours protégé. Il ne trempe certes pas dans des affaires criminelles comme notre ami Tiny, juste une échauffourée par-ci, par-là, une effusion de sang qu'on tolère sur le terrain. Non, non, ces empreintes appartiennent à Tiny, dont le vrai nom est Gualducci, Rolando Gualducci. Je ne vous ai pas lu son casier au complet, ça prendrait la journée, mais ce type est un tueur qui, jusqu'ici, a eu de la chance, vous voyez ce que je veux dire ? Je ne donne pas cher du possesseur de ces chaussures après une entrevue avec lui. À moins que ce soient les siennes ? Ça n'est pas vraiment son style.

— Donne-lui le repos éternel, ô Seigneur, et que la lumière brille à jamais sur lui...

La messe touchait à sa fin.

L'adjudant n'avait rien expliqué à son collègue. Lui-même avait besoin d'éclaircissements. C'était un choc. Mais pourquoi un tel choc ? Il avait déjà pensé que Leo, le fils du gardien, avait traîné Corsi par les pieds, peu importait la raison ou ce qu'il aurait pu faire à Corsi en premier. Au lieu de quoi, c'était un certain Rolando Gualducci qui avait agi. Quelle différence ? Guarnaccia regarda autour de lui à présent et il comprit. La famille. Le chapelain de la famille, la chapelle privée, les domestiques à demeure. Il aurait été naturel de faire appel à Leo pour qu'il prête main-forte à… quel que soit l'événement, même un acte relativement innocent comme le camouflage d'un suicide. Mais Tiny, maintenant. Tiny, c'était une autre paire de manches…

On le paie pour qu'il intervienne en cas de grabuge…

Qui le rémunérait, alors ? Pourquoi faisait-on appel à ses services *au cas où* ? Qui le connaissait au juste ? La seule personne résidant au palais Ulderighi et susceptible de connaître Tiny, c'était Leo. Tous les deux, alors… pour faire quoi ? Uniquement pour déplacer un corps ? Leo aurait pu s'en charger tout seul. Quelle difficulté auraient deux grands individus pour maquiller le suicide d'un troisième ? Tout près du visage de l'adjudant, Lucrezia tenait son chapelet entre ses délicats doigts d'albâtre, les yeux tournés vers le ciel, ignorant la vision vers laquelle la religieuse à l'agonie tendait ses bras frêles.

— Allez en paix, la messe est dite.

— Que Dieu soit loué.

Qu'il soit loué en effet, songea Guarnaccia comme il détendait ses genoux engourdis par le froid, en faisant un signe de tête à son carabinier pour qu'il sorte avec lui avant le cercueil. Tandis qu'il atteignait la porte en cherchant à tâtons ses lunettes de soleil pour se parer contre la lumière extérieure, son estomac émit une sorte de grondement perceptible signifiant qu'il avait faim. Pourquoi diable ressentait-il une telle fringale en milieu de matinée ? Il ne le comprit pas vraiment jusqu'à ce qu'il fît le lien avec la messe. Il était tout à fait le genre d'homme à confier les mariages, funérailles, et autres baptêmes à sa femme, mais toute une vie de messes dominicales laissait forcément des traces. Pendant des années, les mots *Ite missa est* avaient évoqué le lapin rôti et sa sauce aux fines herbes, que sa mère mitonnait le dimanche. C'était vraiment bizarre, la vie. Il était là à cauchemarder sur l'enterrement de Corsi et maintenant, alors qu'on chargeait assez maladroitement le cercueil à l'arrière du corbillard, voilà qu'il pensait à du lapin rôti.

Si heureux qu'il fût de retrouver la chaleur de la rue au sortir de l'église glaciale, sa voiture, qu'il n'avait pas pu garer à l'ombre, se révéla une véritable étuve, et son jeune gars et lui s'empressèrent de baisser les vitres une fois à l'intérieur. Le trajet jusqu'au cimetière ne fut pas long. Corsi serait mis en terre à San Miniato, sans conteste l'église la plus richement dotée de la ville et le cimetière certes le plus exclusif. Elle se situait sur le flanc de la colline surplombant la rive gauche de l'Arno, et sa façade de marbre doré étincelait tellement sous le soleil matinal qu'elle en paraissait presque irréelle.

L'adjudant se gara dans un discret coin ombragé, devant les grandes grilles, et assista à l'entrée du corbillard qui avançait lentement sur la vaste avenue de gravier blanc, suivi par les véhicules du cortège funèbre. Guarnaccia ne se faisait aucune illusion sur le rôle qu'il jouait. Une présence en uniforme. Le procureur de la République roulait avec son garde du corps personnel, derrière une vitre à l'épreuve des balles, et la voiture de l'archevêque était suivie par quatre policiers en uniforme. Cependant, l'adjudant se félicitait d'être là et bien visible. C'était sa seule chance de pouvoir observer les Ulderighi au complet, et il avait l'intention de ne pas s'en priver. Jusque-là, on l'avait tenu à l'écart et ça ne lui avait pas déplu. La marquise l'avait trop effrayé. Il n'avait pas seulement eu peur de son influence, et du tort qu'elle pourrait lui causer, mais aussi de sa personne. Le jour où il lui avait annoncé la mort de Corsi, il se trouvait à peine à trente centimètres d'elle, mais il n'aurait su dire ensuite à quoi elle ressemblait exactement. Il avait contemplé son visage, même remarqué ses pensées et ses réactions, mais sa présence l'avait terrassé au point qu'il ignorait encore si ses yeux étaient clairs ou foncés.

— Reste là.

Il laissa le jeune carabinier sous l'ombre précaire d'un cyprès.

Et Neri, le fils. Guarnaccia souhaitait le voir et déterminer lui même s'il avait l'air malade, cinglé ou les deux. Hier encore, il aurait rechigné à le faire mais, aujourd'hui, c'était différent. Aujourd'hui, il y avait une feuille de papier dans sa poche, portant l'en-tête : « Gualducci, Rolando alias Tiny », et tout avait changé.

Un moine bénédictin était posté près du caveau familial, attendant l'arrivée du cortège. Il portait de grosses lunettes à monture noire qui lui donnaient des allures de hibou ; dès l'instant où le cercueil apparut, il se mit à s'agiter avec zèle. À une ou deux reprises, son regard se posa sur l'adjudant, comme s'il se demandait où le placer, mais Guarnaccia conserva une distance suffisante pour rester hors de portée de voix des ordres murmurés.

On déposa le cercueil à l'entrée du caveau. Puis l'adjudant vit Neri Ulderighi pour la première fois. À quoi s'attendait-il ? Il l'ignorait au juste, mais certes pas à ce qu'il découvrait. Neri était en un sens plus grand, plus costaud, que tout ce que les rumeurs sur sa faiblesse laissaient imaginer. En fait, si le jeune homme ne s'était pas trouvé auprès de sa mère, avec le prêtre lui tenant le bras de l'autre côté, Guarnaccia n'aurait jamais deviné de qui il s'agissait. Il eut à peine le temps de faire ces observations que d'autres personnes situées de son côté de la bière lui masquèrent la vue, et il dut se déplacer le plus subrepticement possible, en profitant des prières de l'archevêque, dont il espérait qu'elles étoufferaient le bruit de ses pas sur le gravier immaculé. Voilà. Il pouvait les distinguer tous les deux, à présent… ainsi qu'une femme âgée près de la marquise, peut-être la tante. Elle paraissait malade, songea l'adjudant, avec un visage crayeux et des poches rougeâtres sous les yeux. Elle s'appuyait sur une canne.

— Souviens-toi, homme, que tu es poussière et que tu redeviendras poussière…

Guarnaccia se déplaça encore un peu. Comme il s'en doutait, les jambes de la vieille tante étaient enflées. Mais Neri… il était si surprenant. Il avait l'allure d'un quadragénaire. Aidée de sa canne, la tante se tenait bien droite. La marquise, aussi rigide et figée que l'ange de marbre blanc, dont les ailes déployées derrière sa tête se découpaient sur la noirceur d'un cyprès. Mais Neri, en dépit du prêtre qui le soutenait ou le retenait, ne cessait de s'agiter. Son visage ne resta pas un instant immobile. Quel âge disait-on qu'il avait ? Une petite vingtaine en tout cas. Ses cheveux, blonds comme ceux de sa mère, étaient déjà clairsemés. Sa tête, qui n'arrêtait pas de dodeliner et de remuer en tous sens, comme s'il cherchait quelque chose, se révélait trop grosse même pour ce corps imposant et assez flasque. C'était peut-être un idiot, mais Guarnaccia pouvait juste distinguer ses yeux et ceux-ci se révélaient vifs et intelligents.

— Que son âme et les âmes de tous les fidèles défunts, par la miséricorde de Dieu…

L'adjudant s'approcha encore un peu. Il risquait de ne plus en avoir l'occasion… Et en s'approchant, il fut une fois de plus surpris. Les yeux brillants, l'allure agitée, la tête qui dodelinait, tout cela s'expliquait simplement. Neri Ulderighi pleurait.

Guarnaccia balaya du regard les autres personnes présentes. On distinguait un groupe familial, des parents et une petite fille, qui semblaient étrangers, alors qu'ils devaient être, selon leur place, des parents proches… la famille de Corsi, sans doute. Le malheureux prince consort en avait une aussi et l'adjudant n'y avait jamais pensé. Il y avait un certain nombre de gens en grand deuil qui auraient fort bien pu constituer des branches éloignées des Ulderighi. Puis, à l'évidence, quelques notables de la ville, que Guarnaccia reconnut pour quelques-uns et d'autres non. Les domestiques… Grillo paraissait très étrange dans son minuscule costume. L'adjudant n'apercevait pas la vieille nounou, mais à l'évidence elle devait être trop vieille et trop fragile pour sortir… Leo ! Ce ne pouvait être que lui. Cou de taureau et tête ronde. Celle-ci était rasée, sans doute pour qu'on ne puisse pas l'attraper sur le terrain. Ses parents n'étaient pas visibles, mais ils se trouvaient forcément quelque part. Les serviteurs n'étaient pas allés à la chapelle, seuls la famille et les hôtes de marque. Aucun signe du moindre locataire.

L'adjudant souhaitait les observer tous avec attention, mais ne parvenait pas à se concentrer. Son regard revenait encore et toujours sur Neri Ulderighi, qui ne cessa de pleurer pendant toute la cérémonie.

Il était là-haut en train de hurler…

William Yorke avait entendu Neri crier, quand celui-ci avait cru percevoir un coup de feu. Il hurlait dans le noir. Guarnaccia aussi l'avait entendu dans l'obscurité. S'il n'en était pas sûr, il le pensait en tout cas. Neri jouait de la flûte dans le noir. Tout naturellement, l'adjudant se dit que le jeune homme avait peut-être des problèmes de vue et il l'observa à présent, derrière ses propres lunettes protectrices, avec davantage de curiosité. Combien de fois les gens n'avaient-ils pas dévisagé Guarnaccia en croyant qu'il pleurait, alors qu'il avait simplement oublié de mettre ses lunettes ? Mais les mouvements ? La manière dont sa tête remuait et se penchait vers l'avant ? Neri pleurait, ce ne pouvait être que cela.

Les prières finies, on emmena le cercueil dans le caveau ; on n'entendit plus que le bruit des pas des porteurs sur le gravier, puis le silence, ponctué par le chant des oiseaux. Comme l'adjudant cherchait autour de lui son carabinier, il fut de nouveau attiré par Neri et, cette fois, non sans un léger sursaut de surprise, il constata que le jeune homme le regardait lui aussi droit dans les yeux. Il semblait ne plus pleurer, mais le prêtre le soutenait malgré tout et commençait à vouloir l'éloigner. Neri l'arrêta et lui souffla rapidement quelque chose à l'oreille. Puis il se tourna de nouveau en direction de Guarnaccia. Que voulait-il donc ? L'adjudant lui-même avait la forte impression – sans y trouver une raison logique – que Neri voulait de l'aide.

À présent, c'était le prêtre qui parlait, sa main gesticulant tout près de ses lèvres, comme s'il chuchotait. L'adjudant se tenait si immobile pour les observer qu'un merle se posa sur ses grosses chaussures et fit entendre son gazouillis d'amour, avant de sautiller plus loin sur l'herbe derrière lui. Le prêtre passa son bras autour des épaules de Neri. Ce dernier était bien plus grand et plus fort mais, visiblement, le prêtre contrôlait la situation. Neri évoquait une sorte de grand gamin. Et, quand on l'éloigna, ce fut comme un enfant frustré qu'il se retourna et insista pour regarder fixement l'adjudant.

Guarnaccia ne savait trop qu'en penser. Il jeta un regard sur le caveau des Ulderighi, puis sur l'imposant ange blanc qui veillait sur une petite tombe d'enfant, comme il le découvrait maintenant. La dépouille de Corsi reposait en paix, tandis que d'invisibles oisillons chantaient dans les cyprès.

CHAPITRE VII

— Il est débardeur au marché central et, à ce qu'on dit, aussi mauvais que sa photo d'identité le suggère.

Cliché en main et le regard un peu embrumé, Lorenzini livrait son rapport du dimanche. Cela faisait longtemps qu'il n'avait pas travaillé en nocturne et il avait mal partout. L'adjudant ne lui avait même pas dit de s'asseoir. La tête dans les épaules, celui-ci se tenait debout à la fenêtre, le dos tourné au jeune brigadier et, à son air grincheux, on aurait pu croire que c'était lui qui avait passé la nuit dehors.

— Désolé mais rien à signaler, poursuivit Lorenzini. Je vais continuer à chercher, bien sûr, mais si la tâche semble vouée à l'échec, c'est parce qu'en raison de leurs emplois, il y en a un qui va se coucher quasiment à l'heure où l'autre se lève.

— Et le football ? Ce fameux Tiny, est-ce qu'il n'y participe pas ?

Il y avait forcément un lien entre Tiny et un résidant du palais Ulderighi. Qui d'autre sinon Leo ?

— Il a l'air de correspondre, une brute pareille.

— C'est la première des choses que j'ai vérifiées. Il n'a pas pu jouer, naturellement, car il a un casier judiciaire… Vous risquez de ne pas le croire, mais les joueurs sont théoriquement censés être les fils de nobles de la ville.

— Humpf…

— Ils l'étaient il y a des siècles, j'imagine. En tout cas, ce Tiny a dû y jouer, mais cela fait des années, bien avant que Leo y participe. Il est beaucoup plus vieux, vous savez.

Au grand soulagement de son brigadier, l'adjudant finit par se détourner de la fenêtre pour le regarder.

— Pourquoi tu ne t'assois pas ? Tu as l'air lessivé.

— Merci.

Lorenzini s'affala dans le premier fauteuil qu'il aperçut, mais Guarnaccia resta debout à fixer le plan de son quartier, comme si celui-ci allait lui révéler tout seul le lieu où Leo et Tiny avaient manigancé leur coup, à l'issue duquel les empreintes du second s'étaient retrouvées sur les chaussures de Buongianni Corsi.

— Et ce club où Leo travaille ?

— J'y suis allé hier soir. Il est videur et passe quasiment toute la nuit à la porte… sauf hier soir, à cause du match d'aujourd'hui. C'est un club privé, une sorte de mini-discothèque. Un endroit atroce, souterrain, peint en gris et noir. On y étouffe. J'ai regardé la liste des membres. Tiny n'y figure pas. J'ai également fait circuler la photo, au cas où les habitués l'auraient vu en tant qu'invité. Rien. J'ai traîné dans le coin jusqu'à la fermeture. Ça semble sans espoir. Tiny doit commencer le travail à l'aube, quand notre ami Leo ronfle sur son oreiller.

— Essaye les bars… et les restaurants, il y a de fortes chances pour qu'ils soient tous les deux debout à l'heure du dîner. Peut-être même cette pizzeria en face du palazzo. Non, attends une minute. Rentre chez toi te reposer. Donne-moi ça.

L'adjudant prit la photo d'identité, enfila sa veste et glissa le cliché dans sa poche de poitrine.

— Je retourne chez Ulderighi. Je vais commencer... et ses précédentes condamnations ? Est-ce que tu as...

— J'y ai passé toute la matinée, mais le nom de Leo n'apparaît dans aucun des rapports sur Tiny... Ma foi, vous avez bien dit que c'était peu probable que...

— Entendu, entendu. S'il n'y avait rien, il n'y avait rien.

— Je n'ai même pas déjeuné, grommela Lorenzini d'une voix presque inaudible.

Il aurait aussi bien pu se taire. L'adjudant n'écoutait pas, mais n'était pas pour autant déçu des efforts de son adjoint. Il était perturbé et n'aurait pu mettre un nom sur la raison de son trouble, même si on l'avait payé pour cela.

— Hou là !

Ce n'était rien d'autre qu'une protestation involontaire contre la sauvagerie du soleil, quand Guarnaccia sortit dans l'avant-cour à ciel ouvert du palais Pitti.

La chaleur scintillait au-dessus des voitures garées et l'adjudant, protégé par sa casquette et ses lunettes noires, s'interrogeait sur la témérité des touristes qui paraissaient vouloir s'exposer aux coups de soleil.

Perturbé. Il l'était depuis le début, mais il avait attribué cela au fait qu'il craignait pour sa peau, ou du moins pour son travail. Ce n'était plus le cas, à présent, car les empreintes de Tiny – quoi qu'il se soit passé – justifiaient une enquête. Il ne harcelait pas la famille Ulderighi et pouvait même la protéger. Il n'y croyait pas, mais quelqu'un d'autre arriverait peut-être à y croire.

— Pardon... Pardon...

Pourquoi diable les gens ne bougeaient-ils pas ? Ils restaient là debout à obstruer le trottoir tout juste assez large pour une seule personne.

— Pardon…

Il pouvait quand même éviter d'arriver à la demeure des Ulderighi avec des taches de crème glacée sur la manche de son uniforme.

Ce ne fut qu'en s'arrêtant sous l'échafaudage pour sonner le gardien qu'il se souvint du match. Tous ces gens massés sur les trottoirs étaient là pour profiter au maximum de la procession. Qu'est-ce qui ne tournait pas rond chez lui ? Toute la matinée et pendant tout le déjeuner, les gamins n'avaient pas cessé de parler de la rencontre, encore contrariés, bien sûr, de ne pas avoir l'autorisation d'y aller et de devoir regarder le match à la télévision. À un certain moment du repas, Teresa, excédée, avait coupé court à la discussion, et voilà que Guarnaccia avait déjà oublié l'existence de ce match. Il dormait debout. Sa mère avait coutume de le dire, ses professeurs le disaient souvent. Quant à Teresa, même si elle ne l'avait pas exprimé en présence des garçons, elle l'avait à l'évidence souvent pensé car, pour autant qu'il s'en souvienne, il n'avait pas participé du tout à la discussion animée.

— Oh, c'est vous…

L'habituel salut du concierge accompagna l'habituelle musique de piano.

Guarnaccia entra dans la bâtisse sans même répondre. Il commençait à en avoir sérieusement marre d'être traité comme un représentant de commerce. Une fois qu'il eut franchi les grilles et se retrouva sous la faible ampoule, il appuya sur l'interrupteur et sortit la photographie de sa poche pour la flanquer sous le nez du gardien.

— Vous avez vu cet homme ?

— Si je l'ai vu ? Qu'est-ce que vous voulez dire ?

— Exactement ce que je dis. L'avez-vous vu ? S'est-il trouvé dans ce bâtiment ? Est-ce un ami de votre fils ?

— J'ignore qui c'est. Ça en fait des questions, dites donc.

— C'en est une que je ne vous ai pas posée. Je sais déjà qui c'est. Je veux savoir si vous l'avez vu.

— Eh bien, non.

— On pourrait peut-être vous demander de le déclarer sous serment.

— Qu'est-ce que c'est censé vouloir dire ?

Guarnaccia ne répondit pas mais traversa la cour pour aller sonner à l'atelier de musique. Celle-ci ne s'interrompit pas aussitôt mais se poursuivit jusqu'à la fin d'une phrase. L'adjudant jeta un coup d'œil derrière lui et vit que le gardien avait regagné son antre.

— Oh, c'est vous !

Au moins, c'était prononcé avec sympathie. Le musicien était plus fringant que jamais.

— Entrez donc. Il y a du nouveau ?

— Pas vraiment. Je ne vais pas rentrer mais je voulais vous montrer ça.

— Doux Jésus ! Quel monstre ! Moi-même, j'ai tendance à avoir l'air d'un criminel sur mes photos d'identité, mais là, ça doit être bien réel.

— Oui. C'est bien réel. L'avez-vous déjà vu auparavant ?

— Quoi, en chair et en os, vous voulez dire ?

— Oui. En train de traîner dans cette demeure, par exemple, ou en compagnie du fils du concierge.

— Absolument pas ! Oh, je suppose qu'il n'a pas l'air aussi mauvais en vrai, mais je pense qu'on doit s'en souvenir malgré tout, non ?

— Oui. Je le pense aussi. Si d'aventure vous le voyiez traîner même dans la rue près d'ici, vous voudriez bien m'en informer ?

L'adjudant lui tendit une carte avec le numéro de téléphone et rangea le cliché.

— Je vais la montrer aux autres locataires s'ils sont dans les parages.

— Eh bien, Hugh risque d'être là, mais Flavia est partie pour le week-end, je pense.

— Oui, je crois l'avoir entendue dire qu'elle s'en allait. Ça n'a pas d'importance. De toute façon, je vais devoir revenir demain, quand l'école de danse sera ouverte. Désolé de vous avoir dérangé pendant que vous jouiez.

— Pas de problème… oh, je savais que j'avais quelque chose à vous dire si vous repassiez ! J'ai failli oublier mais, puisque vous parlez de dérangement, vous savez qu'on a entendu un bruit l'autre nuit, qui ressemblait exactement à un coup de feu ? Ça a réveillé tout le monde et ça a flanqué *une sacrée frousse* à votre serviteur ! Enfin, je veux dire, compte tenu des circonstances… Pourtant, je suppose que ça pouvait être n'importe quoi et on était tous sains et saufs. Vous ne trouvez quand même pas cela bizarre ?

— Vous n'auriez pas dû vous inquiéter. Il s'agissait d'un pétard.

Guarnaccia n'avait aucune intention de révéler qui l'avait fait éclater, mais l'idée lui vint d'ajouter :

— Je suis surpris que vous ne m'en ayez pas parlé tout de suite, compte tenu, comme vous le dites, des circonstances.

Ce n'était pas une accusation. L'adjudant avait employé un ton aimable.

— Ma foi, je pense que je l'aurais fait si je vous avais vu et que vous m'aviez posé la question. Enfin, on ne se précipite pas chez les carabiniers pour signaler un bruit qu'on a entendu, si vous voyez ce que je veux dire.

— Oui, bien sûr.

Guarnaccia n'était pas du tout convaincu de la logique de cette déclaration, mais il allait être persuadé de sa véracité d'ici un jour ou deux.

— Adjudant… j'aimerais vous parler.

Emilio était retourné à son piano. Cet appel murmuré provenait de l'autre côté de la cour, où l'ascenseur venait de descendre. Guarnaccia scruta la pénombre et aperçut, debout près des portes de la cabine, les clés à la main, le prêtre de la famille. L'adjudant traversa lentement la cour pour le rejoindre, tandis que son habituelle appréhension recommençait à le troubler.

— Bonjour, mon père.

— Je vous en prie…

Guarnaccia était convié à monter dans la cabine.

— C'est assez urgent, voulez-vous…

L'ecclésiastique continua son murmure « assez urgent » tandis que l'ascenseur montait.

— Navré, dit l'adjudant, mais je n'ai pas entendu ce que vous avez dit.

Le prêtre lui arrivait à peine à l'épaule. La main que celui-ci posa sur la manche de l'uniforme était aussi potelée et blanche que celle d'un bébé.

— Cela vaut mieux ainsi, d'après moi, sinon je n'aurais jamais osé… Nous y voilà.

Ils sortirent à l'étage où le concert avait eu lieu.

— Par ici.

Aussi gras qu'un pigeon qui se dandinait, il avança, l'air affairé, dans le couloir ciré et sombre, en précédant l'adjudant. Les portes à double battant donnant sur les deux grands salons étaient closes de part et d'autre. Ils poursuivirent jusqu'au bout et le prêtre ouvrit une lourde porte à poignée de cuivre.

— Un instant…

Il alluma. Il n'y avait rien au-delà hormis un escalier, une volée de marches lisses en pierre qui menaient à une autre porte, semblable à la première.

L'adjudant souhaitait demander où diable on l'emmenait, mais il fut distrait en songeant à une phrase qu'il avait entendue à un certain moment : *« On ne le voit jamais dans l'escalier. »* Qui donc… Il commençait à s'essouffler, mais le prêtre aussi. Il ralentissait beaucoup. Dieu merci, en tout cas. Elles étaient raides, ces marches, et glissantes… et pour se tenir, il n'y avait qu'une grosse corde élimée, maintenue par des anneaux en fer dans le mur. Guarnaccia avait des mains comme des battoirs et se cramponnait d'une seule. Le petit abbé utilisait les deux, en revanche. Celui-ci s'arrêta devant la poignée en cuivre de la seconde porte, mais ne l'actionna pas.

— Je tiens seulement à vous prévenir que je vous laisserai, dès l'instant où je vous aurai présenté. Je pense qu'il vaut mieux que vous le voyiez seul.

Tout cela sur le ton du murmure.

— Mais au juste, qu'est-ce que… commença l'adjudant.

— Chut ! Il est très troublé à l'heure qu'il est, alors j'espère qu'une fois qu'il vous aura dit ce qu'il souhaite, vous vous en irez. Vous me trouverez ici. Vous comprenez que tout cela, c'est parce que sa santé est gravement menacée. Très gravement, sinon… Allez-y, entrez, entrez…

Et Guarnaccia se vit pousser de l'autre côté de la porte qu'on referma sur lui. Derrière celle-ci, il entendit les pas traînants du prêtre qui continuait à monter. Pendant un moment, il voulut encore s'assurer que la pièce était bel et bien vide. Elle l'était. Il sut d'instinct où il se trouvait avant même de la traverser pour regarder par la fenêtre. La cour lui apparut à échelle réduite en contrebas. Il était dans la tour, mais pas tout à fait en haut. Il entendait encore à peine le piano. Il jouissait d'une bonne vue sur l'entrée. Il aperçut le gardien qui sortait ouvrir les grilles à quelqu'un. Une femme. Il ne la reconnut pas. Non pas qu'il soit facile de reconnaître quiconque de là-haut… il aurait eu du mal à identifier le concierge, s'il ne l'avait pas vu quitter la loge. Mais cette femme avait les cheveux roux et ce n'était donc pas quelqu'un de la maison. Elle se mit à gravir l'escalier et disparut de son champ de vision.

« On ne le voit jamais dans l'escalier… » Guarnaccia était sûr que Flavia Martelli avait dit ça au sujet d'un individu… mais lequel et pourquoi, impossible de s'en souvenir. Ces gens du Nord parlaient si vite qu'on ne parvenait pas à suivre toute leur conversation. Enfin, tôt ou tard, cela lui reviendrait en mémoire. Vu d'ici, difficile de dire quel appartement avait tel ou tel occupant, mais si le Dr Martelli était partie, alors celui aux volets clos devait être le sien. Donc, celui d'à côté… à gauche, s'il ne se trompait pas… oui, c'était celui du peintre. On pouvait facilement voir à l'intérieur. Il ne devait sans doute pas y avoir beaucoup de lumière dans une pièce donnant sur la cour, où même le soleil d'été ne pénétrait pas ? Un éclairage spécial, à l'évidence. Il était probablement en train de peindre. Tiens, le voilà. Il agitait une espèce de drap coloré au milieu de la pièce. Guarnaccia entendit distinctement une sonnette. Incroyable ! Il devait s'agir du carillon du peintre, car ce dernier laissa aussitôt choir le tissu et s'en alla. Bien sûr, le son monte toujours et dans l'espace clos de la cour…

La suite des événements interrompit les pensées de l'adjudant. Il vit la femme rousse gagner le centre de l'atelier du peintre. Fido lui-même la suivit et l'encercla de ses bras par-derrière. Puis il recula. La rousse ôta rapidement ses vêtements et s'allongea devant la fenêtre.

Une fois passé le choc initial, Guarnaccia se raisonna et comprit que la femme ne faisait que poser. Il savait que ce genre de travail existait... mais, devant la fenêtre, où n'importe qui pouvait la voir ? Avec tout cet éclairage artificiel, le peintre pouvait certainement fermer les volets. À la vue de tous... Mais ce n'était pas vrai, pas comme il l'avait envisagé. L'adjudant regardait à présent les autres fenêtres et ce n'était pas vrai. La femme était disposée sur une sorte d'estrade basse, où Fido avait jeté le drap coloré. Les appartements se situaient au dernier étage de l'immeuble. La seule fenêtre assez haute pour offrir une vue plongeante sur la femme, c'était celle-ci.

Un léger bruit dans son dos le fit sursauter et il se détourna de la vitre, comme s'il se sentait coupable. Neri Ulderighi se tenait devant lui, les mains étroitement jointes. Il ne s'approcha pas de la fenêtre, mais le coup d'œil involontaire par-dessus l'épaule de Guarnaccia et la rougeur qui assombrit son visage en disaient long. Presque tout.

— C'est très gentil à vous d'être venu me voir. Le père Benigni a dit... Vous ne voulez pas vous asseoir ?

Sa voix était calme, ou faible peut-être, comme s'il n'avait pas l'habitude de parler aux gens.

— Voulez-vous vous installer là ? Le père Benigni s'y assoit toujours. Vous voyez, c'est confortable. Mon siège est tout près et on peut discuter.

Neri avait déplacé un fauteuil rond en cuir de la table installée dans le coin, en le tournant pour faire face à l'adjudant. De nouveau Guarnaccia fut frappé par la taille et la corpulence de Neri, ainsi que par la façon dont il tenait sa tête. Il ne pleurait pas, cette fois, même si l'adjudant se dit qu'il avait fort bien pu le faire peu de temps auparavant, car ses yeux paraissaient trop brillants et sa figure empourprée. Guarnaccia ne savait trop quoi lui dire. Comment l'aurait-il pu ? Il ne le connaissait pas du tout, il était pour lui une énigme, et d'ailleurs, que voulait-il ? L'adjudant ne dit donc rien et Neri le fixa de son regard scintillant et implorant.

Ne me ramenez pas dans cette maison...

C'étaient les yeux de Corsi, les yeux du cadavre qu'il devait abandonner alors qu'il ne pouvait le faire et, peu importe ce que Neri souhaitait lui dire, Guarnaccia savait, tant l'appréhension nouait son estomac jusqu'à la nausée, qu'il regretterait d'être mis au courant. S'il trouva enfin les mots, ce fut seulement pour repousser cet instant fatal. Il jeta un coup d'œil derrière Neri, sur la table jonchée de minuscules coffrets de cuir.

— J'ai entendu dire que vous étiez collectionneur.

Ce fut aussi simple que de distraire l'attention d'un petit enfant. Dans le regard, l'angoisse céda la place au plaisir.

— Oh oui, en effet. Ça occupe à peu près tout mon temps. Vous vous y connaissez bien en pièces et médailles anciennes ?

— Pas du tout, j'en ai peur.

— Oh, mince. Mais alors, pourquoi... Vous devez avoir beaucoup de travail et donc... Le père Benigni m'a très sagement dit qu'il serait mal de vous accaparer en vain trop longtemps. Le père Benigni pense toujours aux besoins et aux problèmes d'autrui. Il a toujours tenté de m'enseigner à devenir comme lui, mais je crains d'être un mauvais élève.

— Vous avez vos propres problèmes, j'imagine. J'ai cru comprendre que votre santé…

— Oh oui, oui, tout à fait, mais Dieu n'inflige jamais des souffrances qu'on ne peut pas supporter. Je crois bien que c'est vrai, pas vous ?

— Je ne sais pas. Peut-être.

— Oh, j'en suis certain. En outre, vous savez, tous les autres ont leurs problèmes aussi. Je n'ai pas une bonne santé, mais je dispose de nombreux spécialistes qui veillent sur moi. Je pense souvent à tous ces malades dans le monde qui n'ont personne, aucun moyen… vous comprenez ?

Guarnaccia ne put que le dévisager d'un air perplexe. Cet étrange enfant ayant grandi trop vite était étranger à toute forme de duplicité, d'hypocrisie, d'arrogance. Comment diable la marquise Ulderighi avait-elle pu mettre au monde une âme aussi innocente ? Était-il le portrait craché de quelque ancêtre éloigné… la visionnaire de la fresque ?

— J'aurais aimé vous montrer ma collection, mais le père Benigni… on se sent seul parfois, vous savez.

— Vous ne sortez jamais ?

— Sortir ?

L'idée parut le déconcerter.

— Je… ma mère m'emmène à la campagne en été. La chaleur en ville ne me convient pas, à ce qu'on dit. Mais ici, je sors très rarement. Il y a tant de bruit, la circulation et le reste, que si on a les nerfs fragiles, ça peut poser problème. Mais les gens sont très gentils… par exemple, le marchand qui me vend la plupart de mes pièces m'apporte souvent des choses qu'il souhaite me montrer, et c'est si gentil de sa part, car c'est en dehors de ses heures de travail, vous ne trouvez pas ?

L'adjudant jugeait cela très commercial et sans doute très rentable pour le vendeur, mais il garda son opinion pour lui.

— C'est une collection familiale que vous complétez ou bien vous l'avez commencée ?

Comme s'il voulait vraiment demander cela à Neri ! Voilà qu'il lui posait des questions stupides sur la numismatique, parce qu'on lui avait demandé d'aller voir ce jeune homme, alors que l'ombre du procureur de la République planait au-dessus d'eux.

— C'est mon arrière-grand-père qui l'a démarrée. La famille possédait bien deux ou trois pièces importantes auparavant, mais elles se trouvaient juste là, si vous voyez ce que je veux dire. Ce n'était pas du tout une collection réfléchie.

— Je vois.

— Une ou deux pièces ont été vendues… malheureusement… parce que… enfin, elles se trouvent maintenant au musée Bargello. Il s'agit d'une collection très recherchée, vraiment, alors… Ah, le thé !

— Je vous demande pardon ?

L'oreille mieux aguerrie de Neri avait perçu un bruit qui ne signifiait rien pour l'adjudant, jusqu'à ce qu'une porte de service dérobée, comme dans les studios donnant sur la cour, s'ouvre et laisse apparaître Grillo en train de batailler avec un plateau.

— Oh, c'est vous, n'est-ce pas ? Le thé pour deux. Monsieur reçoit.

Le nain flanqua le plateau sur un petit guéridon en marbre et menaça Neri de son poing, en ajoutant :

— Mange quelque chose !

— Je vais essayer…

— T'as intérêt à faire un peu mieux, sinon tu auras de mes nouvelles. Je n'ai pas grimpé trois cents marches avec tout ça pour rien.

Il disposait tasses et soucoupes à la va-vite, tout en bondissant d'un pied sur l'autre. Impossible de savoir s'il était réellement en colère ou jouait un rôle. Neri semblait le prendre très au sérieux et accepter sa rudesse comme naturelle.

— L'escalier est dur pour toi, je sais.

— Ha ! répliqua Grillo en exécutant une petite danse grotesque. L'adjudant ne le croit pas. Il pense sans doute que je devrais être dans un cirque.

— Je…

— Bon, la vérité c'est que…

Le nain tapota la solide épaule de Neri, tout en agitant son autre main.

— … si j'avais tes jambes et toi mon énergie, il y aurait un être humain normal quelque part.

— C'est vrai, admit Neri qui semblait ravi. Mais l'intelligence, Grillo, qui a l'intelligence ?

— C'est toi. Mais j'ai la mienne et c'est une autre histoire. Si tu avais toute ta tête, tu ne recevrais pas ce type.

Le sourire s'évanouit du visage de Neri.

— Laisse-nous tranquilles maintenant.

— Je vais vous laisser tranquilles ! répliqua Grillo en décampant par la porte dérobée. Tu seras toujours livré à toi-même, mais on ne te laissera jamais en paix !

Il avait disparu. L'adjudant fixait Neri de ses gros yeux, brûlant de lui poser des questions, peu importe lesquelles, afin d'éclaircir la nature de leur relation qui demeurait pour lui un mystère. Il s'abstint bien sûr de l'interroger tout à trac, mais Neri eut tôt fait de comprendre son regard.

— Ne faites pas attention à lui. Je crains qu'il ne vous ait donné du fil à retordre, quand vous avez dû le questionner.

— Il s'est montré un peu étrange.

— Mais vous ne l'avez pas plaint ?

— Le plaindre ? Je… peut-être que j'aurais dû le faire en toute conscience, mais je dois avouer qu'il m'a tellement tapé sur les nerfs que…

— C'est pour cette raison qu'il le fait, voyez-vous. J'ai beaucoup de temps pour réfléchir et… Grillo a veillé sur moi toute ma vie. Même quand j'étais petit et que j'avais une nounou, il a toujours été là, un peu comme un chien de garde. La nurse, qui était anglaise et n'a jamais pu comprendre l'accent toscan marqué, le détestait. Il lui en faisait voir de toutes les couleurs et elle finissait par le pourchasser, mais il courait toujours plus vite qu'elle, pour mon plus grand bonheur. À présent, je pense qu'il agissait ainsi en partie pour m'amuser, car j'étais très souvent malade. Je crois pouvoir dire, adjudant, que je n'ai jamais ri dans mon existence, autrement qu'à son instigation. Et je lui en suis reconnaissant.

— Je peux le concevoir.

— Vraiment ?

Neri le regardait droit dans les yeux, comme si le fait que Guarnaccia saisisse comptait énormément pour lui.

— Oui. Oui, vous avez l'air d'un homme qui comprend les choses. À l'enterrement… Mais on parlait de Grillo. Le fait est, vous savez, qu'un être aussi petit que lui, de la taille, disons… d'un enfant de huit ans, est automatiquement traité comme tel. C'est une réaction naturelle, sans méchanceté délibérée, mais comment réagiriez-vous si l'on avait coutume de vous traiter comme un gamin de huit ans ?

— Je vois ce que vous voulez dire.

— Pour commencer, vous ne porteriez pas cet uniforme. Le travail que vous exercez serait entièrement conditionné par votre stature. On vous ignorerait tout le temps. Les gens parleraient au-dessus de votre tête, au sens propre comme au figuré et, s'ils vous remarquaient, ce serait pour vous plaindre. Certes, vous pouvez trouver le comportement de Grillo étrange, comme vous dites, et désagréable, déconcertant. Malgré tout, j'imagine plutôt que vous ne l'avez pas traité comme un gosse de huit ans et n'avez pas essayé de parler au-dessus de sa tête. Il vous a peut-être mis en colère, agacé, mais vous n'avez pas eu pitié de lui.

— C'est juste. C'est très juste, je n'y avais pas pensé.

On ne le voit jamais dans l'escalier.

C'était de lui qu'il s'agissait, bien sûr… Grillo. Les locataires étaient convaincus qu'il les espionnait, qu'il savait tout ce qui se passait à chaque étage, bien que personne ne l'ait jamais vu gravir les marches. Ils n'avaient pas tout à fait tort. Il disposait de son propre escalier, et les portes de service donnant sur les studios, par exemple, étaient peut-être verrouillées, mais assez minces pour surprendre les conversations. À cette pensée, l'adjudant sentit son pouls s'accélérer et son visage s'échauffer. Qu'avait-il échangé au juste avec William Yorke, cette fois-là, quand le nain était en train de rôder ? Il était incapable de s'en souvenir. Quoi qu'il ait dit, cela avait suffi à accélérer la remise du corps, les obsèques… Ils avaient sans doute parlé du fils du gardien, mais avait-il fait allusion à son intention de passer prendre les vêtements de Corsi ? Il ne se rappelait plus… bien sûr, cela lui serait revenu d'une manière ou d'une autre, si le nain…

— Quelque chose ne va pas ? Vous n'avez pas l'air bien ? Un peu de thé ?

Guarnaccia prit la tasse, sans trop savoir de quoi il s'agissait. Le nain se trouvait sans doute là-derrière, à présent ! Et le prêtre, où était-il passé ? Combien de membres de la famille Ulderighi savaient-ils qu'il était ici et pourquoi ? L'adjudant ne savait pas lui-même pourquoi, mais on l'observait, à son insu, aux quatre coins du palazzo.

Ne me ramenez pas dans cette maison !

— Vous êtes perturbé. Vous m'en voulez peut-être de vous accaparer autant. Le père Benigni…

— Non, non. Je réfléchissais… pour ne rien vous cacher, je pensais à votre propre père.

— Bien sûr, oui.

La tête de Neri commença à remuer de manière à peine perceptible.

— Je vous fais perdre votre temps et on devrait parler de lui. Mon père… Je vais *tout* vous raconter. Vous comprenez que ce n'est pas facile pour moi. Voyez-vous, c'est si souvent difficile d'avouer non pas les fautes graves qu'on a commises mais les choses dérisoires, les petits actes honteux, sordides. Ce n'est pas seulement moi, vous savez. Je connais très peu la vie, mais le père Benigni m'assure qu'un homme trouverait souvent plus facile d'avouer un meurtre, disons, qu'un acte socialement inacceptable… qu'un…

Le souffle parut lui manquer et Guarnaccia, effrayé de ne pas savoir en quoi consistait la maladie ou la faiblesse du jeune homme, tout en étant lui-même dérangé par son propre malaise, tendit une main paternelle pour lui effleurer l'épaule.

— Calmez-vous, à présent. Vous n'avez rien à me confesser. Je ne suis pas prêtre, rappelez-vous.

— Mais votre rôle est très proche du sien, en ce sens que vous avez l'habitude des choses qui… vous connaissez ces choses-là et vous pouvez comprendre.

De plus, le père Benigni a reconnu qu'il était juste que je me confie à vous. Il s'inquiète pour ma santé, je le sais parce que… néanmoins, c'est ce qu'il convient de faire et qu'il conviendrait de faire, même si j'étais en pleine forme. Vous êtes en train de mener une enquête, on me l'a dit, et vous perdez votre temps, parce que je sais. Je sais tout, alors ce n'est que justice. Je me suis montré faible et lâche, mais pour d'autres raisons, d'autres personnes… je ne veux pas vous donner une trop mauvaise image de moi. Ça m'importe beaucoup et pourtant je ne vous connais pas. N'est-ce pas curieux ? Je vous ai souvent observé. Vous marchez très lentement et, parfois, vous vous arrêtez et restez immobile pendant un certain temps comme si vous parliez tout seul. Puis vous continuez. Vous avez souvent paru si troublé. Vous trouvez peut-être cela bizarre, mais même si d'ici, en haut, je ne peux pas distinguer le visage des gens, je peux souvent deviner leur état d'esprit. Par exemple, je peux dire, à la façon dont il ouvre le portail, quand Mori, le gardien, s'est disputé avec sa femme…

— J'imagine que ça arrive assez fréquemment.

Remarque idiote s'il en est, et Guarnaccia savait qu'il essayait juste de différer ce qu'il ne souhaitait pas entendre, sans avoir la plus infime idée de ce dont il s'agissait.

— Ils se querellent beaucoup, en effet.

— Et lorsque vous n'observez pas les gens dans la cour ou que vous n'agencez pas votre collection de monnaies, vous jouez de la musique.

— Oui. Vous le saviez ? Je joue de la flûte. J'ai étudié très peu, parce qu'on sentait que cet apprentissage soutenu me fatiguerait trop les nerfs. Pourtant je joue, en effet. Je souhaite souvent que…

Mais il ne précisa pas ce qu'il souhaitait. Guarnaccia songea que Neri devait avoir de nombreuses aspirations dans sa vie. Pourquoi l'adjudant éprouvait-il de l'affection pour lui, de la même manière que, pour le père défunt… ou la version onirique de feu le père ? Comme s'il était le seul à s'en soucier ? Ce jeune homme était sans doute entouré de soins et d'attentions. Avec une brusquerie qu'il ne pouvait contrôler, bien qu'elle parût fort déplaisante, l'adjudant demanda :

— Pourquoi moi ? Je crois savoir que le procureur de la République est un bon ami de la famille. J'aurais pensé que vous lui confieriez tout ce que vous aviez à dire.

Se servait-on encore de lui ? Était-ce un piège pour l'obliger en quelque sorte à se compromettre, le blâme et la mutation soudaine l'attendant au coin de la rue ?

— Gianpiero… Oui, mais je n'ai pas pu. Vous avez raison, bien sûr, c'est un ami très cher à ma… à nous, mais c'est précisément pourquoi je n'ai pas pu le lui dire… à propos d'elle, je veux dire, pas à propos de mon père… et ce serait encore pire de devoir admettre que je… que je… C'est à vous que je veux raconter cela. Ce n'est pas facile pour moi de l'expliquer, mais je dispose de tellement de temps pour observer les gens, pour les connaître. Je vous observe depuis que c'est arrivé et, aux obsèques, j'ai eu la certitude que vous étiez la seule personne auprès de laquelle je pouvais soulager ma conscience.

Guarnaccia n'avait aucune peine à le croire. C'était l'histoire de sa vie. Les problèmes d'autrui, la culpabilité de ses semblables, les fardeaux des autres et même leurs défunts laissés pour compte. Et comme il savait que son travail consistait en cela, il ne protesta pas.

— Dites-moi ce que vous voulez me dire, si vous pensez que cela vous soulagera.

Et puisqu'il avait déjà compris le « petit acte honteux, sordide » qui empêchait de relater le plus important, il lui vint en aide :

— Vous savez, c'est William Yorke qui m'a parlé pour la première fois de vous et de votre collection de monnaies. Sa sœur a l'air de beaucoup vous apprécier. Elle lui a raconté comment vous restiez des heures assis ensemble à trier vos pièces à votre bureau, près de cette fenêtre.

En disant cela, l'adjudant se leva et se tint dos à la vitre, à l'endroit où le bureau devait se situer auparavant.

— J'étais moi-même en train de regarder en bas, quand je vous attendais, tout à l'heure. J'ai eu un choc. Ça a dû être une épreuve pour vous. Je veux dire, on est humain, après tout.

Il allait certes droit au but, mais la signification de tout cela restait encore à prouver.

— J'ai déplacé mon bureau.

Neri était tout rouge et avait baissé la tête vers ses mains étroitement jointes. Son corps se balançait un peu, telle une vieille femme récitant son chapelet.

— Je l'ai déplacé sur-le-champ et je me suis confessé au père Benigni.

— Je vois.

Mais Guarnaccia devinait aussi sur ce visage non absous que Neri avait continué à regarder par la suite.

— Et que vous a conseillé le père Benigni ?

— Oh, il a été très gentil. Il a expliqué que ce n'était qu'un péché véniel, qu'en un sens, c'était un cas particulier parce que, voyez-vous, si j'avais eu la santé, ma mère m'aurait déjà marié. Vous comprenez vraiment ?

— Oui… oui.

Il a besoin de se marier. La voix de Lorenzini mais les paroles de Grillo.

— Je comprends tout à fait.

— Mais vous vous rendez compte que ce n'est pas juste… il ne contente pas de les peindre, il les…

L'adjudant songea seulement à cet instant au portrait de Bianca Ulderighi et se souvint que, si les autres locataires l'appelaient « la marquise », voire « cette maudite bonne femme », Hugh Fido en revanche…

— Il me tourmentait, voyez-vous. Regardez vous-même. On ne peut voir que d'ici, uniquement de ma fenêtre. C'était toujours moi qui étais visé, même si, au début, je ne l'ai pas compris. Je ne m'en suis rendu compte qu'un jour où il disposait un modèle et il l'a fait s'allonger face à la fenêtre, il l'a fait… Et ensuite il s'est lui-même approché du carreau et il a levé la tête. Il a dirigé son regard directement vers moi. Et, que Dieu me pardonne, que Dieu me pardonne, même à ce moment-là, j'ai continué à observer, je n'ai pas pu m'en empêcher ! Je me suis senti honteux jusqu'au tréfonds de mon âme et je n'ai pas détourné les yeux. Je ne pouvais pas m'arrêter. Qui d'autre aurait pu m'aider hormis le père Benigni !

— Calmez-vous. Allons.

L'adjudant revint vers Neri et lui posa une main sur l'épaule.

— Vous faites confiance au père Benigni, n'est-ce pas ?

— Oui, absolument.

— Alors rappelez-vous ce qu'il vous a dit. Ce n'était qu'un péché véniel.

— Je lui fais confiance, en effet… Mais tant d'événements se sont enchaînés ! Comment une culpabilité aussi faible pouvait-elle prendre autant d'ampleur ? Je suis désolé. Je dois me calmer et ne pas vous faire perdre votre temps, et vous dire toute la vérité dont je suis sûr.

Guarnaccia imaginait fort bien le petit prêtre en train de prononcer ces paroles, et il se souciait peu de « toute la vérité dont je suis sûr », mais s'abstint de tout commentaire.

Neri avait désormais joint les mains comme s'il priait intérieurement tout en parlant, ce qui était peut-être le cas.

— Je me suis confessé. Je me suis confessé mais sans me repentir. Miss Yorke est venue ce jour-là, je me souviens... Elle voulait que je l'appelle Catherine et se montrait toujours très gentille, très gentille. Elle m'a demandé pourquoi... pourquoi j'avais déplacé mon bureau dans un coin, où je ne pouvais pas bien voir. C'est pour vous dire sa gentillesse, le fait qu'elle ait songé à mes yeux. Ils ne sont pas bien vaillants. Elle m'a apporté une boîte qu'elle avait trouvée, une boîte contenant des documents avec trois pièces de monnaie, sous la pile de papiers. Celles-ci n'avaient pas une grande valeur, mais elle avait pensé à moi, à mes yeux, et je n'ai pas su comment répondre quand elle m'a posé la question. Elle est tellement loin de tout cela. Je l'imagine toujours comme un ange sur une fresque, vous ne trouvez pas ?

— Je ne l'ai pas encore rencontrée.

— Ou peut-être de plus loin encore dans le temps... « Un pichet de vin des monts Albains, de plus de neuf ans d'âge... *est in horto, Phylli, nectendis apium coronis ; est hederæ vis multa, qua crines, religata fulges.* » De si longs cheveux, de la même nuance pure et dorée que le vin albain... « et dans mon jardin, Phyllis, de l'ache pour tresser des couronnes et du lierre en abondance pour nouer tes cheveux éclatants[1] »… J'aurais aimé étudier davantage, mais mes yeux, vous savez… et elle y a pensé, elle est si gentille…

Il s'interrompit soudain, comme s'il se rappelait un détail, un souvenir pénible qui envahissait son esprit, et il replaça ses mains, détendues un instant à l'évocation de Catherine Yorke, afin de les joindre à nouveau en guise de réconfort.

— Le père Benigni a dit…

Pour le moment, Guarnaccia ne chercha pas à le ramener au sujet principal, si toutefois il en existait un. Il se borna à se rasseoir et à observer Neri Ulderighi, peut-être la personne la plus insolite qu'il ait jamais croisée. Son corps était si dégradé, surdimensionné, bouffi, la tête trop lourde pour les épaules tombantes, les cheveux et la peau semblables à ceux d'un vieil homme. Des années d'unions consanguines avaient engendré son corps et son désir confus mais désespéré de se reproduire. Et de tout cela émanait une âme plus pure que celle d'un enfant… ou du moins l'aurait-elle été, si les prêtres ne s'en étaient pas emparés pour la charger de culpabilité.

— Le père Benigni, voyez-vous, s'inquiète autant pour ma santé physique que spirituelle. Il a veillé sur moi toute sa vie. J'ai dû lui avouer que, même après ma confession, j'avais continué… j'avais continué… mais j'ai été puni, terriblement puni…

Neri pleurait, comme à l'enterrement, sa tête dodelinait puis se redressait d'un coup.

— Votre mère ? s'enquit gentiment l'adjudant.

La tête ne remuait plus.

— Vous êtes au courant ?

1. Horace (65 av. J.-C. – 8 av. J-C.), Livre IV, Ode 11, *À Phyllis*. *(N.d.T.)*

— J'ai deviné. Le portrait et un ou deux autres détails laissaient supposer… une certaine intimité.

— Vous comprenez que je ne savais pas quoi faire ?

— Pourquoi auriez-vous fait quelque chose ? Cela a dû vous bouleverser de penser que votre propre mère…

— Pas de penser, adjudant, de voir. De voir. C'était une punition en soi, mais j'ai dû confesser ma propre faute, vous devez le comprendre. Je n'avais pas l'intention d'en dire plus. Je vous jure que je n'avais aucune envie de mentionner ma… la personne concernée. C'est vrai, vous savez, ce que le père Benigni a dit. Ce sont seulement ses propres péchés qu'on doit confesser. Le sacrement n'exige pas que l'on avoue ceux des autres et, même si je n'y avais pas songé moi-même… j'étais trop perturbé pour avoir les idées claires… j'avais juste l'intention de confesser mon propre péché. Vous me croyez vraiment ?

— Bien sûr.

— Vous devez le croire plus que le reste. Mais j'étais très troublé, presque hystérique, je pense, et c'est sorti tout seul, je ne sais trop comment.

— Je vois.

L'adjudant décida de prendre le relais, dans l'espoir d'éviter toute hystérie à présent.

— Et le père Benigni en a parlé à votre père, c'est cela ?

— Oh non, pas à… en vertu du secret de la confession, vous savez, il a dû…

— Vous n'êtes pas en train de me dire qu'il vous a forcé à le faire !

Mais c'était le cas, bien sûr, n'était-ce pas ce que Guarnaccia venait de faire à l'instant ?

Je pense qu'il vaut mieux que vous le voyiez seul.

— Forcé ? Oh non, quelle idée déplaisante ! Je sais que c'était la bonne attitude à avoir… mais il s'est tué ! Il s'est tué et c'est ma faute, à cause de mon habitude répugnante et incontrôlable. Je l'ai tué !

Et Neri se mit à hurler.

CHAPITRE VIII

— Et vous le croyez ?

Lorenzini avait presque l'air déçu.

— Oui.

Comment ne pas le croire ? En présence d'un tel personnage, il était impossible de ne pas le croire, même sans preuve à l'appui, et celles-ci n'avaient pas manqué. L'adjudant exerçait son métier depuis assez longtemps pour savoir qu'il fallait poser les bonnes questions aux bonnes personnes, afin d'obtenir les bonnes réponses. Elles étaient à présent consignées dans son carnet.

Il devait être dans les trois heures du matin, même si je n'ai pas pensé à regarder la pendule.

Juste une seule détonation... je n'en ai entendu qu'une, du moins.

Je vais vous montrer. Vous voyez ? Bien sûr, il s'était tiré dessus à ce moment-là... je ne suis sorti sur le balcon qu'après avoir entendu le coup de feu. Je dirais que, pour être penché ainsi par-dessus le rebord, il avait dû chercher à sauter, mais il ne l'a pas fait.

On l'a lu ensuite dans le journal. L'article parlait d'un accident... bien sûr, une famille pareille n'aurait pas voulu que ça se sache, c'est tout à fait naturel.

Que voulez-vous dire par « me présenter » ? Personne ne m'a sollicité. Je ne savais même pas que vous meniez une enquête. Je pensais que tout était déjà arrangé.

Et avant de rendre visite à ces personnes occupant les étages supérieurs des bâtiments alentour, Guarnaccia avait suivi Grillo dans l'escalier, jusqu'en haut de la tour de Neri, puis il avait regardé en bas. On avait nettoyé les pierres auxquelles il se tenait pour se pencher mais, au-dessous de lui, la trace de sang noirci se révélait hors de portée. Aux yeux de l'adjudant, cela ne faisait aucun doute que Corsi avait eu l'intention de tomber, d'échapper enfin à cette demeure, mais sans y parvenir.

Et tout le long de l'étroit escalier en colimaçon, le nain ne s'arrêta pas de jacasser.

— Vous connaissez celle du type qui se jette d'en haut d'une tour et change d'avis à mi-chemin ? *Sauve-moi ! Saint Antoine, sauve-moi !* Et c'est alors qu'une main immense transperce le ciel et le récupère au vol ! Puis une voix dit : *Au fait, c'est quel saint Antoine que vous vouliez ?* Ma foi, vous savez combien il y en a en Italie, alors le gars les passe en revue dans sa tête et trouve : *Saint Antoine de Padouuuuuuue !*

Pour une fois, aucune musique ne résonnait dans la cour. Quelque part au-dehors, un lointain roulement de tambour sonnait la retraite de la procession après le tournoi. Les grandes portes s'entrouvrirent puis se refermèrent avec fracas, tandis que Guarnaccia atteignait les grilles intérieures. Il eut à peine le temps d'entrevoir Leo, énorme, avec son cou de taureau, le haut-de-chausses à crevé violet et blanc et les vestiges d'un tee-shirt blanc en lambeaux qui flottaient sur son torse égratigné et en sang.

— Au moins, Neri avait cessé de hurler à ce moment-là.

— Est-ce que ça ne s'est pas déjà produit ? Je veux dire, est-ce qu'il ne s'est pas mis à crier de cette façon, quand ce jeune Anglais a lâché son pétard ?

— Peut-être que ça se produit tout le temps.

L'adjudant se tut un instant pour réfléchir, puis reprit :

— Ça doit arriver assez régulièrement car ils savent très bien comment réagir. La marquise a surgi de nulle part, comme on s'y serait attendu, et le nain aussi. Ni lui ni elle n'étaient surpris et on lui a fait une injection… une intramusculaire, du genre qu'on fait tous chez soi, mais c'est le nain qui a dû s'en charger. M'est avis qu'il ne peut pas supporter la présence de la mère. Il ne l'a jamais mentionnée directement quand on discutait ; il l'a évité, je pense.

— J'imagine qu'il lui reproche aussi ce qui s'est passé.

Lorenzini était toujours aussi déçu que l'enquête se solde par un suicide, après l'enthousiasme provoqué par les empreintes de Tiny.

— Tu as peut-être raison, dit Guarnaccia, mais il n'avait pas l'air convaincu.

Sur ces entrefaites, on avait appelé les médecins, et la marquise avait éloigné l'adjudant en le conduisant dans son salon privé. Il s'y était assis, décontenancé par le confort d'un grand fauteuil en velours, face aux doubles portraits de Lucrezia et de Francesco. Il se demanda où se trouvait celui de Bianca Ulderighi, peint par Fido, mais ne posa pas la question. Il ne posa aucune question, se contentant de rester assis là, sa casquette sur les genoux, à observer de ses gros yeux globuleux et sans expression. Il observait plus qu'il n'écoutait. Il avait un peu moins peur d'elle à présent, mais sa beauté le perturbait malgré tout. Quelqu'un d'aussi fin et gracieux, avec un regard aussi lumineux, devait posséder une âme en harmonie.

C'était troublant. Guarnaccia savait en son for intérieur que cette femme était sans doute impitoyable et certes immorale, mais le message reçu par ses sens contredisait autant cette impression que l'atroce déchéance de Neri avait dissimulé la pureté de son cœur et de son esprit. Était-ce seulement dans cette génération ou depuis des siècles que la beauté avait suivi un chemin et la vertu un autre ?

Les visages des deux tableaux qui contemplaient l'adjudant semblaient plus vivants et éloquents que le sien. Francesco, en habits de mariage blancs, brodés de fleurs d'or, une couronne de fleurs fraîches sur ses cheveux dorés. Peut-être fut-il le dernier des Ulderighi à posséder une âme en accord avec sa beauté, mais il était mort, projeté de son cheval, en heurtant le porche en pierre des deux grandes portes. Lucrezia fixait l'adjudant… le même visage – il en était sûr maintenant – qui levait les yeux de son chapelet, sur la fresque. Le même visage aussi qui se penchait vers lui à présent, en feignant l'intimité.

— Vous pouvez comprendre, je pense, que le souhait bien naturel d'éviter à mon malheureux époux le scandale et l'opprobre s'est effacé devant la menace pour la santé de mon fils. Il est le seul héritier.

Quelle réaction attendait-elle de Guarnaccia ? Il la fixa en silence, se moquant éperdument qu'elle puisse le considérer comme le dernier des abrutis. Il n'avait jamais prétendu être une lumière. Elle lui avait offert un rafraîchissement qu'il avait refusé. Elle n'avait pas poussé l'indélicatesse jusqu'à lui demander sans détours de garder pour lui ce qu'il avait entendu.

— Mais c'était inutile, en fait, confia-t-il à Lorenzini. À qui allais-je raconter ça, à ce moment-là ?

— Mais est-ce qu'elle a donné une explication ?

— Elle m'a dit qu'ils s'étaient disputés, ce que je savais. Corsi est descendu, apparemment, et s'est emparé d'un fusil.

Et l'a rapporté à l'étage au lieu de se tirer dessus dans l'armurerie ?

Son intention, adjudant, était de tirer sur moi.

— C'est là que Neri est apparu, réveillé par le bruit. Il a dit que son père se répandait en injures et braquait en fait l'arme sur sa mère. Peut-être que c'est l'irruption de Neri qui a tout bouleversé. Corsi est passé devant lui en le bousculant, pour gagner l'escalier de la tour. Neri a suivi. Il a vu son père se tirer dessus.

— Et vous êtes convaincu qu'il dit la vérité.

— Il dit la vérité.

— Et tout ce qu'affirme la marquise vient corroborer son témoignage.

— Humpf…

— Vous n'êtes pas d'accord ?

— Oh, tu as sans doute raison, seulement…

Guarnaccia n'était pas très doué pour s'exprimer. Il n'avait guère écouté ce que la marquise lui avait dit, mais l'avait uniquement regardée.

— Je le crois, lui, reprit-il enfin, mais pas elle.

Et toute la pesanteur de la logique florentine de Lorenzini ne pouvait l'ébranler. Au bout du compte, l'adjudant se sentait un peu coupable. C'était dimanche soir et il avait arraché Lorenzini à sa femme et à son bébé, car il avait besoin de confier tout cela à quelqu'un. Et son brigadier était assis là, l'air sottement juvénile dans son jean et son tee-shirt, le visage grave, alors qu'il essayait de comprendre et n'y parvenait pas.

— Je n'aurais pas dû te sortir comme ça de chez toi. Rentre à la maison.

Une fois Lorenzini parti, Guarnaccia resta seul pendant cinq bonnes minutes avant de se lever, un peu engourdi, de son bureau pour éteindre les lumières.

À une heure du matin environ, il déclara à sa femme endormie, comme s'ils étaient au cœur d'une longue discussion… ce qui était le cas, mais dans sa tête, en réalité :

— C'est vrai, pourtant, non… que lorsqu'on va se confesser, on est uniquement tenu à avouer ses propres péchés ? Teresa, tu écoutes ?

— Quoi ?

Elle se tourna vers lui, à moitié réveillée, puis ouvrit grand les yeux :

— Qu'est-ce qui se passe, tu n'es pas malade ?

— Non, bien sûr que non. J'étais juste en train de me demander… On confesse seulement ses propres péchés, même si on sait quelque chose de terrible qui devrait être révélé…

— On le signale aux carabiniers, dans ce cas. Pour l'amour du ciel, Salva…

Elle lui tourna le dos et tira vivement le drap sur ses épaules.

— Si tu pouvais un peu dormir la nuit, tu serais peut-être un peu moins rêveur dans la journée.

— *Grand plié !*

Deux coups sourds sur le plancher.

— En première, deux *demi-pliés*, un grand *plié*, *cambré* en avant ; en deuxième, *cambré* en arrière ; en quatrième, *cambré* vers la barre, en cinquième, deux *grands pliés* et un *grand port de bras*, *sous-sus* et tournez.

Le bâton martela encore le sol avant que la musique commence, et l'adjudant se détourna, intimidé, pour aller écouter à une autre porte. Celle sur sa droite était close, mais les bavardages et les rires qu'on percevait de l'autre côté laissaient supposer que là, au moins, il n'interromprait pas un cours. Il la franchit d'un coup et s'arrêta net. Une vingtaine de toutes petites filles en étaient à divers stades du déshabillage, debout pour la plupart sur la vaste table qui occupait presque la pièce entière, sautillant et jacassant – tandis que leurs mères leur ôtaient leurs collants –, ou bien gesticulant pour retirer elles-mêmes leurs justaucorps. Aux yeux de Guarnaccia, elles semblaient à peine assez grandes pour marcher et encore moins pour danser. Il fut soulagé de voir un ou deux pères dans la mêlée, en train de batailler avec tous ces rubans et ces fanfreluches roses, et ce fut à l'un d'entre eux qu'il lança, par-dessus le tohu-bohu ambiant :

— Où puis-je trouver la directrice ?

— Je pense qu'elle est… assieds-toi… assieds-toi, je te dis ! Là, sur le bord de la table, sinon tu vas déchirer ton collant… reste *tranquille* !… Je crois qu'elle donne un cours à l'atelier du milieu ou alors… Reviens ici !

Et le père était parti à la poursuite de sa petite chipie, aussi rose sans sa tenue de satin que lorsqu'elle la portait ; elle avait déguerpi sur la table vers une camarade qui gloussait et tentait un équilibre sur les mains, uniquement vêtue de son collant. L'adjudant battit en retraite et referma la porte sur cet enfer miniature. Ce n'était pas plus mal de n'avoir eu que des garçons, songea-t-il. Il ne se sentait pas capable de se débrouiller avec ça.

Effarouché comme il l'était, ce fut une chance pour Guarnaccia qu'une jeune femme ouvrît une porte un peu plus loin et lançât à la cantonade en regardant :

— Tout le monde est là ?

Elle vit l'adjudant qui barrait le passage de sa grosse masse noire, et le dévisagea avec gentillesse. Il se précipita vers elle et elle lui sourit.

— Si votre petite fille est dans le premier cours, elle est déjà sortie. Elle doit se trouver dans le vestiaire. Vous êtes le papa de Lucilla, n'est-ce pas ?

— Non, je... Je ne suis le père d'aucune élève, j'ai des garçons, voyez-vous... Non, j'aimerais m'entretenir un instant avec vous, car c'est assez important. Navré de vous interrompre.

— Ah ! Ce n'est pas à propos de...

Elle jeta un coup d'œil vers le haut, inutile d'en dire plus.

— Si.

— Bon, alors vous devez entrer, car je ne peux pas laisser les enfants se débrouiller toutes seules, vous vous en doutez.

Après la scène dans le vestiaire, Guarnaccia la comprenait en effet fort bien et il la suivit dans la salle. Une autre bande de petites diablesses, en turquoise pâle, cette fois. Avec une diligence et une autorité qu'il avait rarement vues dans l'armée, la jeune femme les fit s'aligner à la barre, les pieds tournés vers l'extérieur, les yeux vers le centre, et elle obtint le silence en l'espace de trois secondes.

— Exercices d'échauffement ! ordonna-t-elle simplement en mettant en route une cassette de musique et elle fut à la disposition de l'adjudant.

« J'ai vu que les journaux n'avaient pas insisté... sur le fait que ce soit un suicide, je veux dire.... non pas qu'on puisse le reprocher à qui que ce soit, mais, pour ma part, cette femme m'insupporte.

— La marquise ?

— Parlez plus bas, ça vaut mieux. La petite Corsi est dans ce cours... Les enfants ! Tendez les genoux pour le *relevé*. Fiorenza ! Relève la tête et ne la remue pas, voilà, c'est mieux.

Elle poursuivit sur le ton de la confidence :

— À ce qu'on dit, s'il arrivait quoi que ce soit à Neri Ulderighi, c'est elle qui hériterait, et je pense que c'est sans doute vrai. Elle porte le nom de sa tante, Fiorenza Ulderighi, sa grand-tante, plutôt, et elle monte la voir après chaque leçon. Je me dis parfois que c'est pour cette seule raison qu'on est toujours ici. On nous a expulsés, vous savez. Elle était ravie de louer quand elle avait un impérieux besoin d'argent, mais depuis qu'une société prestigieuse souhaitant une adresse chic a offert cinq fois le montant du loyer qu'on peut s'offrir…

— Je vois. Enfin, la situation est différente à présent, car elle va bien sûr hériter de la fortune de Corsi.

— Humm… Je ne pense pas que ça nous aidera. Elle n'a jamais voulu de locataires, alors si elle peut se permettre de restaurer sans louer, on va tous se retrouver à la rue… Je dois arrêter la cassette, un instant…

Comme l'exercice touchait à sa fin, la jeune femme traversa rapidement la salle et coupa la musique.

— Et tournez ! Première position la tête haute ! Allez, on se grandit ! Bien. On se prépare… un, deux, trois, quatre… *plié*…

L'adjudant les observa, moins effrayé par les élèves, à présent qu'elles étaient sous contrôle. De petites nattes et de minuscules chignons enrubannés, des mains et des pieds délicats dansant à l'unisson… ce devait être agréable, tout compte fait, d'être le père de Lucilla.

Dans son collant et sa tunique colorés, la jeune femme revint vers lui d'un pas léger. Ses cheveux étaient tirés en arrière avec une sorte de foulard assorti à sa tenue, et Guarnaccia se rendit compte en la regardant que c'était le premier visage chaleureux qu'il avait croisé dans ce bâtiment. Elle lui sourit.

— Je ne peux pas les laisser seules plus d'une minute, vous savez, alors…

— Bien sûr.

Il sortit la photo d'identité de Tiny et enchaîna :

— J'essaye de savoir si cet homme a été vu dans l'immeuble ou aux alentours et, notamment, en compagnie du fils du gardien qui vit au rez-de-chaussée.

Elle considéra le cliché, fascinée.

— Je n'ai jamais vu ce genre de tête auparavant. C'est un criminel ?

— Oui, absolument.

— Je ne l'ai certes jamais aperçu dans les parages… mon Dieu, je veux dire qu'on ne risque pas d'oublier une mine pareille… elle est terrifiante… vous ne voulez tout de même pas la montrer aux enfants ? Je ne pense vraiment pas que vous devriez le faire. En outre, elles sont beaucoup trop jeunes pour être fiables, alors ça ne vaut franchement pas la peine de les effrayer… sans parler de leurs parents ! S'ils en entendent parler, ils ne vont plus nous les envoyer ! Oh, je ne pense vraiment pas que…

— Non, non, comme vous dites, elles sont trop jeunes. Ne vous inquiétez pas. Peut-être les élèves plus grands que j'ai vus par ici ?

— Oui, bien sûr. Le mieux serait d'aller à côté. Ma sœur enseigne au cours intermédiaire. Ils ont dix-huit et dix-neuf ans, alors ça ne devrait pas poser de problème. Pourtant… pardonnez-moi de vous poser la question, mais s'il s'est suicidé, alors qu'est-ce que…

— C'est un peu compliqué. Pas de quoi vous en faire.

— Ma foi, si vous le dites, mais ça ne me plaît pas trop de savoir qu'un personnage pareil traîne dans le coin… Non, inutile de ressortir dans le couloir. Passez par la porte de communication.

Elle indiqua la direction puis frappa dans les mains.

— Les enfants ! *Grand plié !*

L'adjudant se mit à traverser la grande salle à pas de loup, tandis que les petites créatures se hissaient sur la pointe des pieds et s'étiraient, leurs visages trahissant une gravité qui n'avait d'égale que la sienne. Tous ses efforts pour sortir discrètement furent anéantis lorsqu'il posa son grand pied dans un plateau en bois, posé près de la porte, et en renversa le contenu. Des rires d'enfants éclatèrent en couvrant la musique. Guarnaccia saisit la poignée et franchit la porte, puis retint son souffle, en voyant une silhouette masculine qui bondit dans les airs en travers de l'autre salle pour atterrir à quelques centimètres de lui en un époustouflant arrêt d'urgence.

— Bravo !

Les applaudissements crépitèrent et le jeune danseur décocha un large sourire à l'adjudant, puis tourna les talons et salua ses camarades.

— Je vous demande pardon. On m'a dit que je pourrais… je vous demande pardon.

Gêné, l'adjudant avait le visage tout rouge et se tenait dans le coin près de la porte, n'osant pas avancer d'un pas. Une femme élancée au teint pâle et toute de noir vêtue s'approcha de lui à grandes enjambées. Elle tenait une longue canne blanche et Guarnaccia constata, soulagé, qu'en dépit de son sérieux, son visage paraissait amusé. Ses yeux, grands et sombres, se moquaient de lui.

— Vous serez plus à l'abri derrière le piano.

Elle pointa son bâton et leva le bras gauche. L'adjudant se laissa guider sans sourciller.

— Deux minutes !

Vêtus de plusieurs couches de vêtements complexes et effrangés, les danseurs se laissèrent tomber à terre dans d'inquiétantes postures disloquées.

— Que puis-je faire pour vous ?

Jusqu'alors distrait, Guarnaccia recouvra ses esprits pour montrer sa photo. Rien. Non seulement personne ne reconnut l'individu, mais l'adjudant était sûr d'avoir entendu, en sortant, un des jeunes gars déclarer :

— Ils les tabassent quand ils les arrêtent, c'est pour ça qu'ils ont l'air affreux.

Contrarié par son échec et cette dernière remarque, l'adjudant se retrouva dans la cour, avant de se rappeler qu'il aurait dû monter plutôt que descendre. Il ne savait pas trop s'il s'agissait d'une véritable erreur ou d'une aversion pour le prochain entretien. Il rechignait à y aller, cela ne faisait aucun doute. Il aurait pu se passer de voir tout individu portant le nom des Ulderighi pour le restant de ses jours. Et il n'avait pas l'habitude d'être convoqué comme un domestique. Il resta quelques instants planté là, à l'ombre de la cour, tentant de se calmer.

Vous marchez très lentement et parfois, vous vous arrêtez et restez immobile pendant un certain temps comme si vous parliez tout seul. Puis vous continuez. Vous avez souvent paru si troublé.

Certes, il était troublé, notamment à l'idée d'être sans cesse observé entre ces murs. Troublé aussi par un sentiment de frayeur qui ne l'avait pas quitté depuis la première fois où il avait pénétré dans cette cour. Il leva les yeux vers la tour de Neri. Il ne discernait rien, mais cela ne signifiait pas qu'on ne l'observait pas. Il alla vers le puits et revint, en essayant de se raisonner. Une vieille demeure comme celle-ci, sans parler des histoires atroces qu'elle renfermait, donnerait la chair de poule à n'importe qui. Elle épouvantait le jeune Anglais, William, et il n'avait pas hésité à le dire. Voilà. Inutile de s'appesantir. Quant au fait qu'on le convoque, est-ce qu'il n'était pas appelé – de façon péremptoire, en outre – par les habitants les plus humbles de son quartier ? Ça ne le dérangeait jamais. Il témoignait d'une patience infinie avec eux, alors pourquoi pas avec les Ulderighi qui, par ailleurs, avaient suffisamment d'ennuis pour mériter qu'on leur accorde un peu de temps. Le père mort de ses propres mains, le fils malade. Aucune somme d'argent ne compenserait cela. En s'efforçant d'être calme et déterminé, l'adjudant sortit de sa poche la lettre de Fiorenza Ulderighi et vérifia l'heure du rendez-vous d'un regard à sa montre. Il était encore tôt. Le courrier était arrivé ce matin mais non pas par la poste. Quelqu'un l'avait apporté, non cacheté, à l'un des hommes de l'adjudant. C'est Grillo qui avait joué les coursiers. Une demi-heure à tuer. Guarnaccia songea à un café ou autre, à la pizzeria d'en face, mais il n'en avait pas vraiment envie. Le patron de l'établissement le lorgnait toujours bizarrement, sans que l'adjudant sache au juste pour quelle raison. Pris d'une impulsion soudaine, il traversa la cour et alla sonner chez William Yorke. L'instant d'après, il se rendit compte que le prétexte de lui montrer la photo de Tiny ne serait guère convaincant, car le jeune Anglais était arrivé après le décès de Corsi. Puis Guarnaccia se dit que la sœur devait être de retour à présent. Une excuse satisfaisante. Il sonna encore et tendit l'oreille. La porte ne s'ouvrit pas, mais il était convaincu qu'il y avait quelqu'un. Le studio se révélait si petit que, malgré l'épaisseur de la porte, on pouvait quasiment entendre respirer. Il fut ensuite certain de percevoir un léger mouvement. Il sonna de nouveau, longtemps, cette fois. Un autre mouvement, puis une voix demanda :

— Qui est là ?

— Guarnaccia. L'adjudant Guarnaccia.

Il écouta. C'était la voix de William, mais étouffée, confuse.

La porte s'entrebâilla. Le visage du jeune Anglais apparut, tout rouge et en nage, les cheveux hirsutes.

— Vous vous reposiez. Je suis désolé.

William recula d'un pas chancelant et ouvrit suffisamment pour que l'adjudant puisse entrer. Guarnaccia passa assez près de son visage pour comprendre que ce n'était pas le sommeil mais le vin qui lui avait donné ces couleurs, et il se rappela l'épisode du pétard. Celui-ci s'était aussi produit quand le jeune homme avait abusé de l'alcool. Toutefois, entendre quelqu'un vous dire qu'il avait trop bu, c'est une chose, mais le constater de visu, c'en est une autre. William était toujours si sémillant, si fougueux et si volubile. C'était aujourd'hui une personne différente et l'adjudant n'avait qu'une seule envie : s'en aller.

— Je ne vais pas vous déranger. Je suis sûr que vous avez besoin de récupérer, avant d'aller travailler ce soir.

— Je ne me repose pas et je ne travaille pas… ha !… en voilà une bonne pour un acteur : ni repos ni travail… Si vous voulez boire un coup, autant vous dire que je n'ai plus rien.

— Non, non. Je suis juste passé vous demander si votre sœur était rentrée, mais je vois que non, alors je vais vous laisser.

— Jeudi…

Il marmonna de telle sorte que Guarnaccia n'était pas sûr d'avoir bien entendu.

— Jeudi ?

— Trois jours pour s'en remettre. Elle n'est pas venue hier soir, alors ce sera jeudi. Trois jours pour s'en remettre. Si quelqu'un me demande, dites seulement que je dors, vous voulez bien ?

— Oui, bien sûr.

— Merci. Merci beaucoup.

William s'affala sur l'étroit divan, retira avec grand soin l'une de ses chaussures, puis s'allongea. Il se mit à ronfler presque aussitôt. L'adjudant s'en alla.

— Je suppose que vous voulez savoir ce que je ferai quand je serai grande.

La petite Fiorenza se lança à l'autre bout du long canapé où était assis Guarnaccia et commença à étirer une jambe et à pointer le pied, comme si elle était encore à son cours de danse.

— Et qu'est-ce qui te fait croire ça ? s'enquit-il, certain qu'elle le lui dirait, qu'il le demande ou non.

Et il avait raison.

— Parce que c'est la question que tous les adultes me posent. De toute manière, je vais être ballerine et vétérinaire.

La jambe droite s'abaissa et la gauche se dressa en l'air.

— Ça représente beaucoup de travail, commenta l'adjudant.

— Ça m'est égal. Ça va me plaire. Et je vais avoir plein d'enfants, huit ou neuf. Combien vous en avez ?

— Deux.

— C'est pas beaucoup. Pourquoi vous avez votre casquette sur les genoux ?

— Parce que ce n'est pas poli de la garder sur la tête chez les gens.

— Vous pourriez l'accrocher, suggéra-t-elle.

Puis, après avoir jeté un coup d'œil sur la flamme au-dessus de la visière, elle perdit tout intérêt pour le couvre-chef. Son regard se posa ensuite derrière le sofa sur une énorme pendule dorée soutenue par des figurines, reposant sur une longue table en chêne.

— Tante Fiorenza ne sort jamais de sa chambre avant cinq heures pile. Elle arrange d'abord ses cheveux, puis elle met son vernis sur les ongles, mais ça se voit à peine, parce que c'est pas une belle couleur. Si j'avais le droit d'en mettre, moi, je choisirais du rose ou du rouge. Ce serait mieux, non ?

— J'imagine que oui.

— Mais personne m'autorise à le faire. Tante Fiorenza me laisse même pas entrer dans sa chambre pour regarder. Elle dit : « Ça se fait pas » et c'est tout. Mais elle me donne toujours du gâteau.

— Là, c'est gentil.

— D'abord, je fais mes devoirs et puis quand elle sort de sa chambre, elle sonne et on prend le thé avec du gâteau.

— Tu ne les fais pas, aujourd'hui ?

— C'est parce que je vous parle. J'ai italien et maths à faire. Vous êtes pas fort en calcul, hein ?

— Pas trop, non.

Ses efforts pour ses garçons leur avaient toujours valu des ennuis.

— Moi, c'est pareil.

Elle étira à présent les deux jambes, jusqu'à ce qu'elle soit presque allongée.

— L'an prochain, quand je serai en troisième classe, on fera les pointes. Je veux acheter les chaussons maintenant, mais j'ai pas le droit, parce que je pourrais me faire mal.

— Ma foi, je suppose que c'est mieux. Tu ne voudrais pas te blesser.

— Ça m'est égal. J'aimerais pouvoir les avoir maintenant. On peut se casser le pied ou le genou. Une fille du cours intermédiaire qui s'appelle Francesca s'est cassé le genou. Il s'est déboîté.

— Vraiment ?

L'adjudant fronça les sourcils à cette évocation douloureuse.

— D'un coup. Elle faisait une pirouette et elle a pas gardé son genou bien droit. Il faut le garder droit… alors elle s'est retournée sur le côté et son genou s'est déboîté, et elle l'a remis en place toute seule, mais il a quand même fallu qu'elle aille à l'hôpital. Je sais faire des pirouettes. Vous voulez que j'en fasse une pendant que vous attendez ?

— Non ! Je… non…

Un coup d'œil sur le sol glissant en marbre et la seule pensée de genoux qui se déboîtent l'horrifia.

— Je crois qu'on ferait mieux de rester tranquillement assis. Il est presque cinq heures.

Fiorenza sembla trouver cela raisonnable et se remit à observer ses pointes de pied tendues. Guarnaccia la contempla. Elle paraissait si menue et délicate… mais il n'avait certes pas l'habitude des petites filles. Ses cheveux blonds étaient tressés et enroulés sur le haut du crâne, avec un ruban turquoise qui pendait au milieu du chignon. Elle avait les yeux noisette et de fines taches de rousseur sur le nez.

— Je ne ressemble pas à n'importe qui, hein ? fit-elle brusquement en interrompant les pensées de Guarnaccia, comme s'il les avait exprimées à voix haute.

— Que veux-tu dire ?

— C'est ce que tout le monde dit dans cette maison. Pour de vrai, je ressemble à ma maman, mais ça compte pas, parce que c'est pas n'importe qui, pas comme ce qu'ils veulent dire. Tante Fiorenza, elle aimerait que je ressemble au cousin Neri. Beurk !

— Tu n'aimes pas ton cousin ?

— Non. Je le connais pas. Un jour, on m'a emmenée le voir, parce qu'il était en train de mourir, sauf qu'il est pas mort. Il était au lit tout le temps et il avait pas de jouets, ni de livres ou quoi que ce soit. Je l'ai dit à l'oncle Buongianni. *Moi*, j'ai toujours un cahier de coloriage et une bande dessinée quand je dois rester au lit. Maintenant, l'oncle Buongianni, il est mort, et j'ai vu le cousin Neri à l'enterrement, et il avait la tête toute grosse et je l'ai pas aimé.

Elle se tut quelques instants puis, assez maligne pour se rendre compte qu'elle avait pu le blesser, elle lança un regard oblique sur la silhouette massive de l'adjudant et les grosses mains qui tenaient la casquette, enfin elle reprit :

— Y a des gens qui sont vraiment gros, mais c'est chouette.

— Ah…

— Comme le Père Noël.

— Très juste.

Le compliment le touchait. Venant d'une telle source, cela apaisait son sentiment de gaucherie, et c'était bien la première fois, d'aussi loin qu'il s'en souvienne.

— Tu connais une petite fille du nom de Lucilla ?

— Elle est qu'en première année… oh, je sais pourquoi ! Son papa est carabinier, alors vous le connaissez.

— Non, non, je ne le connais pas. J'ai juste entendu dire…

— Fiorenza !

L'enfant se redressa en glissant et Guarnaccia se leva. La grand-tante Fiorenza, la plus redoutable vieille dame que l'adjudant ait jamais vue, se tenait dans l'entrée, appuyée lourdement sur une canne. Ses pieds et ses jambes étaient si enflés qu'ils paraissaient dépourvus d'ossature et ses fines chaussures avaient dû être confectionnées sur mesure pour s'adapter à cette maladie.

— Tu peux aller prendre le thé à la cuisine avec Mathilde.

La fillette ainsi libérée détala vers la porte. Un regard glacial de la vieille femme l'arrêta net et elle revint vers Guarnaccia en lui tendant la main.

— J'étais ravie de vous rencontrer.

— Moi aussi. Régale-toi bien.

Il lâcha la petite main et, après un regard hésitant vers sa grand-tante, la gamine se souvint de sortir en marchant et non pas en courant.

— Asseyez-vous, adjudant, je vous en prie.

La grand-tante Fiorenza s'installa en face de lui sur un énorme fauteuil au dossier raide. Celui-ci parut très inconfortable à Guarnaccia, mais il songea que c'était sans doute le seul genre de siège dont elle pourrait se lever avec une aisance relative.

— Vous devez me pardonner de vous avoir fait appeler de cette manière. J'imagine que les personnes souhaitant vous voir se présentent d'ordinaire à votre bureau, qui se trouve dans le palais Pitti, si je ne m'abuse.

— Oui, mais ne vous excusez...

— J'aurais préféré agir ainsi. Cela fait près de quinze ans que je n'ai pas mis les pieds à la Galerie palatine. Malheureusement, adjudant, je suis une malade et une femme qui a toujours tenu à son indépendance, par souci de dignité. Je n'ai pas du tout l'intention de quitter cette maison en fauteuil roulant.

— Je comprends.

Nul doute que cette femme était malade. Son visage était soigneusement maquillé, mais elle ne pouvait guère dissimuler les poches jaunâtres sous les yeux. Toutefois, elle ne manquait pas de personnalité. Elle était peut-être assez souffrante pour mourir du jour au lendemain, mais possédait suffisamment de force en elle pour continuer ainsi des années durant, si elle le souhaitait. Elle semblait à présent le jauger en le contemplant sans ciller. Dans son embarras, Guarnaccia s'éclaircit la voix et reprit :

— Votre petite-nièce est très jolie.

— Humm. Elle ressemble à sa mère.

Le ton réprobateur confirmait les propos de la fillette.

— Elle n'est pas ma petite-nièce à proprement parler. Je devrais vous l'expliquer, car c'est en rapport avec ce que je veux vous confier. Fiorenza est la fille du jeune frère de Buongianni Corsi qui, contre l'avis familial, a épousé une jeune femme d'origine américaine. Elle est leur seule enfant.

— Vous la voyez souvent.

Il aurait aimé ajouter : « En dépit de votre désapprobation manifeste », mais il n'osa pas.

— J'ai de bonnes raisons, adjudant. S'il devait arriver quoi que ce soit à mon petit-neveu, Neri, Fiorenza hériterait non seulement des Corsi mais aussi des Ulderighi. Vous pouvez peut-être concevoir que son éducation ne la préparerait pas au patrimoine des Ulderighi.

— Je vois.

— Je fais de mon mieux, mais l'influence d'une mère de ce genre et son style probable d'éducation sont loin d'être faciles à combattre, comme vous devez aisément l'imaginer.

Guarnaccia, incapable de se représenter la situation, même vaguement, resta silencieux.

— J'ai cru comprendre que vous aviez déjà rencontré mon petit-neveu ?

— Oui, en effet. Un prêtre, le père Benigni…

— Dans ce cas, vous avez pu constater qu'il était invalide. Pour être plus précise, je dirais : son cœur est fragile, une faiblesse congénitale. Il est peu vraisemblable qu'il vive au-delà de trente ans.

— Je vois. Je suis désolé… mais tout de même, à l'heure actuelle…

— Il n'est guère en état de survivre à une transplantation cardiaque.

— Non, bien sûr.

— C'est le souhait de Bianca, ma nièce, qu'il se marie et engendre un héritier.

— Et vous êtes contre ?

— Non, évidemment.

Elle s'interrompit pour presser une sonnette sous un guéridon placé entre eux.

— J'aimerais au contraire le voir en assez bonne santé pour que cela soit possible. Il est faible, très faible. Je vais en venir au fait, adjudant. Je crois savoir que vous avez mené une sorte d'enquête au sujet de la mort de Buongianni.

— Eh bien, oui, mais ce n'est qu'une routine dans des affaires comme…

Elle leva un peu sa canne du sol, devant ses jambes enflées. Les phalanges de sa main se crispèrent autour du pommeau et l'adjudant, contemplant la fine peau tavelée par la vieillesse et les ongles au vernis incolore, crut, l'espace d'une seconde, qu'elle allait le frapper. Si elle l'avait fait, elle n'aurait pu le stupéfier davantage.

— J'ai l'intention de vous aider. Je souhaite savoir ce qu'il s'est passé dans cette maison.

Trop éberlué pour répondre, Guarnaccia fut sauvé par l'irruption d'une femme poussant une table sur roulettes.

— Ici, par ici ! Pourquoi n'y a-t-il pas encore d'eau chaude ?… Non, non ! Je vais m'en charger, et ne revenez pas. Nous nous débrouillerons sans eau. Je ne veux pas être dérangée. Maudite femme ! La stupidité de ces gens, incapables d'apprendre à faire les choses correctement.

Pour le plus grand désarroi de l'adjudant, la domestique n'était pas sortie de la pièce et avait tout entendu. Si la vieille marquise le savait, elle s'en moquait.

— Un peu de thé ?

Encore ! Guarnaccia manqua soupirer de dégoût. Et s'il l'avait fait, nul doute que cette femme l'aurait ignoré.

— Auparavant, j'avais un excellent couple à mon service, mais à présent que ma nièce a loué les appartements du dernier étage, nous sommes obligés de compter sur ces gens qui viennent chaque jour de l'extérieur et ne sont même pas capables d'apprendre à préparer le thé convenablement. Lait ou citron ?

— Je... euh... citron. Merci.

Certes, il n'allait pas refuser, mais elle ne pouvait quand même pas le forcer à boire. Il posa la tasse avec précaution sur la petite table.

— Croyez-vous que Buongianni se soit suicidé, adjudant ?

Il était désarçonné. Elle allait trop vite pour lui. Qu'était-il censé répondre ? Il avait besoin de tâter le terrain, avant de s'impliquer. Mais que diable cherchait-elle ? Qu'avait-elle à y gagner ?

— Vous ne me répondez pas. Pourquoi ? Parce que vous ne savez pas ou parce que vous ne disposez d'aucune preuve ?

Était-ce l'héritage ? Il ne connaissait rien en la matière. Ou bien une vengeance personnelle, une vieille querelle... Est-ce qu'elle éprouvait de l'affection pour Buongianni Corsi ou est-ce qu'elle le détestait ?

— Vous êtes du Sud, j'imagine ?

— De Sicile, oui.

— Humm... Alors vous n'allez pas répondre d'emblée à une question directe. Si vous saviez comme c'est épuisant et synonyme de perte de temps aux yeux d'une Florentine.

Il le savait fort bien. Il pouvait le lire depuis des années sur le visage de Lorenzini.

— Je suis navré. Je ne suis pas certain de comprendre ce que vous attendez de moi.

— Je pensais être tout à fait claire. Je vous ai posé une question simple.

— Oui. Peut-être que la réponse ne l'est pas.

Voulait-elle savoir s'il était au courant de l'existence de Tiny ? Sa seule véritable pièce à conviction. Eh bien, il ne lui dirait rien, tant qu'elle ne dévoilerait pas d'abord ses raisons.

— Il semble, poursuivit-il, le visage inexpressif, tandis qu'elle se penchait sur sa canne et l'observait attentivement, que Neri Ulderighi ait vu son père se tuer, en haut de la tour.

— On l'a retrouvé en bas, dans l'armurerie.

— Certes.

— Alors, on l'a déplacé. Mais qui ?

Voilà. C'est ça qu'elle voulait savoir !

— Selon votre nièce, c'est elle-même qui s'en est chargée.

— Absurde !

— Tout à fait. J'ai dit : « Selon votre nièce. »

— Si vous la croyez, vous êtes fou. Buongianni était un homme robuste. Lourd.

— Certes.

L'adjudant se souvenait très bien de son poids dans le rêve.

— Vous n'avez rien vu et rien entendu ce soir-là, alors ?

C'était la première fois qu'il tentait de renverser la situation en lui posant une question et non l'inverse. Elle parut n'y voir aucun inconvénient.

— Rien. Je prends des somnifères. Et, si j'avais entendu quelque chose, pensez-vous que j'aurais pu me précipiter en haut de la tour ? Mon état physique ne fait aucun doute, je pense. Je ne quitte jamais cet appartement, à moins que ce ne soit pour descendre en ascenseur aux salles de réception de l'étage au-dessous.

— Je comprends. C'est heureux que le nain, Grillo, qui m'a apporté votre lettre, puisse remplacer vos jambes.

Elle le dévisagea un instant sans dire un mot et rectifia l'opinion qu'elle avait de lui.

— Je constate que vous êtes plus fin qu'on ne le croirait, adjudant. Oui, Grillo sait tout ce qu'il se passe en la demeure. C'est ce que vous voulez dire, n'est-ce pas ? Il vient chaque jour me dire dans quel état se trouve Neri. Comme vous devez vous en douter, je ne peux monter le voir moi-même.

— Mais il pourrait descendre.

— Il en avait l'habitude. Désormais, il ne voit personne hormis le nain, le père Benigni… et vous, à présent.

— Et sa mère ?

— Il ne lui parle plus depuis cette nuit-là. On dit qu'il ne veut pas la laisser entrer dans la tour. Ce que le nain sait ou ne sait pas, je ne puis vous le dire, car il ne me le dira pas ; ce que Neri sait est en train de le détruire. Sur ce point, les médecins ont été clairs. Ce que je souhaite entendre maintenant, c'est ce que *vous* savez. Je vous ai observé parcourant la cour, jour après jour. Vous soupçonnez quelque chose. Si Neri vous a fait appeler, alors il sait lui aussi que vous soupçonnez quelque chose. Le poids de ce qu'il sait est en train de le faire mourir. Déchargez-le de ce fardeau.

— J'aurais cru que le prêtre…

— On ne peut confesser que ses propres péchés, adjudant.

— Oui. Oui, c'est ce qu'il m'a lui-même dit… Alors vous pensez… sa mère ou….

— Oui, adjudant. Vous voyez, je ne vous cache rien. Neri doit survivre à tout prix. J'ai élevé ma nièce depuis l'âge de douze ans et je la connais. Lorsqu'elle a atteint seize ans, elle m'a fait peur. Je veux sauver Neri et, si j'ai dit que je souhaitais vous aider, en toute honnêteté, c'est que je souhaite que vous m'aidiez.

— Si je le peux, bien sûr.

— Réponse de Sicilien. Vous savez aussi quelque chose, sinon vous ne poursuivriez pas l'affaire pour votre propre compte. Alors, il n'y a aucune raison pour que vous ne me mettiez pas au courant. C'est vous qui menez l'enquête. Eh bien ?

— Je ferai ce que je peux…

— Ce que vous pouvez ! J'attends vos questions. Vous ne savez rien de cette famille, moi je sais tout. Alors ?

En silence, l'adjudant sortit son carnet. En silence, elle regarda le calepin, puis Guarnaccia, avec une impatience flagrante. Cependant, il savait qu'elle s'était redressée et se cramponnait ferme à sa canne, prête pour les questions difficiles ou gênantes, à propos de Hugh Fido, peut-être. Il la surprit.

— Dites-moi quelque chose, si vous le voulez bien, au sujet de cette maison.

— La maison ? Son histoire, vous voulez dire ?

— Non, non… Aussi bizarre que cela puisse paraître, j'en ai découvert un peu en me promenant dans la cour.

Observé par toute la famille, manifestement. Eh bien, il l'avait ressenti dès le début et il savait à présent que c'était vrai. Peu importe.

— Non, le fait qu'il y ait cet échafaudage à l'extérieur, mais aucun chantier en cours, bien qu'on dise que les entrepreneurs sont de retour. Et puis cette histoire de locataires. La subdivision de l'immeuble en appartements. Tout ça se passe un peu rapidement, non ? Personne n'a l'air d'être ici depuis plus d'un an.

— Très juste. Un an à peine. La raison, vous pouvez la découvrir vous-même.

— Le manque d'argent.

— Bien sûr.

— Il s'agit donc d'un manque d'argent extrêmement soudain ?

— Il n'y a aucun mystère, adjudant. C'est l'argent de Buongianni Corsi qui a permis d'entretenir cette maison. La restauration d'une telle bâtisse, vous le savez peut-être, est obligatoire. L'État participe mais détermine aussi l'étendue et la qualité des travaux. Buongianni, dirons-nous… a retiré son soutien.

— Et pourquoi donc ?

— Il y a eu une dispute. Grave. Je n'en connais pas les détails, mais je sais que le divorce était à l'ordre du jour. Hors de question, bien sûr, mais on en a parlé. C'était la fin du financement de la propriété des Ulderighi avec l'argent de Corsi. Selon Bianca, il pensait que la demeure pouvait s'autofinancer.

— Hugh Fido n'aurait pas pu être à l'origine de la dispute ?

L'adjudant l'observait tout en posant sa question, mais le visage de son interlocutrice ne trahit ni surprise ni agacement.

— Bien sûr que non. Cela a commencé quand on a loué la maison et qu'il s'y est installé.

— Elle pouvait l'avoir connu auparavant.

À l'évidence, la grand-tante n'y avait pas songé.

— C'est vrai… elle en serait capable aussi. Le faire emménager ici, dès lors qu'elle n'avait rien à perdre, puisqu'il savait. Mais non, Buongianni et lui étaient en très bons termes. Non, non…

— Alors peut-être la dispute portait-elle sur le fait que lui voyait quelqu'un d'autre.

Elle le considéra, à la fois apitoyée et attendrie.

— Mon cher adjudant, compte tenu de leur situation, je ne doute pas un instant que Buongianni ait fréquenté quelqu'un, sans doute une personne liée à ses affaires et hors de notre cercle. Ce qui n'aurait guère de rapport avec le problème. Pardonnez-moi si je vous ai blessé. Il se peut que, dans l'armée, la vie soit un peu plus monastique.

Et le prêtre qui entrait et sortait d'ici comme dans un moulin ! Quelle famille ! Seul Neri était différent, à moins que… Qui sait s'il ne tenait pas de son père ? C'était un Corsi, non ? Mais le fait que cela traverse à l'instant l'esprit de Guarnaccia indiquait combien on avait escroqué le malheureux Buongianni Corsi pour nourrir le clan Ulderighi.

— Buongianni Corsi…

— Oui. Que voulez-vous savoir ?

— Je me demandais si vous aviez de l'estime pour lui.

— Non. Quoi qu'il lui soit arrivé, il a pu le mériter, en ce qui me concerne. Je m'intéresse à la santé et à l'avenir de Neri. Gardez cela en tête, je vous prie. Rendez-lui visite. Convainquez-le que le fardeau qu'il porte vous revient de plein droit. À certains égards, Neri est un esprit brillant, mais sinon… c'est un gamin. Vous représentez pour lui l'autorité. Il vous fait confiance.

Elle s'appuya lourdement sur sa canne, se leva, en fixant l'adjudant de ses yeux malades. De toute évidence, l'entretien s'achevait et on le congédiait. Il se leva, prêt à lui tendre la main, mais elle avait tourné les talons et gagnait la porte de sa démarche lourde et douloureuse.

Avant qu'elle n'y parvienne, alors qu'il la regardait toujours s'éloigner, elle s'arrêta et se tourna pour lui dire :

— À propos, adjudant, nous avons reçu… ou ma nièce a reçu, devrais-je dire… un paquet contenant les chaussures que Buongianni portait à sa mort. C'est le bureau du procureur qui les a renvoyées ici, avec un formulaire quelconque attestant la remise officielle de toutes les affaires de Buongianni, ainsi qu'une note nous informant que vous seriez la personne à contacter pour demander le reste. C'est bien cela ?

— Je… oui. Oui. Je vous les rapporterai.

— En ce qui me concerne, je ne vois pas en quoi c'est nécessaire, mais s'il s'agit d'une question de procédure, alors bien sûr, rapportez-les. Déposez-les chez le gardien.

CHAPITRE IX

À partir de ce moment-là et jusqu'à ce qu'il lise la lettre de Catherine Yorke, l'adjudant avança plus prudemment qu'il ne l'avait jamais fait de toute sa vie, et c'était un homme circonspect de nature. Il avança avec précaution, mais toujours dans la même direction : celle de la marquise Bianca Maria Corsi Ulderighi della Loggia. Il ne la vit jamais, ne lui parla jamais, ni ne le tenta, mais elle était sa proie. Il le savait d'instinct, sans en connaître la raison. Elle l'effrayait, la maison l'effrayait, l'idée même de ce qu'elle avait pu accomplir l'effrayait. Seuls deux éléments l'encourageaient, et le premier, c'était le fait que Fiorenza Ulderighi était presque autant terrifiée par sa nièce que lui-même. Le second, c'était le retrait des chaussures.

— Elles constituent votre unique preuve ! protesta Lorenzini.

— Je sais, admit Guarnaccia, satisfait.

C'était une chose qu'il comprenait, à peu près la seule. Les étrangers, florentins et anglais, l'avaient berné, et il n'en pouvait plus. Au moins, un événement s'était produit qui avait un sens à ses yeux. Une pièce à conviction capitale avait disparu. Pour un peu, il se serait cru à Palerme ! L'importance de ces empreintes était confirmée, la disparition de celles-ci trahissait la peur. Il était aux anges. Comme cela ne menait à rien, Lorenzini laissait tomber.

Avançant à pas mesurés, l'adjudant expliquait le véritable problème que posaient ces chaussures au capitaine, son officier supérieur au poste central de Borgo Ognissanti, sur l'autre rive de l'Arno :

— J'ignore ce qu'elle veut dire, vous voyez. Bien sûr, elle n'était peut-être pas au courant… des empreintes, j'entends… si bien qu'en disant que, s'il s'agissait d'une question de procédure…

— Cela signifiait exactement ça. Guarnaccia, vous avez une fâcheuse tendance à voir des complexités baroques sur une ligne droite.

L'adjudant se borna à le regarder sans comprendre. Puis il reprit :

— Je ne veux pas être muté. Teresa… La manière dont on a retiré les chaussures du labo… et, lustrées comme il faut, j'imagine… le message transmis par l'intermédiaire des Ulderighi… c'est un coup de semonce.

— Oui, je vois où vous voulez en venir.

Le capitaine ne répondit pas : « Bien sûr que vous ne serez pas muté, quelle idiotie ! »

Assis, les mains à plat sur les genoux, Guarnaccia l'observait, plein d'espoir, de l'autre côté du grand bureau, son immobilité et ses yeux un peu globuleux évoquant l'attitude d'un bouledogue qui attend un os à ronger. Sa foi en son chef était absolue dans ce genre de problèmes. Il était florentin, après tout, et officier de surcroît. Le capitaine, bien qu'incapable de suivre le fonctionnement de l'esprit de l'adjudant, le jugeait fiable et l'aidait toujours.

Ils croyaient tous deux que leur confiance mutuelle se fondait sur les faits tangibles de leur expérience professionnelle partagée. Ni l'un ni l'autre ne savait qu'elle se basait en réalité sur de l'affection et une profonde nécessité. Guarnaccia se disait toujours que le capitaine était intelligent, ambitieux, et souple. Aux yeux du capitaine, Guarnaccia se révélait paternel, constant et immuable. Leurs pensées demeuraient enfouies, implicites. L'un ne faisait jamais appel à l'autre, sauf pour des questions de travail.

Le capitaine Maestrangelo était un homme séduisant, ou du moins aurait-il paru tel s'il avait souri. Il ne souriait jamais.

— Je vais tâter l'opinion, dit-il. Si la moindre menace véritable plane au-dessus de vous, il sera possible de le découvrir. Je ne pense pas que ce soit le cas, si ça peut vous rassurer, car j'en aurais déjà entendu parler.

— Ça peut me rassurer, oui et non… dit l'adjudant. Ça dépend de la raison.

— Certes, admit le capitaine en considérant la silhouette massive et figée devant lui. Je doute… avec tout le respect dû à vos pouvoirs d'investigation, que vous présentiez pour eux un réel danger. Je dis « eux », sans avoir la moindre idée de qui il s'agit. Mais vous en avez peut-être une ?

— Humpf…

— Guarnaccia… Je veux vous aider, mais vous ne me facilitez pas franchement la tâche, pas vrai ?

— Oui et non. Je ne veux pas être muté. Je serais venu vous voir plus tôt, mais je ne voulais pas vous impliquer.

— Je vois. Et maintenant ?

— Il me faut deux hommes.

— Et je suis censé vous les accorder sans savoir au juste ce que vous mijotez.

— J'ai juste pensé que ce serait mieux, oui.

Le visage de l'adjudant ne trahit aucune expression.

— Entendu. Deux hommes.

— En service de nuit, précisa Guarnaccia. S'il vous faut un motif officiel, on arrive à la finale du tournoi de football. Il y aura un peu de grabuge. Il y en a toujours. Et Leo et Tiny en seront.

En ce qui concernait l'adjudant, leur conversation aurait dû s'achever là, mais le capitaine ne put réfréner sa curiosité et, lorsque Guarnaccia se leva, il l'imita et le suivit jusqu'à la porte.

— Attendez… je veux seulement comprendre. Vous dites que ce jeune gars, le fils Ulderighi…

— Neri.

— Neri. Vous affirmez qu'il a vu son père se suicider.

— En effet, c'est ce qui s'est passé.

— Et vous le croyez.

— Et je le crois.

— Alors vous pensez que le père n'était pas mort, hein ?

L'adjudant le dévisagea. Le capitaine était perspicace, voilà tout. Lui n'y aurait jamais songé, même au bout d'un million d'années. Pourtant, c'était une solution, et toute simple avec ça. Neri n'avait pas touché son père. Il l'avait vu tirer et s'écrouler par-dessus le rebord de la tour crénelée. Puis la mère avait repris la situation en main, l'avait fait descendre, avant d'appeler sans doute Tiny et Leo. C'était si simple, sauf que…

— Vous pouvez tout de même me dire ça ? insista le capitaine. Vous devez soupçonner quelque chose.

— Quelque chose… quelque chose qui… je n'avais pas envisagé qu'il ne soit pas mort. Vous avez peut-être raison sur ce point, seulement, vous voyez… comme il était effondré par-dessus le rebord de la tour, une simple pichenette l'aurait achevé.

— Non, non, non. Songez au scandale. L'armurerie convenait beaucoup mieux.

— Je suis sûr que vous avez raison.

— Tout concorde.

— Oui. Je ferais mieux de filer. Je compte sur vos hommes.

Et il disparut.

Il avança avec prudence, la tête baissée, soumis, humble, un peu stupide en apparence, attendant le moment propice.

Cette nuit-là, il fit le guet avec Lorenzini, tous deux en civil, très à l'étroit dans l'inconfortable petite Fiat de Guarnaccia. Ils se garèrent sur le trottoir d'une ruelle, juste assez large pour le passage d'une voiture. Depuis cet observatoire, ils pouvaient surveiller la piazza, où Leo gardait l'entrée d'une discothèque, dont les portes étaient à l'épreuve des balles et qu'un second vigile, posté à l'intérieur, entrouvrait dans les moments calmes, pour passer la tête et bavarder avec lui.

À dix minutes de marche de là, une seconde voiture banalisée, garée dans une autre ruelle, guettait l'arrivée de Tiny sur la place du marché.

Le lundi soir, rien ne se passa. Lorsque l'adjudant et son brigadier eurent suivi discrètement Leo qui rentrait au palazzo Ulderighi, alors que Tiny s'affairait à décharger ses quartiers de viande, les quatre guetteurs haussèrent les épaules et rentrèrent fourbus se coucher dans leurs foyers respectifs, trois d'entre eux persuadés d'avoir perdu leur temps, tout en sachant que ce n'était pas à eux d'en juger.

Le deuxième soir, les soupçons de l'adjudant furent justifiés dans la mesure où le sang avait coulé à cause du tournoi de football.

Une petite échauffourée avait déjà eu lieu à l'entrée du club, durant laquelle Leo avait écarté un groupe de jeunes avec une violence inutile, semblait-il, soit parce qu'ils n'étaient pas membres – la boîte de nuit était privée –, soit parce que l'établissement affichait complet. Ils s'étaient à peine éloignés qu'un groupe apparut avec l'intention manifeste de chercher la bagarre. Ce n'étaient que des hommes et une bonne partie d'entre eux, même à cette distance, semblaient à l'évidence un peu âgés pour fréquenter les discothèques. Dès qu'il les aperçut, Leo frappa du plat de la main les portes derrière lui. Son camarade sortit et les portes se fermèrent.

— Y a du grabuge, dit Lorenzini avant de descendre de voiture.

— N'y va pas. Il pourrait te reconnaître !

Guarnaccia avait déjà assez de soucis, sans que son brigadier se retrouve mêlé à un combat de rue. En outre, s'ils ne le reconnaissaient pas – selon toute probabilité –, Lorenzini risquait d'être battu ou de se prendre un coup de couteau.

Les menaces s'amplifiaient. La brèche au centre de l'attroupement commençait à s'agrandir. La rixe avait commencé.

— Est-ce que je ne devrais pas au moins trouver une cabine pour appeler une voiture ?

— Quelqu'un l'aura déjà fait à l'intérieur du club. Ils doivent avoir l'habitude de traiter ce genre de problèmes. Ne t'inquiète pas.

Il s'écoula cependant un certain temps avant la venue d'une voiture de carabiniers, gyrophare tournoyant et sirène hurlante. Dans l'intervalle, Leo et son collègue avaient repris la situation en main. Le premier avait fait une clé pour le bloquer à terre au plus féroce de la bande, lequel avait sorti un couteau un peu plus tôt et était sans doute le chef. Plutôt petit et plus vieux que les autres, il ruait comme un mulet sous la prise du videur. Le camarade de Leo luttait contre un individu plus grand et plus jeune et, à en croire la tournure des événements, il avait le dessus. Bien sûr, le reste de la bande se trouvait là uniquement pour faire nombre et contribuer à l'intimidation.

— Tous deux ont l'air de bien se débrouiller, commenta Lorenzini à l'arrivée de la voiture de brigade.

Mais les deux hommes en uniforme qui bondirent hors du véhicule interprétèrent mal la situation. Sans prendre la peine d'interroger les protagonistes, lorsqu'il vit l'imposante silhouette de Leo maintenir un individu plus petit qui protestait, l'un des carabiniers sortit sa matraque et l'abattit dans un bruit sourd sur le crâne rasé de Leo.

Ils entendirent celui-ci crier : « Espèce d'abruti ! », tandis que sa main agrippait sa tête ruisselante de sang, avant qu'il ne s'écroule à terre.

Entre-temps, la bande de voyous avait filé. À demi conscient, Leo fut verbalisé pour agression sur la voie publique et l'incident était clos.

— Qu'est-ce qu'on fait maintenant ? s'enquit Lorenzini.

— On prie pour qu'il y ait quelqu'un sur place qui prenne ses empreintes à cette heure-ci, mais ça m'étonnerait.

— On ne sait jamais. Ils pourraient peut-être le mettre au frais pour la nuit.

— Moi si, je sais, dit l'adjudant, et ils ne vont pas le coffrer. Suivons-les.

Ils suivirent donc la voiture jusqu'au central et attendirent environ une heure que Leo soit relâché puis emmené, toujours la main sur la tête, aux urgences de l'hôpital Santa Maria Nuova. Là-bas, ils patientèrent deux heures, puis suivirent le taxi qui le ramena chez lui, au palais Ulderighi. Fin de la seconde nuit.

— Bien sûr, je n'attends pas de toi que tu me racontes ce qui se passe, mentit Teresa le lendemain matin, en abrégeant le peu de sommeil tourmenté de l'adjudant. Je crois juste que je mérite un *semblant* d'explication, quand tu sors la nuit entière, c'est tout.

Si cette remarque dissimulait la moindre logique, Guarnaccia, dans son état fort diminué, fut incapable de la percevoir. Il ne chercha pas à se justifier. Si le pire devait arriver et que sa carrière soit freinée, elle ne saurait jamais qu'il l'avait cherché.

Le souffle de la flûte se révélait aussi doux et triste que le crépuscule estival. Il avait accompagné l'adjudant dans son ascension poussive de l'escalier en colimaçon, derrière le nain, qui avait besoin des deux mains pour hisser son petit corps à l'aide d'une épaisse corde passant dans les anneaux en fer fixés au mur. Guarnaccia était entré seul par la porte de service et avait vu Neri assis près de la fenêtre, mais un peu de côté. Penché en avant, le dos tendu, il se balançait légèrement au rythme de la musique. Lorsqu'elle s'arrêta, il posa doucement l'instrument sur son genou et s'adossa au siège. Un soupir aux allures de sanglot lui échappa.

Ne souhaitant pas l'embarrasser, l'adjudant recula de quelques pas et frappa doucement à la porte, avant de la fermer derrière lui en toussotant. La silhouette dans le fauteuil ne bougea pas et ne se tourna pas.

— Tu vas t'épuiser, prononça Neri d'une voix accablée. Je n'ai besoin de rien. Tu ne dois pas m'apporter mon dîner. Reste ici avec moi et moque-toi de l'enfant idiot. Tu as de bonnes raisons de le faire, crois-moi. Toutes ces années, j'ai eu peur de mourir et maintenant… maintenant, je me sens seulement triste, si triste, car je connais à peine les choses que j'abandonne… « Le souffle des flûtes à la tombée du jour/De simples algues sur le rivage[1]… » Une tristesse si pesante. Grillo, reste et fais-moi rire.

Puis il tourna sa lourde tête. Son visage était congestionné sous l'effet des médicaments, ses yeux trop brillants.

— Ah, c'est vous… Pardonnez-moi. Ce soir, je… vous êtes si occupé et je devrais vous aider… vous dire des choses, mais ce soir, je…

— Non, non… dit l'adjudant en posant sa grosse main sur l'épaule du jeune homme. Non, non…

Une mer de visages blafards jouait à cache-cache parmi les ombres, les corps noirs tournoyaient, quasi invisibles sur les murs sombres, et se fondaient les uns aux autres. Les silhouettes remuaient comme au rythme d'un battement de tambour assourdissant, tandis qu'un éclair de lumière argentée illuminait et amplifiait temporairement le mouvement, dans une fulgurance de regards fixes et d'attitudes figées, avant que la salle ne replonge dans le noir.

Lorenzini cria quelque chose et l'adjudant tenta de lire sur ses lèvres, mais en vain. De toute façon, il n'y avait pas vraiment besoin de l'exprimer. Comment pouvait-il repérer Leo dans une foule pareille ? C'était bien leur chance que l'endroit où il avait choisi d'aller pour son soir de congé – car on supposait qu'il se reposait pour la finale du lendemain –, était la discothèque où il travaillait, une cave sombre et irrespirable, sans doute prévue pour n'accueillir que la moitié des corps qui s'y entassaient à présent. S'ils ne trouvaient pas Leo rapidement, Guarnaccia savait qu'il devrait jouer des coudes pour sortir, car

1. Horace, Livre V, Ode 22. *(N.d.T.)*

ses yeux pleuraient à cause de la fumée et il pouvait à peine respirer.

— Quoi ?

Qu'est-ce que Lorenzini essayait de… Voilà qu'il gesticulait et indiquait l'autre bout de la salle, derrière l'adjudant. Avait-il vu Leo ? C'était infernal ! Pour retrouver quelqu'un dans une foule, Guarnaccia avait l'habitude de rester debout immobile, tel un point de repère, jusqu'à ce qu'on le discerne. Cela ne risquait pas de marcher cette fois-ci, non seulement à cause de la couleur sombre de son uniforme qui, au lieu d'attirer l'œil, devenait presque un camouflage dans cet endroit, mais aussi parce que Leo risquait de s'enfuir, s'il repérait par hasard ses visiteurs. Il n'y avait qu'une seule porte, c'était déjà ça… mais l'adjudant tenait à rester le dos à celle-ci, tout en essayant de déchiffrer ce que Lorenzini tentait de…

Il comprit enfin. Dans un coin, sur un podium assez haut, un disc-jockey vêtu de noir et coiffé d'un gros casque d'écoute s'affairait aux platines, devant un clavier de commandes à peine éclairées. S'il avait coutume d'officier dans cette boîte, il connaîtrait sans doute Leo et pourrait mieux le localiser de là-haut. Guarnaccia avait fait signe à Lorenzini d'y aller. Le jeune brigadier était mince et agile, bien plus à même de se faufiler dans la masse que l'adjudant, qui se sentait mieux adapté à son rôle de pilier humain pour bloquer la sortie. Lorenzini fut avalé par la foule sur la piste et réapparut quelques instants plus tard sur les marches menant au podium. Le grand jeune homme aux gros écouteurs, le visage éclairé par la lumière rosée du pupitre au-dessous, resta insensible à toute tentative de déconcentration, jusqu'à ce que le brigadier parvienne à tendre la main pour lui tapoter le bras. Le disc-jockey baissa alors les yeux, eut un geste pour lui demander d'attendre, puis se pencha pour faire quelque chose sous le clavier.

Ah, songea l'adjudant avec une gratitude sincère, il va baisser le volume.

Mais il n'eut pas cette chance. Le jeune DJ se redressa et posa un autre disque sur la platine de gauche. Un seul ne suffisait-il pas ? Puis il le tint en position d'un unique doigt de sa main droite, tandis qu'il soulevait son casque avec la gauche. Le vacarme ne diminua pas d'un décibel, mais Lorenzini parut se faire comprendre. Le jeune homme en noir se pencha de son pupitre pour écouter, puis se redressa et regarda autour de lui. Il y eut une autre discussion, puis le brigadier descendit du podium et disparut. Le disc-jockey reprit son casque et inclina la tête en se concentrant avec gravité. Un certain temps s'écoula avant que Guarnaccia, suffocant et en nage, n'aperçoive de nouveau Lorenzini, précédant Leo, sur la tête duquel les points de suture émergeaient d'une tache de teinture d'iode.

— Dieu merci, murmura l'adjudant en franchissant, poussif, la dernière marche pour sortir sur la place.

Ses yeux larmoyants s'apaisèrent à la vue du marbre blanc de l'église d'en face, baignée d'un rayon de lune, tandis que ses poumons respiraient l'air de la nuit. Il ne pouvait comprendre que des gens payent pour se retrouver confinés dans cette fosse infernale.

— Qu'est-ce qui se passe ? grogna Leo, hésitant.

— On veut juste te causer, répondit Guarnaccia d'un ton affable, et on ne risquait pas de pouvoir le faire dans tout ce boucan. Notre voiture est là.

Un véhicule de la brigade, cette fois, et non pas la petite Fiat de l'adjudant. Lorenzini s'installa au volant.

— Assieds-toi à l'arrière avec moi.

Guarnaccia lui ouvrit la portière d'un geste si aimable et si désinvolte qu'on aurait dit qu'il faisait entrer sa femme dans un restaurant. Avec sa tête rasée et son cou de taureau, Leo se crispa un peu mais monta dans la voiture comme on le lui avait demandé et y resta assis sans dire un mot, tandis que l'adjudant faisait le tour pour le rejoindre sur la banquette arrière.

— Aaaaah… soupira Guarnaccia en se calant dans un coin, il fait encore chaud à cette heure de la nuit. Roule un peu, Lorenzini. Histoire de faire entrer de l'air frais.

Et il baissa la vitre.

— Où on va ?

Leo ne put s'empêcher de rompre le silence qu'il s'était imposé, comme Lorenzini s'éloignait du centre afin de s'engager – trop vite pour ne pas déstabiliser leur passager – dans l'une des vastes avenues bordées d'arbres, qui contournaient la ville.

— Nulle part, vraiment nulle part… C'est mieux. Un peu d'air…

La brise du soir pénétrait par la vitre, chargée des vapeurs d'essence combinées au parfum des arbres en fleurs. Ce qui n'empêcha pas l'adjudant de flairer chez Leo les odeurs d'un après-rasage entêtant, mêlé à la sueur de la peur.

— J'imagine que tu sais qu'on a des informateurs ici et là en ville… enfin, tout le monde le sait, non ?

— Je n'ai pas l'intention d'en devenir un.

Leo parut presque soulagé. Il s'était attendu à pire. Guarnaccia le savait et attendait le moment d'agir.

— Non, non… Je n'étais pas en train de suggérer que…

Ils arrivaient au bout de l'avenue illuminée et suivaient la file de véhicules déviant sur la gauche vers la berge, puis sur le pont.

Comme ils franchissaient le fleuve peut-être à dessein, Leo se remit à protester :

— Où on va ? Vous n'avez pas le droit de…

— De quoi ?

Leo ne sut répondre. L'adjudant le laissa mijoter jusqu'à ce qu'ils parviennent en aval et empruntent le dernier pont près du parc, avant d'attaquer :

— Les informateurs… ces informateurs auxquels j'ai fait allusion ont dit certaines choses bizarres à ton sujet. Très bizarres. Ils affirment qu'on ne sait pas tout ce qui se passe au palais Ulderighi.

Guarnaccia marqua une pause. Leo ne fit pas de commentaire mais, en regardant par la vitre baissée les aiguilles de lumière brouiller la noirceur visqueuse de l'Arno, l'adjudant savait que son voisin s'était contracté en prêtant toute son attention.

— On ne sait pas tout. Enfin, d'habitude je ne suis pas du genre à conseiller quelqu'un qui ne m'a rien demandé, mais toi… tu n'as pas de casier. Ce Tiny, en revanche, c'est un drôle de coco qui a passé beaucoup de temps au frais. Il a de l'expérience, il sait ce qu'il fait… remarque, je ne dis pas que tu es idiot…

Guarnaccia marqua alors une nouvelle pause pour s'assurer que Leo avait le temps de noter ce qu'il venait de lui dire.

— Quelqu'un comme Tiny, vois-tu, se trouve en position de négocier, alors que toi non. Tu n'as jamais été en taule et tu ne souhaites pas que ça change. Pour toi, c'est quitte ou double, alors que lui n'a rien à perdre. S'il pense que la partie est fichue et qu'il va devoir purger encore quelques années, c'est dans son intérêt de tout raconter et de livrer des noms, en échange d'une réduction des chefs d'accusation. Tu peux bien te douter, j'imagine, que tu vas passer pour le principal coupable, dans sa version. Il t'aura simplement tenu la porte ouverte, pour ainsi dire.

Ils roulèrent sur une autre longue avenue contournant l'autre partie de la ville avec Leo en sueur, la tête dans les épaules et muré dans son silence, tandis que l'adjudant regardait vaguement par la vitre et que Lorenzini s'interrogeait sur ce que les gens pouvaient bien faire en voiture à cette heure-là, s'ils ne travaillaient pas de nuit. La circulation ne semblait pas vouloir diminuer et ce n'était même pas un samedi soir. Les ondes de tension qu'il sentait derrière lui étaient telles qu'il ne se hasarda pas à demander où il devait aller ensuite, aussi resta-t-il sur les boulevards périphériques et ils ne tardèrent pas à se retrouver sur l'avenue arborée, en direction du fleuve.

— À sa place, n'importe qui agirait de même, je suppose, poursuivit l'adjudant, pensif.

La respiration de Leo devenait perceptible. Guarnaccia se ressaisit. S'il ne se jetait pas à l'eau, ils allaient sillonner la ville jusqu'au matin. À vrai dire, il avait cette habitude, horripilante selon Teresa, d'« entrer et de sortir du coma » et de lâcher des remarques sans queue ni tête, chaque fois qu'il émergeait. Si cette attitude agaçait sa femme, elle pouvait peut-être effrayer Leo. Il respirait très fort. S'il avait trop peur, il risquait d'être trop paralysé pour agir.

— Alors, ce que j'essaye de dire, c'est que, lorsque quelqu'un a un casier vierge, il mérite qu'on le laisse tranquille. Ton ami Tiny a fait de vilaines choses en son temps. Je ne crois pas à l'histoire qu'il raconte et je me fiche de la manière dont il la raconte. Qu'il la laisse se propager, sans faire exprès en l'occurrence, par l'entremise des informateurs.

Heureusement, songea Guarnaccia en parlant, que rien de tout cela n'était vrai. C'était bien plus difficile de broder à partir de vérités partielles et de pures inventions. Les raccords avaient tendance à se voir. Mais il devait continuer, sous peine de sombrer encore dans le mutisme.

— D'ici demain, un mandat sera émis pour son arrestation. Il sera conduit à Borgo Ognissanti. Je veux t'y voir – à onze heures, disons –, tu sais de quel endroit je parle, hein ?

Ce fut le seul instant où Guarnaccia ne put s'empêcher de lancer un regard oblique et il capta l'étincelle dans l'œil minuscule de Leo.

— On peut toujours ignorer les rumeurs. Mais quand il s'agit d'une déclaration par écrit… tu vois ce que je veux dire. Maintenant, si tu es présent… et je te demande juste de venir, je ne t'accuse de rien et ce n'est pas une ruse pour t'arrêter ensuite. Si je veux t'appréhender, je sais où te trouver. Si tu es sur place et que tu le regardes droit dans les yeux, il n'aura pas loisir de raconter un tissu de mensonges, pas vrai ? Tourne dans cette rue, Lorenzini. On va ramener ce gentleman à son club.

Lorsqu'ils y parvinrent, Leo était plus que déconcerté par le fait qu'ils descendirent du véhicule et le raccompagnèrent jusqu'à la porte, où le videur remplaçant parut encore plus surpris de le voir revenir qu'au moment où il avait dû le voir s'en aller.

— Profite bien de ta soirée de repos, alors.

Guarnaccia se tenait là avec son brigadier à ses côtés et Leo n'avait d'autre choix que de descendre les marches pour retrouver le rythme endiablé de la discothèque plongée dans le noir. Il ne se retourna pas pour les regarder. Lorsqu'il eut franchi la porte en bas des marches, l'adjudant descendit à son tour pour parler aux deux personnes qui se tenaient derrière la caisse.

— L'un de vous est le patron ?

Un homme debout derrière le caissier prit la parole :

— Je suis le propriétaire.

— Officiellement, cet établissement peut contenir combien de clients ?

— Je… euh… cent cinquante, mais…

— Il y en a combien en ce moment ?

— Oh merde !

— Et combien d'entre eux n'ont pas de carte de membre ?

— Écoutez, je sais qui tire les ficelles en coulisse. Cette année, on nous a fait fermer au moins tous les deux mois et tout ça parce que je ne glisse pas une enveloppe à qui de droit à la mairie, et les gens qui acceptent de payer ne tiennent pas à me voir survivre…

— Je ne les ai pas comptés, dit l'adjudant, et je n'ai vérifié aucune carte de membre.

Le patron était pris de court :

— De quoi s'agit-il, alors ?

— Votre videur, Leo Mori.

— Leo. Il est réglo. Qu'est-ce qu'il a fait ? Pourquoi est-ce qu'il est sorti avec vous ?

— Il se peut qu'à mon départ, poursuivit Guarnaccia, en regardant avec insistance le propriétaire, puis le caissier, il passe un coup de fil. C'est le seul téléphone de l'établissement derrière vous ?

— Oui, mais…

— Je veux savoir qui il appelle, si possible, et j'aurais besoin de savoir ce qu'il dit. Pigé ?

— Entendu. Mais Leo…

— Ne vous en faites pas pour lui. Il est impliqué dans une affaire bien plus sérieuse que d'avoir des clients en surnombre dans une boîte. Quand il aura appelé, venez me le dire dehors. Notre voiture ne sera pas en vue, mais on vous verra.

Ils sortirent, garèrent la voiture à l'abri des regards et commencèrent à attendre. De temps à autre, la radio grésilla et vrombit, mais les deux hommes en planque devant l'appartement de Tiny déclarèrent qu'il n'y avait rien à signaler.

— J'espère ne pas l'avoir trop effrayé, dit l'adjudant.

— Vous m'avez fait peur, osa admettre Lorenzini.

Mais Guarnaccia se contenta de lui lancer un regard curieux, sans comprendre.

Ils restèrent un certain temps assis dans le noir en silence, le brigadier ne sachant pas trop si c'était bien le moment de demander simplement ce qui se passait. Il savait par expérience que Guarnaccia ne le laissait pas volontiers dans le flou. Son chef ne se rendait pas compte qu'il ne pensait pas à voix haute, voilà tout, et il affirmait souvent : « Mais tu le savais » ou « Voyons, je te l'ai dit ». Il l'observa à présent du coin de l'œil : monolithique et dépourvu d'expression. Peut-être qu'il devait simplement attendre de voir ce qui allait se passer…

Il laissa échapper un bâillement.

— Tu es épuisé, dit Guarnaccia, qui l'avait remarqué en refaisant surface. Ma foi, ça devrait être fini ce soir.

— Quoi, au juste ? s'enquit Lorenzini en profitant de l'occasion. Cette lettre, je veux dire… elle a tout changé pour vous.

— Elle a éclairci beaucoup de choses, cette lettre. Le pourquoi et le comment. Les mobiles.

— Mais pas s'il s'agissait réellement d'un suicide.

— Non.

Le brigadier attendit un peu, mais aucune autre explication ne vint et le soupir appuyé qu'il lâcha en s'adossant au siège demeura sans effet.

C'était un William très sobre et d'aspect maladif qui avait croisé l'adjudant aux portes du palais Ulderighi, plus tôt dans la journée. Guarnaccia lui-même, après sa visite chez Neri, se sentait un peu déprimé et, au début, la vue de William le réconforta. Puis il l'observa plus attentivement dans le demi-jour.

— Vous allez bien ?

— Oui. Non, pas vraiment, mais peu importe. Je suis passé à votre bureau. On m'a dit que je risquais de vous trouver ici.

L'adjudant tenta de jeter un coup d'œil à sa montre. Il voulait sortir et prendre Leo en filature sans tarder. Comme c'était son soir de congé, celui-ci ne serait pas facile à surveiller.

— Je ne vais pas vous accaparer longtemps. Si vous devez y retourner, je vous accompagne. Trop content de m'éloigner de cet endroit.

— Ce serait mieux.

Et bien plus tranquille pour discuter en privé, sans Grillo rôdant dans les parages.

Dans le bureau de Guarnaccia, William était assis, la main crispée sur son parapluie étroitement replié. Son visage était blême. Un vilain bouton de fièvre s'infectait sur son menton.

— J'imagine que j'ai dû me ridiculiser. C'est ce qui m'arrive chaque fois que je bois trop.

L'espace d'un instant, l'adjudant ne comprit pas de quoi le jeune homme parlait, puis il se souvint.

— Ah, eh bien… il n'y a pas de mal. Vous n'avez quand même pas fait tout ce chemin pour vous excuser d'avoir bu un coup de trop ?

— Non. Cependant, veuillez m'excuser si… en fait, je ne sais plus trop ce que j'ai dit.

— Pas grand-chose. Vous vous êtes endormi. J'ai cru comprendre que vous étiez inquiet pour votre sœur.

— Je n'ai pas précisé pourquoi ?

— Non.

— Je veux que vous lisiez ceci.

Il tendit à l'adjudant une lettre, toujours dans son enveloppe, adressée à William, à Venise, et oblitérée à Florence. Guarnaccia l'ouvrit.

— Mais c'est en… désolé, c'est en anglais.

— Je l'ai traduite pour vous au verso des pages. Cela m'a pris l'après-midi. Je ne voulais pas m'interposer. Elle allait déjà être assez bouleversée comme ça, sans avoir affaire à la police. Je pensais que, si elle revenait dimanche, je pourrais au moins lui parler en premier. Pardonnez-moi. Vous essayez de lire. J'espère que vous ne la jugerez pas mal, car c'est la personne la plus honnête et la meilleure que j'aie jamais connue. Je suis désolé…

Cher W,

J'ai essayé de t'appeler ce matin, mais tu étais sorti ou tu dormais, et je crois que c'est aussi bien… pour moi, en tout cas. Tu aurais pu répliquer : « Je te l'avais bien dit. » Certes, c'était impossible sans trouver d'abord un nouvel appartement. J'ai franchement essayé – d'en dénicher un autre, je veux dire –, mais c'est tombé à l'eau. On ne peut donc pas quitter quelqu'un qui ne veut pas qu'on le quitte. Il faut qu'il coopère. On s'est expliqué, ou on a tenté de le faire, mais il n'y a vu qu'une sorte d'ultimatum de ma part. Au moins, tu sais que ça n'en était pas un. J'aimerais avoir plus d'expérience. Aucun de nous deux n'en a… toi et moi, je veux dire. Pourquoi donc ? De toute manière, j'avais trop honte pour en parler à une de mes copines, car je sentais qu'elle m'aurait ri au nez. Je peux juste te dire la vérité, à savoir que je suis tellement attachée à lui, d'une façon impossible à expliquer, que pour tolérer le déchirement de me séparer de lui – ce que j'ai fait en théorie –, j'avais besoin d'un énorme soutien et de réconfort, et d'une épaule sur laquelle m'épancher, et la seule personne vers laquelle je pouvais me tourner pour tout cela, eh bien, c'était lui. Toutes les nuits depuis que « je l'avais quitté », il est descendu pour me tenir dans ses bras et me laisser pleurer. C'est tout. Il ne me demandera rien d'autre, mais ne me quittera pas pour autant, et je sais qu'il est vainqueur. Le terme ne convient pas, je suppose, mais c'est ce qui se passe. Je pourrais aussi bien être une toute petite enfant qui tente de quitter sa mère. Son père, tu dirais. Je sais que tu penses qu'il est un substitut paternel, mais pourquoi pas, si c'est ce dont j'ai vraiment besoin ? Je veux dire que les béquilles sont une sorte de substitut de jambe, mais si tu as perdu la tienne, autant apprendre à les accepter, non ? J'en sais rien, en fait. Dans les moments les plus désespérés où j'ai essayé de fuir, je prévoyais que toi et moi, on retourne en Angleterre, qu'on tâche de convaincre les gens qui occupent notre vieille maison de nous la revendre (pour une bouchée de pain, bien sûr), afin qu'on puisse redémarrer. Redémarrer quoi ? Les problèmes sont tous entremêlés et personne ne les connaît en totalité sauf toi, alors je ne peux en parler à personne d'autre. Je les entends déjà répliquer : « Qu'est-ce que tu peux espérer d'un homme marié ? » et le caractère sordide de tout ça me donne la chair de poule.

Ce n'est pas sordide. Ce n'est pas une « liaison ». Est-ce que tout le monde dit ça ? Je le suppose ; ils pensent tous que leur cas est différent. J'aimerais être moins ingénue, mais j'ai bien peur que ce ne soit pas tant une question d'expérience que de personnalité. Je sais juste que je serai toujours comme ça. J'ai testé mon habituelle méthode du « Il existe toujours plus mal loti que toi, etc. », ce matin, comme tu ne répondais pas. Je suis montée voir Neri. Chaque fois que je le vois, je suis plus touchée par sa délicatesse et émerveillée par son intelligence. Elle scintille comme un feu à l'agonie. Il était en train de traduire l'ode « À Phyllis » et me l'a offerte. Une écriture fougueuse et minuscule – du lierre en abondance pour nouer tes cheveux éclatants –, il a dit que le poème lui faisait penser à moi. Que penserait-il, qu'éprouverait-il, s'il savait ? Si on pouvait s'enfuir de cette maison et l'emmener avec nous… Une absurdité à la Dickens. Il fait partie de la demeure et mourra avec elle, et Buongianni ne supporte pas de le voir. Il ne le supporte pas, parce qu'il *est attaché à lui*. S'il ne…

Si tu étais là, tu me ferais rire de tout et de rien. Est-ce notre sang anglais qui parle ? C'est la seule chose qui manque à Buongianni. Les Italiens ne rient pas d'eux-mêmes. Pauvre Neri. Cette maison et sa mère finiront par le tuer et, même si je le sais, j'ai le sentiment que, si on devait l'en éloigner, il en mourrait sur-le-champ. Depuis que je vis ici, je pense à la mort. Je crois que tu devrais venir me faire rire, avant qu'il ne soit trop tard. En attendant, j'écouterai un peu de Mozart. J'ai réservé mon billet pour le 12 ; c'est la première fois de ma vie que je prends un vol régulier, mais je veux pouvoir rentrer tout de suite, si je sens que j'en ai besoin, ou rester et aller jusqu'au bout, auquel cas je resterai trois jours pour en finir avec ça et serai de retour le jeudi 24. Je ne veux pas aller jusqu'au bout. Pardessus tout, je n'aime pas que ces gens concernés supposent que c'est automatique. Pas une seule fois quelqu'un m'a dit : « Qu'est-ce que tu vas faire ? » Même Flavia, qui m'a mise au courant, s'est contentée de me dire que j'aurais pu le faire ici, mais que ce serait peut-être mieux en Angleterre, car Florence étant si petite, ça allait s'ébruiter. Je me moque que ça se sache ou pas. C'est drôle, ça, j'ai essayé de me dire que je devrais m'en faire, mais je ne peux pas. Qui serait censé se faire du souci… à mon sujet, je veux dire ? Toi, et je te l'ai dit. Buongianni, et je lui ai dit. Je ne le compte pas dans mes « gens concernés », tu le sais. Il veut un enfant. Moi aussi. Et la seule chose intelligente à faire… à en croire tous les autres, je veux dire, me paraît *vraiment* sordide. Je n'arrive même pas à écrire le mot, je n'y pense pas moi-même, alors comment accepter la réalité ? Je ne pense pas que je le puisse. C'est tellement négatif. Ça s'apparenterait à une mort pour moi aussi. Est-ce que je pourrais quand même me débrouiller toute seule ? Pas financièrement. Et s'il ne peut pas s'échapper d'ici, est-ce que tu m'imagines seulement en train de lui soutirer de l'argent ? Tu me vois en femme entretenue ?

Nouveau paragraphe, nouvelle pensée. Je ne prendrai pas de décision pour l'intervention, avant d'être loin d'ici. Loin de cette maison. Quand j'aurai décidé, je le lui dirai. J'ai le sentiment que je reviendrai dimanche et je serai allée jusqu'au bout… qu'est-ce que peut *faire* la Ulderighi, en fin de compte ? Sinon, j'abandonnerai l'enfant et Buongianni. Dans les deux cas, attends-moi. J'aurai besoin de toi (ne serait-ce que pour me faire rire).

Ta sœur qui t'aime,

Catherine.

— Je ne sais pas quoi faire, reconnut William, comme l'adjudant repliait la lettre.

— Vous avez mangé ?

— Quoi ?

— Avez-vous avalé quelque chose pour le dîner ?

— Non, non… mais…

— Sortez et faites un repas correct, vous avez une tête de déterré. Est-ce que vous ne devriez pas déjà être rentré à Venise, au fait ?

— Les autres sont partis, mais je dois attendre Catherine, si elle vient…

— Vous ne pensez pas qu'elle le fera ?

— J'ai bien peur que si elle… si elle a décidé de ne pas garder l'enfant, et ça en a bien l'air, non ?… alors, elle a peut-être pu renoncer à tout ça, comme elle dit… Et si elle le lui a dit, alors peut-être qu'il s'est suicidé pour cette raison. Mais si elle se sentait aussi mal que lui ? Vous comprenez qu'après une chose pareille, elle allait être très déprimée et, si elle a appris que…

— De la même manière, vous seriez au courant, à présent. Elle séjourne sans doute chez des amis… et, de toute façon, vous attendez son retour pour demain.

— En tout cas, je devrais peut-être appeler quelques-uns de ses amis en Angleterre.

— Faites-le, dit Guarnaccia, si ça peut vous rassurer… mais allez d'abord vous restaurer. Entendu ?

— D'accord, je vais le faire.

William tenta ensuite de recouvrer son habituel ton spirituel :

— Si j'étais aussi costaud que vous, je ne serais pas aussi facilement écrasé. Ce sont les gens qui trébuchent sur vous par mégarde qui vous flanquent le cafard. Pour ne rien vous cacher, je n'ai pas d'appétit. « Pas question que je mange de la soupe aujourd'hui. Ôtez de ma vue cette affreuse soupe[1] ! »

1. Allusion à *Gaspard Mange-ta-soupe*, conte de Heinrich Hoffmann (1809-1894). *(N.d.T.)*

— Vous allez prendre un gros bol de spaghettis. Et avaler un bon steak. Maintenant. Si ça ne vous fait rien, je vais garder la lettre pour le moment.

Qu'elle soit susceptible de disparaître, pour ne plus être en sa possession ou en celle de William, il n'aurait su le dire. En tout cas, il la glissa dans sa poche qu'il boutonna et elle s'y trouvait toujours.

— Avez-vous jamais pensé, dit Lorenzini, songeur, dans l'obscurité de leur voiture en stationnement, qu'il devait y avoir pas mal de téléphones dans un endroit aussi grand que les appartements des Ulderighi, de sorte que, si elle l'a appelé d'Angleterre, quoi qu'elle lui ait dit…

— Oui, j'y ai pensé, répondit Guarnaccia. Et j'imagine que deux personnes intelligentes comme Corsi et Catherine Yorke y auraient pensé aussi.

— Je suppose… Le voilà !

— Va l'intercepter au coin de la rue, et attends que Leo se montre.

Lorenzini bondit hors du véhicule et fit signe au patron de la boîte de nuit, qui jeta un regard furtif par-dessus son épaule avant de s'approcher. L'adjudant baissa sa vitre.

— Alors ?

— Il a téléphoné.

— À qui ?

— J'en sais rien. C'est la vérité, il ne l'a pas précisé. Il a juste dit : « C'est moi. Écoute. » Ensuite, la personne à l'autre bout du fil a fait toute la conversation, pendant que Leo protestait de temps en temps. Il y a pourtant un truc qu'il a dit clairement et c'était : « Écoute, espèce de con, c'est moi qui ai la protection, tu pourrais te retrouver là-bas tout seul, si je parle. » Quelque chose dans ce goût-là, en tout cas, ce n'est pas mot pour mot. Puis il a encore parlementé, en jurant comme un charretier, et ils ont eu l'air de se mettre d'accord pour une rencontre. Leo a insisté, du moins, mais si l'autre voulait bien ou pas, je l'ignore.

— D'accord pour se retrouver où ? Où ça ?

— À l'endroit habituel. C'est tout ce qu'il a dit. « À l'endroit habituel. Tâche d'y être. » Si on en a fini, autant que j'y retourne. Si Leo sort et me voit ici…

— Vous êtes son employeur, non ?

— Vous avez vu son gabarit. Je ne veux pas qu'il s'en prenne à moi. Je file.

Ils se réinstallèrent pour attendre.

— L'endroit habituel… marmonna Lorenzini. J'ai suivi Leo pendant des jours. Quel endroit habituel ?

— Ils ont dû éviter de se voir.

— Je sais. Mais quand même, Tiny se lève et commence à travailler quand Leo rentre chez lui se coucher… ça pourrait juste être un coin de rue, je suppose.

— Non…

La radio les interrompit, mais seulement pour leur dire qu'il n'y avait rien à signaler.

— Non. Il doit y avoir un « endroit habituel » qu'ils sont seuls à connaître.

Ils se turent. Parfois, la porte de la discothèque s'ouvrait et laissait sortir des clients, dans un éclair de lumière, de vacarme et de fumée, autrement, la petite place demeurait déserte et paisible. À tel point qu'ils pouvaient entendre le sifflement des trains arrivant dans la gare centrale de Santa Maria Novella.

Le brigadier réprima un bâillement. Avec surtout l'espoir de se tenir éveillé, il tenta de nouveau l'impossible :

— Je suppose que c'est à cause de cette Catherine Yorke que Corsi a retiré son soutien au palais Ulderighi, en l'occurrence ?

— Humpf…

— C'est assez gonflé, quand même, de l'avoir fait venir là comme locataire, compte tenu des circonstances.

— Humpf…

— On peut difficilement reprocher à sa femme d'avoir voulu le faire liquider ou autre… enfin, si elle était au courant.

— Elle l'était.

On progressait… Lorenzini se redressa et insista :

— Grillo ? Le petit grillon bavard ?

— Oui. Grillo.

Il passait beaucoup de temps ici. Plus d'une soirée. À jouer avec son petit pistolet.

Bien sûr, il se trouvait à côté du studio de Catherine, et qui aurait été mieux informé que le nain, dont le réseau de portes et de couloirs de service donnait accès aux secrets de tout le monde ? Il avait ensuite dû filer dans sa tanière, puis décider de la personne à mettre au courant, afin de préserver son statu quo et sa situation. L'adjudant était prêt à parier que Grillo ne disait jamais rien à Neri, à l'exception de ce qui pouvait l'amuser. Neri, tout aussi incapable que son domestique de survivre en dehors de sa tour, était logé à la même enseigne. Neri dans sa tour, qui observait sa mère et Hugh Fido qui le savait. Grillo qui épiait Buongianni Corsi et Catherine. La vieille tante essayant de les surveiller tous et découvrant le pot aux roses.

Je veux savoir ce qu'il se passe dans cette maison.

Et après ce soudain recours à la violence, ils continuèrent tous à espionner. À observer l'adjudant à présent, quand il parcourait la cour lugubre, baignée de musique, lui-même envahi par une angoisse maladive qui grandissait puis diminuait, mais ne l'abandonnait jamais. Il se vit en train de faire les cent pas de sa démarche pesante, encore et toujours, et à chaque fenêtre, des yeux le guettaient, tandis que le nain jouait à cache-cache entre les colonnes, souriant jusqu'aux oreilles et gesticulant.

— Allez ! Allez !

Il n'y avait pas joué depuis des années et cela n'avait jamais été son fort, de toute façon. Il était trop lent. La vieille nounou assise parmi les veilleuses de ses images, et qui se révéla être sa mère, l'espionnait derrière sa porte close.

— Allons, Salva ! Tu es si lent. Tu ne gagnes jamais.

— Il est parti ! s'écria le nain. Tu brûles, tu brûles… Non ! Tu refroidis ! Tu refroidis !

Guarnaccia s'en moquait. Il y avait un tas de vêtements près du puits, mais pas question pour lui de s'en approcher, malgré les moqueries du nain. Il s'agissait sans doute des affaires de Corsi et l'idée même de les toucher lui donnait des frissons. Il resta dans le péristyle et continua à avancer, ignorant Grillo qui criait : « Tu brûles ! » et « Tu refroidis ! ». Le principal, c'était de continuer de marcher jusqu'à ce que la musique du piano s'arrête et ensuite… À moins que ce ne soient des chaises musicales ? Pas étonnant qu'ils se moquent tous de lui en le regardant tourner en rond sans même savoir ce qu'il essayait de faire. Il dort debout, voilà ce qu'ils disaient. Il dort. Est-ce qu'il dormait ? Oui, il devait dormir…

— Adjudant ?

— Hein ?

— Je disais : si on les surprend ensemble, qu'avez-vous l'intention de faire ?

— Je n'en sais rien… Je crois que j'ai piqué un roupillon. Quelle heure est-il ?

— L'heure de la fermeture. Regardez.

Les derniers clients sortaient bruyamment en masse de la discothèque. Leo ne se trouvait pas parmi eux.

— Il est si tard que ça ?

Guarnaccia se redressa, tout à fait réveillé maintenant.

— Mais Tiny ? On n'a rien entendu.

— Mais ça fait belle lurette qu'ils ont appelé à la radio, répliqua le brigadier, qui masquait avec peine son irritation. Ils ont dit : « Il est parti. » Ils le suivent jusqu'au marché... voilà Leo.

Ce dernier sortit de la boîte en compagnie du patron et resta un moment à discuter avec lui, jusqu'à l'arrivée d'un taxi. Le propriétaire monta dans le véhicule et Leo s'en alla dans le sillage du dernier groupe de clients. Lorenzini démarra.

— Qu'est-ce que vous voulez que je fasse ?

— On attend.

Ce qu'ils firent pendant six ou sept minutes à peine, jusqu'à ce qu'un message leur parvienne par radio.

— Il s'est arrêté de travailler, il est debout et regarde autour de lui... Merde ! Il y a un camion de viande qui s'est arrêté, on ne peut plus le voir... attendez, il recule... Notre gars est toujours là. Il est en train de parler à quelqu'un...

— Décris-le, interrompit l'adjudant. Est-ce qu'il est baraqué, le crâne rasé, tout en noir ?

— Rien à voir. Ce n'est pas votre homme... il est trop vieux. Je crois bien que Tiny lui demande de le remplacer. C'est ça. Il lui a flanqué une claque dans le dos et maintenant il traverse la rue...

— Ne le lâchez pas !

— Y a pas de risque. Il va au café où ils prennent tous leur petit déjeuner. À cette heure-ci, il ne peut pas aller ailleurs. Ça pourrait être ce que vous cherchez.

— On se met en route.

Même si Lorenzini aurait adoré démarrer sur les chapeaux de roues avec le gyrophare et la sirène, ils durent rouler au pas et en toute discrétion, sous peine de doubler Leo. Lorsqu'ils s'approchèrent de la place du marché, ils se garèrent et poursuivirent à pied. Comme ils avançaient dans les rues jonchées de légumes, le jour se levait, le ciel avait la pureté d'une perle rose, mais les lumières fonctionnaient encore sous la verrière de la grande halle. La plupart des camions rassemblés sur la place pendant la nuit étaient partis après avoir été vidés, mais une bruyante activité régnait encore parmi les petits détaillants avec leurs fourgonnettes à trois roues. Il fut assez facile de repérer le café. Le restant de la rue n'était que stores baissés ou volets clos, et beaucoup de commerçants la traversaient pour aller prendre leur petit déjeuner.

— Nous y voilà, dit Lorenzini. Et maintenant, quoi ?

Ils n'eurent pas le temps d'en décider. Un tumulte éclata soudain dans l'établissement, poussant ceux qui s'en approchaient à s'y précipiter pour voir et, presque aussitôt, l'un des agents en civil bouscula tout le monde et surgit dans la rue, en regardant alentour, l'air affolé. Lorenzini et Guarnaccia se mirent à courir.

Le temps qu'ils parviennent à l'intérieur, un certain nombre des camarades de Tiny, bâtis comme lui, l'avaient débarrassé de Leo, mais ils avaient bien du mal à le tenir à distance.

Quatre hommes agrippaient Tiny. L'un d'entre eux hurlait :

— Faites-le sortir ! Faites-le sortir ou il va le tuer !

Ce qui était vrai. Leo en furie avait brandi un couteau qui gisait maintenant à ses pieds, mais c'était Tiny, les yeux étincelants, dont les mâchoires serrées laissaient échapper une longue plainte farouche, qui aurait tué, et à mains nues. Il ne remarqua même pas la présence des deux carabiniers en uniforme. Leo les vit et fit un mouvement en avant, pour tenter de se libérer.

Guarnaccia désigna Tiny d'un hochement de tête, signifiant qu'on devait l'immobiliser le premier. Lorenzini, tel un chien de chasse, bondit en avant avec les menottes. Il fallut toute la force des hommes qui le tenaient déjà plus celle des deux carabiniers en civil et du brigadier pour mettre Tiny à plat ventre, avec les poignets attachés dans le dos. Et même à ce moment-là, l'un des hommes en civil reçut un violent coup de pied dans l'estomac qui le mit hors de combat.

Vint le tour de Leo. Il se jeta en arrière, écrasant un homme contre le bar. Nombre de clients sortaient du café, par crainte d'être blessés.

— Pas moi ! brailla Leo, vous n'allez pas m'embarquer ! Je ne l'ai jamais touchée, sauf pour la clouer au sol ! Vous ne pouvez pas m'agrafer pour ça, j'ai jamais été censé la toucher. Il m'a obligé, parce qu'elle se débattait comme un fauve… mais c'est lui qui l'a violée ! C'est lui qui l'a tuée ! Pas moi !

CHAPITRE X

À L'ATTENTION DU PROCUREUR DE LA RÉPUBLIQUE PRÈS LE TRIBUNAL DE FLORENCE

À environ 21 h 45, hier, le 24 juin, en service commandé, à savoir l'inspection des caves du palazzo Ulderighi…

L'adjudant tapait vite sur le clavier avec deux doigts épais. Il avait eu raison de réserver cela à l'après-déjeuner, et Teresa avait eu raison d'insister pour qu'il fasse un somme. Il pensait être incapable de somnoler, mais il s'endormit en quelques secondes et elle avait dû le réveiller à cinq heures moins le quart.

— Ce n'est pas que je veux être au courant de tes affaires, si tu ne souhaites pas en parler, tu n'en parles pas, mais quoi qu'il en soit, j'espère que ce sera bientôt fini, parce que si tu ne fais pas une vraie nuit de sommeil…

— C'est fini.

Fini, certes, mais il restait une seule décision à prendre et, à présent, il l'avait prise. Il ne lui restait plus qu'à dactylographier le tout.

En présence du soussigné…

Lorenzini frappa et entra.

— C'est prêt. Vous voulez bien signer ? Je préférerais que vous vérifiiez d'abord...

— Donne-le-moi. Le médecin a signé ?

— Tout le monde l'a fait sauf vous.

Le formulaire imprimé était rempli à la main et contenait la description et l'identification du cadavre. Le brigadier avait rempli la rubrique « Décrire la position et les vêtements du cadavre ». La partie inférieure du corps, dévêtue et recroquevillée, présentait des blessures, dues à la maçonnerie. Guarnaccia se força à lire la suite, certain que sa décision devait inclure tout ce que l'épouvante, la souffrance et la mort de Catherine Yorke pourraient évoquer en lui, tout ce dont il s'était éloigné, ce soir-là, dans les caves, lorsqu'on avait relevé la pierre tombale de Cinelli et qu'il avait découvert les cheveux dorés de la jeune fille sous les projecteurs.

« Avec du lierre en abondance, je nouerai tes cheveux éclatants... »

Autour du corps, les hommes portaient des masques, mais l'adjudant non. Quand l'un d'entre eux le vit s'en aller, il songea sans doute que c'était pour cette raison.

— Vous restez ? avait-il murmuré à Lorenzini. Le frère...

— Bien sûr.

Un déclic de l'appareil du technicien. Il avait photographié la pierre aussi, avant qu'ils ne l'enlèvent.

Ici prennent fin tous mes tourments
Quand débutent les vôtres.

Pour une fois, la cour était silencieuse. Emilio avait déserté son piano et se tenait sous les colonnes, en compagnie de Flavia Martelli et de Hugh Fido. Ils parlaient à voix basse et, dans les regards qu'ils lancèrent sur lui à la dérobée, même dans cette lumière diffuse, l'adjudant crut déceler un soupçon de culpabilité. Les deux autres avaient dû être au courant de la liaison de Hugo, c'était presque certain, mais alors n'avaient-ils pas eu aussi intérêt à conserver le statu quo ? Ils avaient beau se plaindre, on ne trouvait pas si facilement un appartement. « Mieux vaut un cadavre en la demeure qu'un Pisan… » Il frappa à la porte de Catherine Yorke.

— Entrez.

William était juché au bord du lit une place, les jambes étroitement resserrées, comme pour s'empêcher de tomber, les yeux brillants. Au premier coup d'œil, Guarnaccia balaya la pièce et trouva le verre et la bouteille sur le bureau.

— Tout va bien. Je n'ai pas bu du tout. Vous êtes venu m'annoncer qu'il est arrivé quelque chose à Catherine, n'est-ce pas ?

— Oui.

— Je l'ai su en les voyant descendre dans les caves… J'ai eu l'impression de l'avoir su depuis le début. Elle est morte, n'est-ce pas ?

— Oui.

William ne broncha pas, mais son visage parut se décomposer à mesure que la tension se relâchait, et ses larmes coulèrent en silence. L'adjudant le prit quelques instants par l'épaule, puis s'assit, en tournant le siège du bureau pour lui faire face. Inutile de tout lui raconter. Pas tout d'un coup.

— Je ne vais pas savoir quoi faire… vous m'aiderez ? je veux dire pour…

— Je vous aiderai. Ne vous inquiétez pas. On s'occupera de la plupart des formalités. Ensuite, quand vous vous sentirez plus calme, vous pourrez me dire où vous souhaitez qu'elle soit enterrée.

— Je ne sais pas. Elle n'était pas vraiment chez elle, n'est-ce pas ? Si on l'enterre ici, elle sera seule. Il n'y a personne d'autre, uniquement nous deux…

— Peut-être à l'endroit où reposent vos parents ?

— Mes parents… Si je m'étais trouvé là le jour où elle a appelé…

— Non, non. Ne faites pas ça. Ne commencez pas à penser ainsi. Vous n'allez réussir qu'à vous tourmenter davantage et cela ne peut que vous faire du mal, à présent.

Au loin, un roulement de tambour annonçait l'arrivée du cortège en route pour la finale du tournoi de football.

— Leo. Leo et l'autre, celui sur la photo.

— Oui.

— Vous devez me dire ce qu'il s'est passé. Je ne veux pas l'apprendre de la bouche de quelqu'un d'autre, je veux que ce soit vous qui me le disiez.

L'adjudant comprenait son exigence, mais il aurait malgré tout essayé de lui en dissimuler un peu, si le jeune homme n'avait pas été trop intelligent pour lui.

— Et c'est la Ulderighi qui les a payés pour faire ça.

Ce n'était pas une question.

— Rien n'a été révélé encore.

— Rien ne le sera, n'est-ce pas ?

— Peut-être pas.

Le corps de William se maintenait plus ou moins droit au bord du lit, mais il évoquait celui d'une marionnette, dont les fils se seraient enchevêtrés. Ses bras et ses mains semblaient trop longs. Son visage, paisible et sans expression, était baigné de larmes. Son nez coulait. Guarnaccia lui tendit un grand mouchoir blanc, mais William l'accepta sans l'utiliser.

Dans la rue, le bruit des tambours avait augmenté et les trompettes jouaient une fanfare, mais l'ensemble était assourdi par les murs épais du palazzo et semblait provenir d'ailleurs.

William frissonna.

— Est-ce qu'elle est dans la maison ?

— La marquise ? Non. Je ne crois pas, mais on l'attend pour bientôt. Vous ne croyez pas que vous seriez mieux loin d'ici ? Je peux vous trouver une *pensione*, si vous voulez ?

— Vous avez peur que je me saoule et que je m'en prenne à elle, c'est ça ?

— Non.

L'adjudant se rappela que le jeune homme regrettait d'avoir lancé un pétard qui avait effrayé Neri, le malade. Il ne ferait pas de mal à une mouche.

— Non, je ne le pense pas. Je crois seulement que cette maison vous déprime et que vous allez y passer une mauvaise nuit tout seul.

— Oui, admit William, vous avez raison et votre sollicitude me touche, mais je vais rester. Je l'ai laissée tomber, vous savez, en n'étant pas là quand elle a eu besoin de moi. Vous ne savez pas… il ne sert à rien d'essayer de me réconforter, vous ne savez pas. Dans sa lettre, elle disait que j'étais sorti ou endormi… En fait, j'avais bu la veille au soir et je ne me suis pas levé pour répondre au téléphone…

— Vous ne pouviez pas savoir.

— Là n'est pas la question. Là n'est pas la question. Ça n'aurait pas dû se passer. Je bois, vous voyez, parce que je ne sais pas tout à fait qui je suis… sexuellement. J'aime les femmes, mais les hommes m'aiment. Je suppose que je ne devrais pas me plaindre, tant que quelqu'un s'intéresse à moi, il y a de l'espoir, me direz-vous, non ? Je ne veux pas que vous ayez une meilleure opinion de moi que celle que je mérite, simplement parce que j'ai perdu ma…

Il était incapable de prononcer le mot « sœur ». Sa tête s'affaissa, comme le mot disparaissait dans un sanglot. Puis il prit une profonde inspiration et tenta de se ressaisir.

— Je me sens aussi épuisé que si j'avais effectué un long voyage et qu'on m'ait battu à mort à l'arrivée. Peut-être que je pourrais dormir si je me couvrais un peu. J'ai froid.

Il faisait une chaleur insupportable dans cette pièce dépourvue d'air. L'adjudant l'aida à se glisser sous le couvre-lit. William était tranquillement étendu, les yeux mi-clos.

— Relevez la tête.

Guarnaccia lui tendit l'oreiller tombé par terre. Le jeune homme était à l'évidence sous le choc et quelqu'un aurait dû rester à son chevet. L'adjudant décida de faire venir Flavia Martelli. William avait fermé les paupières à présent mais, quand Guarnaccia commença à s'en aller sur la pointe des pieds, il murmura :

— Attendez…

— Qu'est-ce qu'il y a ?

— Vous n'êtes pas venu au théâtre.

— Quoi ?

L'adjudant s'en souvint dans un sursaut. Les billets de faveur se trouvaient encore dans la poche de son uniforme.

William avait ouvert les yeux mais il fixait le vide devant lui, sans regarder Guarnaccia.

— J'aurais aimé vous y apercevoir. Je ne suis pas très doué dans la vie, mais je suis bon sur scène. Je voulais que vous me voyiez, je ne sais pas pourquoi.

— Je suis désolé.

— Ce n'est pas grave. Je suis content que vous soyez là aujourd'hui. Ils ont fait ça… Ils ont fait ça dans la cave, hein… pas ici ?

— Oui. Elle devait être en train de travailler.

— Vous allez les arrêter ?

— C'est déjà fait.

— C'était écrit dans ce document qu'elle restaurait… bizarre… « Qui fréquente les seigneurs est le dernier à table et le premier à la potence. »

William ne dit rien d'autre et, au bout d'un moment, ses yeux se fermèrent et il s'endormit.

Se trouvaient également sur les lieux deux voitures radio et une ambulance de la Misericòrdia. On a demandé au Dr Martelli Flavia, présente en qualité de locataire au palazzo Ulderighi, de procéder à un examen externe…

L'adjudant l'avait lui-même suggéré, car le médecin ayant effectué l'examen préliminaire de Catherine Yorke était parti. Il n'avait pas été trop difficile de demander à William d'éviter de penser comme il le faisait, de ne pas ressasser l'histoire, en songeant à ce qu'il serait advenu, si seulement… Qui avait été là pour dire à Guarnaccia de ne pas agir ainsi, de ne pas revenir sur ses pas et refaire dans sa tête ce qu'il aurait dû faire ? Si, par exemple, il avait eu l'idée de mettre Lorenzini à la place du nain ?

Le S de la machine à écrire était sale. L'air interdit, il contempla la page, dont chaque lettre S formait un bloc compact.

Le téléphone sonna.

— Guarnaccia ?

C'était le capitaine Maestrangelo.

— Capitaine.

— J'espère que vous vous êtes reposé un peu.

— Oui, merci.

— Eh bien, j'ai pensé que vous aimeriez être mis au courant. Les poursuites judiciaires sont engagées et, comme nous nous y attendions, deux avocats très chers sont à présent dans la course.

— Et leur version des faits ?

— La fille était la petite amie de Tiny et celui-ci a découvert qu'elle le trompait avec Leo. Le 11 juin, il est venu au palais Ulderighi pour en découdre avec elle. Elle se trouvait dans les caves en train de trier des documents. Tiny affirme avoir eu des rapports avec elle sur place, avec son consentement. Leo est descendu, les a surpris en flagrant délit, et une bagarre a suivi. Leo prétend que la fille s'en est mêlée, puis Tiny s'en est pris à elle et l'a étranglée. L'idée d'ouvrir la tombe de Cinelli reviendrait à Leo, mais celle-ci s'est révélée beaucoup plus petite que prévue. Selon les termes employés par Tiny : « On a dû la plier en deux. Il se peut qu'elle se soit écorchée un peu, quand on l'a poussée dedans. » D'ailleurs, vos craintes qu'ils ne l'aient emmurée avant qu'elle ne soit totalement morte étaient infondées. Elle avait le cou brisé. Quant au fait que ce soient des tueurs à gages… eh bien, si ça peut vous consoler, je sais que vous avez raison, mais c'est tout le réconfort que vous pouvez escompter. Ces avocats sont doués. Ni Tiny ni Leo ne peuvent se permettre de parler. Avec une version comme la leur, ils pourraient s'en tirer avec un homicide involontaire et, à leur sortie, devenir des hommes riches.

C'était vrai. S'ils impliquaient la marquise Ulderighi, ils seraient inculpés d'homicide avec gain financier pour mobile. Ils ne reverraient plus le monde extérieur.

— Je suis désolé, dit le capitaine. Vous avez fait un travail admirable, en tout cas.

Un travail admirable. Il y avait eu deux décès, et son « travail admirable » en avait causé un troisième.

— Vous êtes toujours en ligne ?

— Oui… oui, je suis toujours là.

— Vous avez l'air déprimé. Vous ne devriez pas. Vous vous rendez compte que nous ne les aurions jamais attrapés, si vous n'aviez pas découvert comment ils se connaissaient.

— Certes.

Pour ce à quoi cela avait servi ! Bizarre que personne n'ait eu la puce à l'oreille là-bas, à ce moment-là… encore que ce ne soit pas étonnant, compte tenu de la panique qui régnait dans le café. C'était si simple. La moitié, voire plus de la moitié, des gens qui prenaient leur petit déjeuner travaillaient au marché, avec leurs figures roses et brillantes, leurs vêtements usés et poussiéreux. Les femmes portaient des tabliers, avec une grosse poche sur le devant. Et les autres détonnaient avec leurs tenues de cuir et leurs dentelles noires, les jeunes filles avec leur visage blanc, les lèvres peintes en violet. Certains d'entre eux somnolents et fatigués, d'autres encore excités par la discothèque. Tous s'arrêtaient là pour un petit déjeuner, avant de dormir la journée entière.

— Je vous dérange sans doute en plein travail, reprit froidement le capitaine, agacé par le manque de réaction.

— Je… Non, non. Je rédigeais mon compte rendu d'enquête de mort suspecte pour le bureau du procureur de la République.

— Je vois, répondit Maestrangelo d'une voix plus chaleureuse. Il vous met la pression au maximum.

— Oui. Mais peu importe.

— Ma foi, si vous avez besoin d'aide…

— Merci. Mais peu importe, répéta-t-il.

— À votre guise. Au fait, nous avons besoin de convoquer ce personnage qu'ils surnomment tous Grillo. Pouvez-vous me donner son nom exact ?

— Oui. Un instant, dit Guarnaccia, forcé de consulter son calepin. Filippo Brunetti.

Il garda le carnet devant lui après avoir raccroché. Selon le capitaine, ils avaient l'intention d'entendre Grillo comme témoin de la relation entre Catherine Yorke et Leo Mori. Auparavant, ils ne risquaient rien, mais à présent…

À environ 21 h 45, hier, le 24 juin, en service commandé…

Filippo Brunetti… À une certaine époque, quelqu'un avait bien dû l'appeler Filippo. Sa mère, s'il l'avait connue. Avant qu'il ne devienne simplement Grillo, un nain.

L'adjudant l'avait trouvé ce soir-là, après avoir quitté William, dans l'escalier en colimaçon. Il savait qu'il devait monter voir Neri, mais Grillo lui barrait le passage et Guarnaccia était resté là, interloqué par ce qu'il voyait. Trois marches plus haut, le nain avait posé un plateau de nourriture, recouvert en grande partie par un torchon. Tout en s'aidant de l'épaisse corde à laquelle il s'agrippait, Grillo gravissait péniblement deux hautes marches en pierre, s'arrêtait pour souffler profondément quelques instants, puis déplaçait le plateau trois marches plus haut. Une autre pause pour recouvrer son souffle et il saisissait de nouveau la corde.

— Puis-je vous aider ?

Le nain était trop absorbé par sa tâche ou il respirait si fort qu'il n'avait pas entendu l'adjudant s'approcher. Il tourna vivement la tête, à présent, toujours cramponné à la corde, mais n'accepta pas l'offre et s'aplatit seulement contre le mur pour laisser Guarnaccia passer. Ce que ce dernier fit du mieux qu'il put, en essayant de ne pas pousser le nain, mais impossible de l'éviter. Il s'attendit à une raillerie sur sa corpulence, mais elle ne vint pas.

— Soyez prudent, se contenta de dire le nain, tandis que l'adjudant, avec l'aide de la corde, grimpait deux marches d'un coup pour éviter le plateau.

Mais ce n'était pas pour Guarnaccia qu'il s'inquiétait.

— Il n'a pas mangé depuis deux jours. Je lui ai fait de la soupe. Peut-être qu'il pourra l'avaler…

Et il reprit sa laborieuse ascension.

Ce soir-là, la tour était aussi silencieuse que la cour. Pas de flûte. Aucun bruit. Lorsqu'il pénétra dans la pièce, l'adjudant trouva l'habituel fauteuil de Neri vide. Il ressortit dans l'escalier. Bien plus bas, grimpant toujours avec peine, le nain pointa un doigt en l'air. Guarnaccia monta à l'étage au-dessus. Il n'y trouva qu'une salle de bains et ce qui ressemblait à un dressing, mais il était difficile d'en juger car le jour déclinait. C'était une chambre à coucher.

Neri n'était pas dans les draps, mais allongé sur le couvre-lit, vêtu d'un mince peignoir. Les volets étaient ouverts et il y avait un peu plus de clarté, ici, au-dessus du toit du palazzo. La douce lumière rosée d'un coucher de soleil estival. Il dormait. Pas d'un sommeil naturel, songea l'adjudant, mais sous l'effet de médicaments. Neri avait le visage empourpré et un filet de salive coulait au coin de sa bouche ouverte, là où elle s'appuyait contre l'oreiller. Guarnaccia avait vu des mourants dormir ainsi, quand on leur avait administré de la morphine pour soulager leur douleur. Leurs membres détendus en une attitude d'abandon. Seuls les bébés dormaient naturellement de cette façon. L'adjudant s'assit avec douceur près du lit et attendit. Dans le silence, il écouta le souffle de Neri. Il semblait respirer avec peine. Une pause, puis, comme s'il avait dépensé trop d'énergie, ses poumons s'affaissaient en un faible ronflement agité.

Un seul autre bruit troublait la quiétude ambiante : la lente progression du nain dans l'escalier. Un, deux… un, deux… une pause. Le raclement du plateau. Un, deux… un, deux… une pause…

Neri reprit son souffle. Rien ne l'avait troublé à l'extérieur. Il rêvait. Sa tête se mit à remuer peu à peu sur l'oreiller, puis le mouvement s'accéléra, chaque fois accompagné d'un bref gémissement. La tête s'agita avec une violence accrue, la plainte se précisa.

— Non. Non. Non. Non. Je ne le ferai pas. Je ne le ferai pas. Non. Non. Non. Je ne le ferai pas.

— Réveillez-le !

Le nain était dans la pièce. Se débarrassant du plateau, il courut avec ses petites jambes arquées vers le lit et saisit Neri par le bras.

— Réveille-toi ! Tu m'entends ? Réveille-toi !

Le jeune homme ouvrit les paupières. Son regard se concentra sur le visage du nain, penché au-dessus du sien et, aussitôt, les larmes coulèrent sur ses joues en feu.

— Tu as promis de me tenir éveillé. Grillo, tu as promis. Ne me laisse pas me rendormir, pour l'amour du ciel, ne me laisse pas…

— Chut. Il fallait que j'aille te chercher quelque chose à manger.

Neri ne pouvait guère apercevoir l'adjudant jusque-là, car la posture de Grillo l'en empêchait, mais le nain s'écartait à présent.

À la vue de l'imposante silhouette flegmatique de Guarnaccia, une lueur d'espoir étincela dans les yeux fiévreux de Neri. Sa tête avait laissé une tache de sueur sur l'oreiller défoncé.

— Vous êtes venu me parler. Vous allez m'aider à rester éveillé. Les médecins ne comprennent pas. Ils disent que je dois dormir, mais je dois rester à tout prix éveillé…

Il tenta de se redresser en position assise, mais il était trop faible. Guarnaccia s'apprêtait à l'aider, mais le nain réagit plus vite.

— Merci.

— Remercie-moi en mangeant ta soupe.

— Je vais essayer. Laisse-moi en compagnie de l'adjudant… mais ne t'éloigne pas trop.

— Je vais rester à l'étage en dessous, pour pouvoir t'entendre.

Grillo lança un regard mauvais à l'adjudant, car il pensait à coup sûr que sa présence allait perturber la soupe.

Que ce soit pour cette raison ou non, Neri ne mangea rien, bien qu'il essayât, et il finit par demander à Guarnaccia d'aller poser le plateau de l'autre côté de la porte.

— L'odeur des aliments suffit à me rendre malade.

Au retour de l'adjudant, il dit :

— Revenez vous asseoir là où vous étiez. Je suis content que vous soyez venu.

William avait dit la même chose, mais quel réconfort Guarnaccia pouvait-il apporter ? Comment pouvait-il atténuer les cauchemars de cet homme de vingt-quatre ans sur le déclin qui, de toute manière, savait qu'il était en train de mourir ?

— Tant que vous êtes là, voyez-vous, je peux vous parler et rester éveillé. Vous ne sauriez vous imaginer les cauchemars… et pourtant rien ne se passe jamais, rien d'effrayant du tout, si bien que, lorsque j'en parle à Grillo, il en rit. Bien sûr, il rit pour me faire rire… Et quelquefois, je ris en effet. Mais dès l'instant où je ferme les yeux, ils sont là à m'attendre. À la minute où je ferme les yeux…

— Qui donc vous attend ?

— Je ne sais pas au juste. Je ne vois pas leurs visages, mais ce sont des gens que je connais ou qui me connaissent, et ils me donnent la boîte, une petite boîte oblongue, et ils m'attendent… ils m'attendent…

La sueur coula sur ses tempes et il s'agrippa au bras de l'adjudant.

— Ne me laissez pas m'endormir, pour l'amour de Dieu, ne me laissez pas !

— Entendu. Calmez-vous, maintenant.

— Je vais me lever !

— Vous êtes sûr d'être en mesure de…

— C'est en train de s'atténuer. Ils me donnent des tranquillisants, vous comprenez ? Ils me ramollissent et les cauchemars m'envahissent. L'effet s'atténue à présent. Aidez-moi à me lever.

Avec ou sans aide, il était décidé à sortir du lit, aussi Guarnaccia lui prêta main-forte. Les lèvres de Neri s'ourlaient d'une nuance bleuâtre maladive qui l'effraya.

— Tenez. Prenez mon fauteuil et je vais en chercher un autre.

— Merci. Comme vous êtes gentil avec moi ! Approchez-le. C'est étrange. Tout le monde est gentil avec moi et pourtant, dans mes cauchemars, les gens sont si impitoyables et cruels.

— Qu'est-ce qu'ils vous veulent ?

— Ils me donnent la boîte… Ils me donnent la boîte et je dois y glisser quelque chose de dur. C'est tout. Ils ne disent rien, mais je sais que c'est ce que je dois faire et je ne veux pas ! Je sais que ça paraît stupide. Ce qui me fait si peur, c'est que ça se produit chaque fois que je ferme les yeux, je flanche et puis… je flanche et puis…

— Ne vous tourmentez pas. Tout est fini maintenant. C'est ce que je suis venu vous dire.

Ce n'était pas vrai. Tout était certes fini, mais que pouvait-il bien dire à Neri ?

La chambre baignait entièrement dans la lueur rose fané de la fin du jour. Bientôt il allait faire nuit. L'adjudant ressentit une tristesse infinie.

Il l'avait éprouvée pour la présence désincarnée de Corsi et voilà qu'elle se transposait sur Neri, dont les yeux, les mêmes yeux, le dévisageaient, en implorant son aide.

— C'est fini ?

Puis, comme s'il ne voulait pas vraiment entendre la réponse, il se détourna pour demander :

— Catherine ?

— On a retrouvé son corps il y a une heure. Les deux hommes qui l'ont tuée sont déjà arrêtés. C'est fini.

La tête toujours tournée de Neri s'affaissa et il ne parla plus pendant quelques instants.

Puis il se mit à murmurer, d'une voix à peine audible :

— *Est in horto, Phylli, nectendis apium coronis ; est hederæ vis multa, qua crines religata fulges... Qua crines religata fulges...*

La voix s'évanouit et une larme tomba sur l'une de ses deux grosses mains indolentes.

— Amen, dit l'adjudant, croyant que le jeune homme avait prié.

Décrire la position et les vêtements du cadavre.

Le corps était vêtu correctement, étendu face contre terre, la tête tournée sur la gauche en direction du puits situé au centre de la cour.

Les deux doigts potelés de l'adjudant restèrent en suspens au-dessus du clavier. Après avoir annoncé à Neri la mort de Catherine, Guarnaccia avait eu envie de lui laisser le temps de l'assimiler et de prendre sa propre décision, quant à ce qu'il voulait savoir, ce qu'il souhaitait dire. L'idée consistait à descendre un moment, pour s'assurer que William allait bien, puis de rejoindre les hommes dans les caves et leur toucher un mot. Il désirait que l'ambulance s'arrête juste devant la porte de la cave – il y avait largement la place –, afin qu'on puisse enlever le corps de la jeune fille en toute discrétion. L'adjudant venait de se rendre compte que, sans son intervention, on allait naturellement demander à William d'identifier le cadavre sur place et, dans son état actuel… Il était allé jusqu'à se lever, mais sans être vraiment certain, même à ce moment-là.

— Excusez-moi…

Il s'était avancé vers la fenêtre et avait regardé en bas. De nombreuses personnes se trouvaient là désormais et, même si une pareille hauteur empêchait de l'affirmer, l'adjudant crut bel et bien voir quelques journalistes. On avait ouvert les grandes portes, ce qui signifiait que l'ambulance était attendue. Il avait alors décidé de descendre. Mais tout à coup Neri se trouva derrière lui.

— Adjudant, je vous demande pardon. Ça n'a duré que quelques instants… je l'appréciais beaucoup, voyez-vous. Sa gentillesse et…

— Bien sûr, je comprends tout à fait.

— Le père Benigni… Il avait raison, voyez-vous, de dire que, s'il n'y avait aucune vérité dans cette histoire, j'aurais causé une grande peine et une confusion inutiles… et Catherine m'a dit en effet qu'elle s'en allait, alors j'ai attendu. J'ai attendu… mais maintenant, je dois faire ce qui est juste aux yeux du Seigneur, mais je souhaite solliciter votre indulgence… asseyez-vous, je vous prie.

Neri avait peut-être raison : l'effet des médicaments s'estompait. Son visage prenait une couleur plus naturelle, même si les lèvres étaient encore un peu bleuâtres. Ou bien était-ce parce que la lumière rosée avait disparu de cette pièce élevée ?

— Le père Benigni avait raison sur deux points : on ne peut pas confesser les péchés des autres et, sous l'effet de la colère, les gens colportent d'atroces rumeurs infondées. Elles sont susceptibles de blesser. Dans le cas présent, adjudant, elles ont dû blesser mon père au point qu'il en est mort et je... c'est moi qui ai lancé tout ça...

— Non, rétorqua Guarnaccia d'un ton ferme. Vous n'avez rien lancé, vous n'avez fait de mal à personne. Vous aimiez Catherine Yorke, n'est-ce pas ?

Neri resta pantois. Nul doute qu'il n'avait jamais donné de nom à ses sentiments et, de toute façon, peut-être qu'on ne pouvait décemment qualifier d'amour le trouble, immature et refoulé, qui régnait dans son esprit et s'alimentait de lui-même. Mais, quelle que soit sa véritable nature, celui-ci existait et constituait une autre source de culpabilité pour cette âme lourdement tourmentée.

— Mon père l'aimait... peut-être le savez-vous maintenant.

— Oui.

— Ce soir-là, il a dit qu'elle était... qu'elle attendait un enfant. Je l'ai alors compris. Je n'ai jamais eu le temps de le lui dire, de lui parler, et à présent il est mort. Je comprends qu'outre son amour pour Catherine, ce soit l'idée de l'enfant qui l'ait rendu aussi déterminé. Un enfant normal en bonne santé, adjudant. Regardez-moi. Quelle sorte de fils étais-je à ses yeux ? Il a un frère, vous savez, même si vous ne l'avez peut-être pas vu. J'ai toujours songé qu'il enviait son frère. Il y a cette petite fille, Fiorenza. On me l'a amenée un jour, je ne sais pas pourquoi, car j'étais trop malade pour lui parler, mais je me souviens d'elle, malgré tout. Toute menue et débordante d'énergie. Je l'ai revue aux obsèques de mon père et j'ai compris. C'est ce qu'il voulait, des enfants comme ça. Je sais qu'à une certaine époque, il ne pouvait même pas supporter de me regarder. J'avais coutume de dîner en bas avec eux, mais je voyais combien je le dégoûtais, alors maintenant ce pauvre Grillo apporte mon plateau ici, tout en haut. Je suis un fardeau pour chacun et je n'ai rien à offrir en retour.

L'adjudant perçut toute la vérité de ce constat et se sentit peu enclin à le réfuter par quelques banalités. Mais il se rappela la lettre de Catherine Yorke.

— Catherine a écrit à son frère, dit-il à Neri. Elle parlait de vous dans sa lettre. Elle disait que votre père et elle discutaient de vous souvent, que votre père souffrait, comme vous l'avez constaté, mais parce qu'il était attaché à vous.

Les yeux du jeune homme se mirent à briller :

— Elle a dit ça ?

— Et elle le pensait vraiment. Elle disait que monter vous voir la réconfortait quand elle se sentait triste.

Guarnaccia se rendit compte qu'il offrait à cette pauvre créature une affection venue désormais d'outre-tombe, aussi ajouta-t-il :

— Votre tante Fiorenza m'a parlé de vous. Elle s'inquiète pour votre santé et souhaite que vous alliez mieux. Elle m'a demandé de vous aider. Je ne peux le faire que si vous avez vous-même le sentiment de pouvoir m'aider.

Neri se taisait. Cette fois encore, Guarnaccia aurait pu se lever et descendre retrouver William, faire quelque chose d'utile, plutôt que d'insister, plutôt que d'insister sur cette vérité qu'il ne pouvait utiliser, hormis pour sa propre satisfaction. Et celle-ci valait-elle une vie ?

— Je vais essayer, dit alors le jeune homme.

Après cela, rien ne l'aurait forcé à partir.

— Essayez donc et racontez-moi ce qui s'est passé, la nuit où votre père est mort.

— Il y a eu une dispute…

— Où étiez-vous ?

— J'étais… dans mes toilettes… je m'étais levé, voyez-vous. De là-bas, on peut entendre. Je suis allé ensuite dans mon salon, où il y a une porte de communication. J'étais effrayé.

— Pourquoi l'étiez-vous ?… Vous voyez un inconvénient à ce que j'allume ? Ça vous dérange ?

— Tout à l'heure… Laissez-moi d'abord vous raconter…

Aux yeux de Neri, c'était toujours le confessionnal. L'adjudant se sentait mal à l'aise de devoir jouer les prêtres, mais il n'avait guère d'autre choix s'il souhaitait entendre la vérité. Il devait accepter ce lourd fardeau de culpabilité de la part de l'innocent.

— Je suis descendu, car leurs querelles étaient parfois très violentes. Parce que… j'avais peur pour mon père. Malgré tout, je n'aurais pas dû écouter à la porte de cette façon. C'était lâche. Dans mon cœur, je veux faire ce qui est juste, mais mes actes se révèlent toujours lâches, vils.

— Ce n'était pas si absurde, observa Guarnaccia, de se tenir prêt, si la dispute dégénérait, mais de ne pas vouloir intervenir dans le cas contraire. N'importe qui aurait agi de même, c'est évident.

— Vous croyez ? Vous le pensez vraiment ?

— Ma foi, je ne vous donne que mon opinion.

Impossible d'y échapper. Le jeune homme n'avait pas toute sa tête et dans son regard de braise cette confiance puérile, que même la pénombre ne pouvait masquer, irritait l'adjudant. Ce n'était pas normal et ça le dérangeait. Cela avait peut-être aussi contribué à la suite des événements.

— Eh bien… reprit Neri en joignant ses grandes mains pour les comprimer avec frénésie. Je suis heureux que vous ayez ce point de vue et, pourtant, si j'avais ouvert la porte tout de suite, ma… elle n'aurait pas dit ces choses-là, pas devant moi. Je suis sûr que non, et puis mon père serait encore en vie.

— Que lui a-t-elle dit ?

— Ils se disputaient au sujet du divorce. Ce n'était pas nouveau, mais cette fois-ci mon père avait pris sa décision et la balle était dans le camp de ma mère. Si elle n'était pas d'accord, il allait se servir du nom de Hugh Fido… vous voyez ! C'était aussi ma faute, parce qu'il n'aurait jamais été au courant si…

— Que lui a-t-elle répondu ?

— Elle lui a ri au nez. Quelquefois, quand elle est vraiment en colère, elle rit. Cela peut être très effrayant.

— Vous aviez peur, ce soir-là ?

— Oui, en effet. Il y avait quelque chose… je ne sais pas… quelque chose d'irréel dans cette dispute. Bien sûr, maintenant, je sais… C'était irréel parce qu'elle…

— Vous allez bien ?

Guarnaccia se pencha pour l'observer de près. Le regard vitreux à cause des médicaments avait disparu, mais Neri semblait indisposé à présent ; peut-être ces confidences constituaient-elles un trop gros effort. Mais comment pouvait-il se décharger autrement ?

— C'est mon cœur… il y a des pilules que je devrais prendre, mais ça ne fait rien… Il lui a dit ensuite. Il lui a annoncé que Catherine attendait un enfant et j'ai compris. J'aurais aimé pouvoir parler à mon père. J'aurais aimé avoir l'occasion de lui dire que je comprenais.

Neri se tordait toujours les mains d'un air angoissé.

— C'est toujours comme ça, fit l'adjudant, quand quelqu'un décède. On pense aux phrases qu'on n'a jamais dites. J'ai ressenti cela à la mort de ma mère.

— Vraiment ? répliqua le jeune homme d'une voix douce, songeuse. Mais elle n'est pas morte comme mon père…

— Non, non, elle était malade. Mais on ressent la même chose quand ils sont disparus.

— Je lui ai parlé dans mes prières, mais je ne peux l'atteindre. Je n'ai même pas un souvenir de lui, de nous ensemble. J'étais toujours malade et lui tellement occupé. Mais un jour…

Neri se leva en tremblant et regarda autour de lui, les mains toujours crispées l'une sur l'autre.

— Un jour que j'étais très malade, il est venu me voir et m'a apporté quelque chose…

Il se dirigea vers sa table de chevet et en sortit le cadeau de son père. C'était un magazine d'informations, daté de novembre, quatre ans plus tôt. L'emballage en cellophane demeurait intact.

— Il a pensé à moi, voyez-vous, et me l'a apporté en disant : « Ça pourrait peut-être te réconforter de savoir ce qu'il se passe dans le monde extérieur. » C'était attentionné de sa part, vous ne trouvez pas ?

— Très.

L'adjudant y reconnut une marque de sollicitude émanant de Fiorenza, mais le fait que Buongianni ait suivi son conseil n'en demeurait pas moins touchant.

— Vous ne l'avez jamais lu, cependant ?

— Oh non. J'ai préféré le garder tel quel et, maintenant, je ne regrette pas de l'avoir fait. Je conserve ce souvenir, plutôt que de le revoir là-haut, le revoir là-haut…

— Tâchez de rester calme. Vous vous sentirez mieux quand vous aurez vidé votre sac. Comment s'est achevée la dispute ?

— Il a dit que Catherine était partie en Angleterre pour réfléchir à la situation, mais qu'il avait l'intention de la suivre le lendemain, car il ne voulait à aucun prix qu'elle… qu'elle se débarrasse de l'enfant, et puis… c'est alors que ma mère s'est mise à hurler de rire en lui rétorquant qu'il pouvait se dispenser du voyage, car sa… sa putain se trouvait ici même…

La voix de Neri s'était muée en un murmure rauque, les paroles semblaient l'atteindre jusque dans sa chair. Puis elle se fit dure, comme si Bianca Ulderighi elle-même s'exprimait, en contemplant celui qui était son époux se désagréger sous ses yeux :

— Exactement ce qu'elle méritait. Comme elle proposait ses services, je lui ai déniché deux clients convenables, des gens de son niveau et, s'ils lui ont brisé le cou par inadvertance, il n'y a eu aucun mal de fait. Où courez-vous ? Inutile d'intervenir. J'ai veillé à tout. Ils ont déposé son corps dans la tombe de Cinelli… c'est mon idée. Et le plus amusant, c'est qu'au lieu des ossements de Cinelli, nous y avons trouvé ceux d'un chien qui se sont transformés en poussière au premier contact ! Voilà ce qu'il reste de la malédiction. Alors, vous voyez, tout est arrangé. Il n'y aura pas de divorce.

Neri s'interrompit. Il respirait fort, en quête de sa propre voix.

L'adjudant tressaillit, comme si Bianca Ulderighi se trouvait dans la pièce avec eux. Il reprit lui-même la parole pour dissiper cette atmosphère lugubre :

— Est-ce là qu'il est allé en descendant par l'ascenseur ? Dans les caves ?

— Oui, je pense. Je ne l'ai pas surveillé. J'étais derrière la porte pendant tout ce temps et, ensuite, quand le silence est revenu, je l'ai ouverte. Elle se tenait debout, là où il l'avait laissée, très droite, la tête haute. Elle paraissait très sereine, presque souriante, et j'ai pensé que rien de tout cela ne pouvait être vrai, qu'à présent elle allait me dire qu'il ne s'agissait que d'une plaisanterie cruelle destinée à effrayer mon père. On… on a toujours été très proches. Elle n'a jamais quitté mon chevet quand j'étais malade, et elle avait l'habitude de tout me dire. Alors j'ai attendu.

« Puis je me suis rendu compte qu'elle ne me voyait même pas. Je me trouvais juste à la porte, face à elle, et elle restait là debout à sourire et à sourire encore…

Neri présenta son visage accablé de douleur à l'adjudant.

— J'y ai tant pensé et j'ai prié. J'ai prié pour lui et pour ce qu'il n'a pas fait.

— Je comprends, dit Guarnaccia. Il a tenté de tuer votre mère mais ne l'a pas fait. Elle nous l'a confié.

— Il est monté en empruntant mon escalier, adjudant, et non l'ascenseur. Il a gravi mes marches et c'est en ne me trouvant pas dans mon lit qu'il est redescendu en courant pour franchir la porte, derrière laquelle il nous a découverts ensemble. Je ne sais pas pourquoi il ne nous a pas tiré dessus à tous les deux, à ce moment-là. Maintenant que vous m'avez parlé de la lettre de Catherine, je me demande si… *elle* était attachée à moi.

— Elle a dit que lui l'était à votre égard.

— En tout cas, je lui ai pardonné ce qu'il voulait faire, parce que je peux comprendre. Il a dû être au supplice, je le sais. Le père Benigni insiste sur le fait que le suicide est un péché aussi grave que le meurtre, et je sais qu'il doit avoir raison, mais Dieu lui pardonnera parce qu'il a beaucoup souffert, je crois.

— Est-ce qu'il est monté sur le toit ensuite ?

— Oui. Je pense… je pense que c'était juste pour s'éloigner de nous. Je l'ai poursuivi, mais c'était trop tard. Il était plus robuste et plus rapide, et je n'ai pas pu le rattraper.

— Mais votre mère pouvait quand même…

— Oh non. Non. Elle n'a pas bronché. Quand je suis redescendu le lui dire, elle se trouvait à l'endroit exact où je l'avais découverte au début. Elle souriait toujours. Je lui ai annoncé qu'il était mort et tout ce qu'elle m'a répondu, c'est : « Retourne te coucher. » J'ai dit : « Je ne peux pas le porter, pas tout seul. On ne peut pas le laisser là-haut. Je l'ai dégagé du garde-fou, mais je ne peux pas le porter. Qu'est-ce que je peux faire ? » « Retourne dans ta chambre. Va te laver. » Elle souriait encore. C'était comme si elle ne me voyait toujours pas. En m'en allant, je l'ai entendue téléphoner. Je suppose qu'elle a fait transporter mon père dans l'armurerie. Je les ai entendus longtemps après, je les ai entendus dans mon escalier, en train de peiner…

Guarnaccia perçut le hurlement d'une sirène. Il se dirigea vers la fenêtre. L'ambulance arrivait. Il y eut beaucoup d'agitation : des bruits, des voix, des ordres qui se perdirent en brouhaha une fois parvenus à cette hauteur.

— Je dois descendre.

— Je ne lui ai pas reparlé depuis.

Le visage de Neri était apaisé, ses yeux fixaient un point visible, connu de lui seul.

— Je dois descendre, réitéra l'adjudant. Je vous enverrai Grillo.

Lorsqu'il atteignit la porte, il entendit Neri observer tranquillement :

— J'avais raison, n'est-ce pas ? Je disais qu'ils finiraient par m'obliger à le faire et ils ont réussi.

Guarnaccia regarda par-dessus son épaule, l'air hésitant. Neri était dos à la porte. Il pouvait aussi bien s'adresser à l'adjudant, comme à une image de ce dernier. En tout cas, il ne se tourna pas.

— Elle était dans cette petite boîte. Et à présent, je l'ai fait. Je l'ai détruite.

— Je vais vous envoyer Grillo, répéta encore Guarnaccia, ne sachant trop quoi dire de plus.

La main et le bras gauche étaient repliés sous le tronc et le bras droit tendu. (Voir photo n° 1 ci-jointe.)

Si le carré de ciel offrait encore une pâleur turquoise, aucune lumière ne pénétrait la cour désormais, où l'atmosphère était tendue et feutrée, à présent que le tumulte de l'arrivée de l'ambulance avait cessé. L'adjudant ne s'était pas trompé au sujet des journalistes. Les magistrats étaient encore en bas dans les caves et, lorsqu'ils remonteraient, la presse serait sans doute chassée, mais ses représentants se tenaient pour l'instant massés sous la colonnade, en train de fumer pour garder le moral dans la pénombre, près de la porte de la vieille nounou. Nul doute qu'ils auraient une belle frousse si elle l'ouvrait et se jetait sur eux, mais elle ne devait rien entendre, confinée par sa surdité dans son monde d'images éclairées par des veilleuses.

Il trouva Lorenzini en train de parler à l'un des ambulanciers et lui donna des instructions pour que l'enlèvement du corps se fasse discrètement, en raison de la présence de William.

— Vous ne voulez donc pas qu'il l'identifie ?

— Je pense que je demanderai au Dr Martelli. Elle était sa patiente.

— D'accord, je vais le leur dire…

Le brigadier s'interrompit et saisit le bras de l'adjudant :

— Regardez qui arrive.

Quelqu'un derrière eux, sans doute un journaliste, murmura :

— La marquise…

Très élégante, elle était vêtue en grand deuil. À une distance quasi imperceptible, le procureur de la République lui emboîtait le pas. À la grille, elle sonna le gardien, puis s'avança vers le puits central et s'arrêta. Elle lorgna l'ambulance et s'adressa *mezza voce* au magistrat. Le concierge la rejoignit au pas de course en boutonnant sa veste. Sans le regarder, elle dit :

— Quand ces gens en auront fini, vous descendrez pour constater l'étendue des dégâts.

Elle aperçut Guarnaccia, le regarda droit dans les yeux. Elle ne vit pas le brancard couvert d'un linceul apparaître derrière l'ambulance. Le nain se mit alors à hurler, en poussant de petits cris saccadés non pas de peur mais de rage. Comprenant la signification d'une telle furie, l'adjudant se précipita à l'entrée de la tour La marquise et tous les non-résidants le regardèrent, interloqués. Il martela les marches de pierre de tout son poids… il monta, tourna, monta, tourna, sans jamais s'arrêter pour reprendre son souffle, le cœur prêt à éclater, alors qu'il savait qu'il arriverait trop tard et la main qui se cramponnait à la corde transpirait et glissait.

Il dépassa le nain quasiment tout en haut. Celui-ci se hissait toujours à la force de ses bras et de son torse. Ses petites jambes avaient presque cédé et il n'avait plus la force de hurler sa rage envers son handicap. Les larmes se mêlaient à la sueur sur son visage parcouru de sillons, tandis qu'il lâchait des jurons incompréhensibles, entre deux spasmes. Quand Guarnaccia passa devant lui, il s'écroula sur les marches, toujours agrippé à la corde.

La tourelle était vide. L'adjudant s'arrêta, la main à la poitrine, fermant les yeux sous la douleur qui torturait ses poumons. Au-dessus de lui, le ciel turquoise virait au bleu nuit et la première étoile se mit paisiblement à briller. Il ne vint jamais à l'esprit de Guarnaccia que Neri ferait une dernière tentative pour échapper au palais Ulderighi, comme son père avait semblé le faire. Avant que ses pas engourdis n'atteignent le mur, avant que ses grosses mains ne se posent sur les pierres chaudes du parapet, il savait que Neri ne formerait plus qu'une masse compacte près du puits, au pied de sa mère. Lentement, il se pencha pour voir la mort qu'il n'avait pas su empêcher. Lentement, le premier feu d'artifice décrivit son doux motif scintillant dans le ciel, en l'honneur de saint Jean, patron de Florence. La nuit du 24 juin.

Le cadavre présentait des blessures à la tête et à la main droite. (Voir photo n° 2 ci-jointe.)

La main droite était cassée. Sans doute en heurtant le puits, mais la marquise ignora ce détail, comme elle avait ignoré la tête défoncée. Les écorchures superficielles sur la peau l'avaient troublée et elle ne cessait de réclamer à tue-tête, par-dessus le vacarme des pétards, de l'eau et des pansements. Quand les ambulanciers tentèrent de s'approcher avec une civière, elle se mit en colère :

— Ne voyez-vous pas qu'il dort ? Il dort toujours à plat ventre… Ça m'inquiétait beaucoup, mais les médecins… Pourquoi n'y a-t-il pas d'eau ? Apportez-moi un bandage. Pour l'amour du ciel, personne ne voit qu'il s'est blessé à la main ?

Elle finit par les forcer à panser la main morte. Puis elle se laissa emmener par le procureur de la République.

— Quand je vous disais qu'il me reviendrait à temps, déclara-t-elle.

Elle souriait, tandis que les explosions dans le ciel éclairaient par intermittence son visage de bleu, de rouge, de vert.

L'adjudant ne la revit plus jamais. Elle allait mourir des années plus tard dans une clinique suisse. Elle ne recouvra jamais la raison et plus rien ne la détourna de sa totale sérénité.

Le Dr Maurri, substitut du procureur, a autorisé l'enlèvement du cadavre à 22 h 25, et une ambulance de la Misericòrdia l'a transporté à l'institut médico-légal, pour le garder à la disposition des autorités compétentes.

L'entretien de ce matin avec le procureur et le substitut Maurri avait été bref. Ils avaient fait le tour de la question pour en arriver à un nouveau compte rendu d'enquête.

Néanmoins, leur attitude envers l'adjudant avait cette fois beaucoup changé. Tous trois savaient que, même si elle recouvrait sa raison – ce qui était peu probable –, Bianca Maria Corsi Ulderighi della Loggia ne serait jamais poursuivie. Guarnaccia savait tout et ne pouvait rien faire. Les avocats experts de Tiny et de Leo allaient présenter l'affaire à leur manière. Le changement d'attitude résidait dans le fait que l'adjudant était traité avec respect et non plus avec dédain ; on l'implorait au lieu de le menacer. Compte tenu des circonstances, il était peut-être inutilement malveillant de sa part de s'en aller sans émettre le moindre commentaire, les laissant sur des charbons ardents jusqu'à la remise de son rapport écrit. Ce qui n'allait pas tarder car il était presque fini. Et c'était, après tout, la seule satisfaction qu'il tirerait de toute cette affaire : les laisser attendre sa décision. Ils ne sauraient jamais qu'il y était parvenu sans se soucier d'eux, et cela l'agaçait. Il pourrait peut-être l'expliquer au capitaine Maestrangelo, mais il n'excellait pas dans cet exercice, alors mieux valait-il peut-être qu'il s'en dispense. Lui seul saurait jamais ce qui se passait dans sa tête à ce moment-là. La vision vespérale d'un jeune homme agonisant dans le corps d'un vieillard, pleurant la perte de ce qu'il n'avait jamais connu. Une autre image, plus heureuse, d'une petite fille aux taches de rousseur, qui ne ressemblait à personne, et sur les frêles épaules de laquelle la totalité du patrimoine des Ulderighi allait peser. L'adjudant nourrissait de grands espoirs pour Fiorenza Corsi. Si elle ne vendait pas la propriété – selon toute vraisemblance –, elle la peuplerait d'animaux, de ballerines, de ses nombreux enfants, ou y apporterait en tout cas la vie. Et il soulagerait son fardeau dans la mesure de ses possibilités. Le palazzo Ulderighi avait encore fait une victime, mais Guarnaccia avait eu le dernier mot. Ses deux doigts charnus tapèrent sur le clavier avec opiniâtreté jusqu'à la fin de la page.

... qu'en présence du soussigné, Neri Corsi Ulderighi della Loggia, alors qu'il tentait d'observer les événements se déroulant dans la cour en contrebas, victime d'une attaque de la maladie chronique dont il souffrait ou d'une perte d'équilibre, a fait une chute accidentelle qui l'a conduit à la mort.

Sa langue dépassait un peu du coin de la bouche, tandis qu'il concluait par la formule type :

Présenté conformément aux obligations qui incombent à ma fonction...

Adjudant-chef
Responsable du poste de carabiniers
(Salvatore Guarnaccia)

Impression réalisée sur Presse Offset par

BRODARD & TAUPIN

GROUPE CPI

La Flèche (Sarthe), 30270
N° d'édition : 3734
Dépôt légal : juin 2005
Imprimé en France